W0373348

10
18

12, AVENUE D'ITALIE. PARIS XIIIe

Sur l'auteur

Née à Hong Kong, d'un père architecte et d'une mère maître verrier, partagée entre ses origines celte et latine, nomade par goût, Viviane Moore devient photographe à dix-neuf ans, puis reporter free-lance. En 1997, elle délaisse son Leica pour se consacrer à plein temps à l'écriture. Elle a écrit une trentaine de romans dont certains traduits en anglais, italien, polonais et coréen, la plupart consacrés au domaine médiéval. Elle écrit aussi pour la jeunesse depuis quelques années.

Site de l'auteur : www.vivianemoore.com

VIVIANE MOORE

À L'ORIENT DU MONDE

L'Épopée des Normands de Sicile

Tome 7

INÉDIT

10/18

« Grands Détectives »

créé par Jean-Claude Zylberstein

Du même auteur
aux Éditions 10/18

LE PEUPLE DU VENT, n° 3890
LES GUERRIERS FAUVES, n° 3891
LA NEF DES DAMNÉS, n° 4008
LE HORS VENU, n° 4084
LE SANG DES OMBRES, n° 4164
LES DIEUX DÉVOREURS, n° 4284

ISBN-978-2-264-05141-7

À Guillaume R.,
en souvenir de qui
Tancrède a appris à sculpter le bois.

LES ÉTATS LATINS D'ORIENT
AU MILIEU DU XIIe SIÈCLE
① PRINCIPAUTÉ D'ANTIOCHE
② PAYS DES ASSASSINS
③ COMTÉ DE TRIPOLI
④ ROYAUME DE JÉRUSALEM
ÉTAT DE NOUREDDIN
FRONTIÈRES APPROXIMATIVES
VILLE IMPORTANTE
VILLE MOYENNE
FORTERESSE
© V. Moore 2010

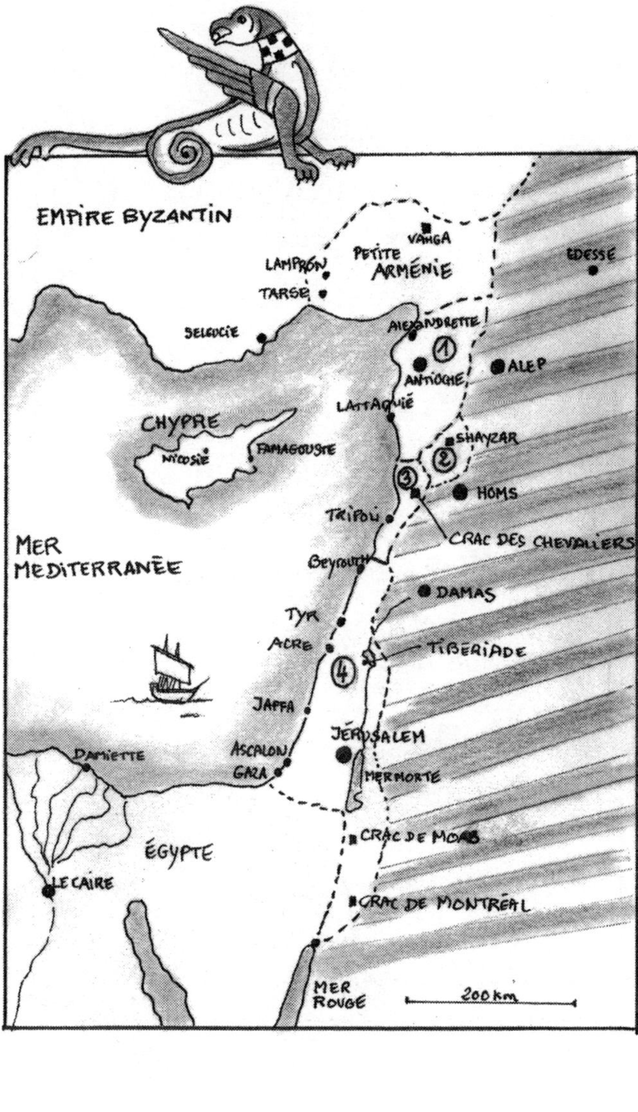
EMPIRE BYZANTIN
VAHGA
PETITE
ARMÉNIE
EDESSE
LAMPRON
TARSE
SELEUCIE
ALEXANDRETTE
1
ANTIOCHE
ALEP
LATTAQUIÉ
CHYPRE
NICOSIE
FAMAGOUSTE
SHAYZAR
2
3
HOMS
TRIPOLI
CRAC DES CHEVALIERS
MER
MEDITERRANÉE
Beyrouth
DAMAS
TYR
ACRE
TIBERIADE
4
JAFFA
JÉRUSALEM
ASCALON
GAZA
DAMIETTE
MER MORTE
CRAC DE MOAB
ÉGYPTE
LE CAIRE
CRAC DE MONTRÉAL
MER
ROUGE
200 km

« Si tu ne te connais pas, sors »

Cantique des Cantiques, I, 8

PROLOGUE

Je crois que j'ai enfin compris quel serait mon destin quand Rafik m'a désigné cette fleur épanouie sur le sol aride du désert syrien. Cette plante qu'il nommait « rose de Jéricho », mais que les croisés appelaient « fleur de résurrection ». Cette fleur capable d'arracher ses racines aux sols qui ne pouvaient la nourrir, puis, se rétractant, s'asséchant, se laissait porter par les vents jusqu'au lieu où enfin elle pourrait refleurir. Étrange symbole que le Bédouin m'offrait là.

N'avais-je pas, moi aussi, connu bien des paysages ? N'étais-je pas parti des confins de la verte Normandie pour la Méditerranée et la lointaine Sicile avant de jeter l'ancre à Saint-Syméon, le port d'Antioche ? N'essayais-je pas ici, au cœur des États latins d'Orient, de trouver enfin la terre qui me conviendrait, à moi, Tancrède d'Anaor ?

ALEP, LA BLANCHE[1]

1. Voir en fin d'ouvrage les Annexes, p. 359, comprenant un lexique, des notes sur les personnages historiques et une courte bibliographie.

1

Parti des pentes escarpées du djebel Semaan, le faucon avait longtemps plané au-dessus des étendues arides puis, délaissant l'observation du chacal qui errait comme lui en quête de nourriture, il se laissa glisser vers la plaine. Des plantations d'oliviers y alternaient avec des azeroliers et des champs de céréales puis, bientôt, ce furent les faubourgs d'Alep, la ville du sultan Noureddin, surplombée par la masse imposante de sa citadelle.

Portée par un souffle d'air chaud, l'ombre légère du rapace se détacha sur les toits en terrasses et les auvents des souks avant de se fondre dans celle de la grande mosquée et de son minaret. L'oiseau dérivait plus qu'il ne volait, sans effort apparent, comme un pollen entraîné par le vent. Il se posa un instant sur la véranda de bois qui protégeait la galerie du muezzin, sa tête rousse tournée vers les caravaniers qui venaient de pénétrer dans le khan côtoyant le palais Matbakh al-Ajami. Hommes et chevaux s'y agitaient, minuscules silhouettes sur le sol en damier.

La vue perçante du faucon s'attachait à d'infimes détails, à des mouvements brusques : scintillement d'une médaille sur le poitrail d'un caravanier, citron qui s'échappe d'un panier dans la pénombre des galeries à arcades, jeune homme grimpant avec agilité par les échelles menant aux greniers, cheval se cabrant pour échapper à une main trop rude…

Sa pupille s'étrécit soudain. Dans le khan, en contrebas, une gerboise apprivoisée avait sauté de la besace de son maître. L'oiseau s'envola, prenant de l'altitude avant de s'immobiliser à l'aplomb de la cour en battant des ailes. Un vol immobile, celui du « Saint-Esprit ». Le rongeur, que les Francs surnommaient la « souris sauteuse » à cause de ses longues pattes arrière, avait gagné l'ombre en quelques bonds et s'était arrêté, nettoyant avec application ses moustaches. Le faucon crécerelle piqua. Ailes à demi repliées, il s'abattit, ses serres jaunes se refermant sur sa proie. La gerboise poussa un faible cri, mais déjà le rapace l'avait enlevée.

Les « buveurs de vent », les chevaux du désert à la robe pâle, rendus nerveux par la foule et le bruit, hennissaient et encensaient. Les palefreniers s'empressèrent de les mener aux écuries, suivis du chef de la caravane, attentif aux soins apportés à ces bêtes de prix, dignes d'un sultan ou d'un roi. Ce faisant, ils se détournèrent de l'endroit où le faucon achevait son festin et où deux hommes, pieds nus, en guenilles, se dissimulaient au milieu d'énormes jarres et de ballots de toile gonflé de mil.

— Restons ici jusqu'à la nuit, souffla le premier en arabe.

C'était un Bédouin, un homme maigre et sans âge, à la peau brune, aux pommettes hautes.

— Et si l'alerte est donnée à la citadelle ? S'ils fouillent la ville ? répondit le second dans la même langue.

Bien que sa haute taille, ses cheveux blonds et sa barbe trahissent ses origines lointaines, il parlait l'arabe avec l'aisance des « poulains », ces Francs nés en Orient.

— Nous ne pouvons fuir en plein jour.

— Alors, cachons-nous là-haut, dit l'étranger en désignant une trappe au-dessus de leurs têtes, et s'ils viennent, nous leur montrerons que nous tenons plus à la liberté qu'à nos vies !

Son compagnon acquiesça et tous deux se hissèrent dans un grenier où s'entassaient des sacs de toile vides et des paniers d'osier. Après s'être installé du mieux qu'il le pouvait, le Franc s'adossa au mur, les bras croisés sur sa large poitrine, tandis que l'autre demeurait assis en tailleur. Il fermait les paupières quand la voix du Bédouin s'éleva :

— Il faut que je vous parle, messire.

— Je vous écoute, répondit l'étranger en détaillant le visage émacié où luisaient des yeux noirs.

— Tant que nous étions dans la citadelle, j'ai gardé le silence, continuait l'homme. J'y avais de nombreux ennemis et ne pouvais m'adresser à vous librement. Quand j'étais mourant, vous m'avez sauvé la vie, messire, et je vous dois aussi ma liberté.

— Pour la maladie, j'ai fait ce que je devais, pour le reste, tant que nous n'aurons pas quitté Alep, nous ne sommes pas encore sûrs de l'avoir gagnée.

Le Bédouin s'était redressé. Malgré ses habits en loques, il se dégageait de lui une singulière noblesse.

— Peu importe, que nous vivions ou que nous mourions, je veux que vous sachiez que je ne suis pas un ingrat. Je suis le cheikh Rafik, messire. Ma tribu compte plus de quatre cents tentes. Ma vie et tout ce qui m'appartient sont à vous.

Il avait, en disant cela, posé la main sur sa poitrine au niveau du cœur et s'était incliné.

L'homme du Nord se présenta à son tour :

— Mon nom est Tancrède d'Anaor, cheikh Rafik, je viens de la lointaine Sicile.

— Votre dette d'honneur sera éteinte si vous m'aidez à sortir de cette ville et à gagner Antioche, répondit-il.

Le Normand avait entendu parler du *futuwwa*, l'esprit chevaleresque des Bédouins, fondé sur l'*ird*, l'honneur, des notions fort proches de celles que l'on enseignait aux chevaliers francs.

— Je vous aiderai à gagner la cité du prince Bohémond, messire. Et pour ma dette, *Allahou aalam*, Dieu seul sait, conclut le Bédouin en s'allongeant sur les sacs de jute.

La nuit avait envahi Alep la blanche, seulement troublée par l'*ezan*, l'appel du muezzin. Rafik s'était tourné vers La Mecque, prononçant la prière de la nuit, récitant les sourates, s'inclinant puis s'agenouillant avant de s'allonger pour un bref sommeil. Dans le ciel s'étaient allumées des milliers d'étoiles.

2

À bien des lieues de là, dans la principauté d'Antioche, le vent avait chassé les nuages et la clarté blafarde de la lune illumina soudain une silhouette dont l'ombre s'allongea démesurément. À ses pieds gisait un corps inerte. D'un mouvement vif, l'homme, un géant, leva la tête vers le fort qui dominait la ville.

Cette nuit, tout comme la précédente, des feux s'étaient allumés en haut du donjon, sur le mont Silpius. Ils répondaient à d'autres foyers plus lointains et répercutaient un message qui courait de poste en poste. Tel un frisson sur la chair, l'alarme s'était propagée sur des lieues et des lieues, de la principauté d'Antioche au comté de Tripoli, puis au royaume de Jérusalem. Les armées de Noureddin avaient quitté Alep et descendaient vers le sud. La guerre semblait à nouveau proche, inéluctable et, déjà, chacun s'y préparait.

L'appel lugubre d'une trompe se fit entendre. De loin en loin, au long des remparts d'Antioche, répondirent les cris des guetteurs. « Rien à signaler », clamaient ceux qui croyaient encore que l'ennemi n'était qu'à l'extérieur. « Rien à signaler. » Le pas rythmé des soldats qui patrouillaient de quartier en quartier s'approchait de la rue des Amalfitains où se tenait la créature. Celle-ci regarda une dernière fois la forme à terre puis disparut, avalée par la pénombre d'une venelle.

Casques ronds à nasal, broignes de cuir cloutées de fer, boucliers, lances, la patrouille, menée par un sergent d'origine provençale, était composée d'hommes de toutes origines : Normands, Picards, gens de Bretagne et de Petite Arménie. Ils marchaient d'un bon pas, fatigués de cette ronde interminable qui les avait menés d'un bout à l'autre de l'immense cité. Après cette rue, une autre patrouille les relaierait et ils remonteraient enfin vers la citadelle où les attendait une nuit trop courte sur des paillasses couvertes de puces et de punaises.

Emportés par l'énergie du Provençal, ils défilaient, regardant droit devant eux, pressés de rentrer.

— Sergent ! appela la voix d'un des Bretons, un jeune gars tout juste débarqué d'un navire génois.

Le Provençal s'était retourné pour voir ce que lui désignait le soldat. Il leva sa torche et s'approcha de la forme recroquevillée au pied d'un mur. Il remarqua tout de suite l'épais mantel de drap et les bottes de cuir souple ; celui-là n'était pas un miséreux.

— Hé, toi ! Si t'as trop bu, faut te relever et rentrer ! Ou, par ma foi, on t'embarque chez nous. Le cachot te dessoûlera.

Tout en disant cela, il se pencha et posa la main sur l'épaule du dormeur qui bascula sur le dos avec un bruit mou, sa face grimaçante et ses yeux révulsés apparaissant en pleine lumière.

Le sergent jura, les soldats qui étaient restés en position murmuraient entre eux.

— Silence, vous autres ! gueula l'officier qui s'agenouilla près du cadavre et l'examina rapidement.

Pas d'odeur de vin, ni de blessure apparente et rien qui puisse expliquer la mort ni sur les vêtements ni sur le sol. Il fronça les sourcils. Le visage était tordu comme par une douleur intense… Il y avait là quelque diablerie qui lui échappait.

— Faites un brancard avec vos lances, on l'embarque.

— Hé, le Provençal, qu'est-ce que tu fais ? l'interpella une voix. On t'attendait. Si tu veux pas qu'on te relève, on va se coucher…

Le sergent de l'autre patrouille s'interrompit en voyant le corps aux pieds de son ami. C'était un gars de l'ancien comté d'Édesse, un Danois nommé Sven le Tricheur à cause de son insolente chance aux dés.

— Il est mort ?

— Tout ce qu'il y a de plus mort. On le ramène au prévôt, va pas aimer.

— Attends !

Il détailla l'homme que les soldats installaient sur la civière improvisée.

— Laisse-moi voir. J'en ai trouvé un autre comme ça y a pas si longtemps.

— Avec tous ces blessés et ces morts dans des rixes ou tués par la dysenterie, le soleil la faim, pourquoi tu t'en souviens ?

— Ben, il était comme celui-là, pas de blessure ! Rien du tout, mais la gueule tordue.

— Un bourgeois ?

— Non, il était pieds nus et portait le pantalon court et la chainse des marins. Y devait venir du port Saint-Syméon.

— C'était quand ?

— Y a une semaine environ.

— Vous en avez fait quoi ?

— On l'a jeté à la fosse commune ! C'était pas un bourgeois comme le tien. Mais y portait autour du cou une médaille de cuivre avec une inscription en latin. Pas de valeur, mais un joli travail. Je ne crois pas l'avoir jouée, je te la montrerai, elle doit être dans mes affaires à la citadelle.

À l'un des doigts du cadavre brillait un large anneau d'or que remarqua le Tricheur, en passant une main experte dans les vêtements.

— Tu l'as pas fouillé, on dirait.

Il ressortit une bourse rebondie dont il défit le lien. Des deniers reposaient sur le tissu.

— On l'a pas tué pour son argent, marmonna le Danois, hésitant à se défaire d'une aussi bonne fortune.

Le Provençal s'en empara d'un geste rapide.

— On va la donner au prévôt. L'argent des morts porte pas bonheur, le Tricheur, tu risquerais de perdre ta chance au jeu.

L'officier se signa.

— Par Dieu, parle pas de malheur ! Avec les Turcs à notre porte, si en plus je peux plus jouer aux dés, qu'est-ce qui me restera ?

— L'amour peut-être ? se moqua le Provençal.

3

Pendant ce temps, à l'intérieur du khan d'Alep, la cité du sultan Noureddin, marchands et serviteurs dormaient encore d'un profond sommeil. La cour était déserte quand les deux fuyards sortirent du grenier, se laissant tomber à terre avec souplesse. Après un bref conciliabule, le cheikh se faufila vers les écuries tandis que Tancrède se dirigeait vers l'unique accès, un couloir voûté sur lequel ouvrait une pièce abritant les gardes. Au fond était la haute porte fermée d'une barre de fer… et la liberté.

Le chevalier normand s'approcha, courbant sa haute taille et se cachant dans l'ombre des arcades avant de se glisser dans le passage qu'éclairait une torche fumeuse.

D'un bond, il fut sur le premier garde qui somnolait sur un tabouret, dos au mur, le menton sur la poitrine. Il appuya ses pouces en un point précis, sur le cou, et l'homme glissa à terre, inconscient. Aucun bruit ne venait de la salle dont la porte était entrebâillée. Le Normand la poussa. Le second garde ronflait sur sa paillasse. Il ne tarda pas à s'affaisser sur lui-même, assommé. Quelques secondes plus tard, après avoir enfilé sarouel, gandoura et burnous, et ficelé et bâillonné les deux hommes, Tancrède les enferma à double tour et jeta la clef au milieu d'un tas de paille.

Un faible murmure lui fit lever la tête. Deux magnifiques juments avançaient sans bruit, menées par Rafik qui leur parlait en caressant leurs naseaux soyeux. Les deux hommes échangèrent un hochement de tête. Jusque-là tout allait bien. Le Bédouin avait dérobé des coutels d'origine franque dans les paquetages d'un marchand. Il s'enveloppa dans les vêtements que lui tendit le Normand, glissant ses armes blanches à sa ceinture. Sur les selles étaient attachées de larges outres d'eau et une besace contenant des dattes et de la farine de mil.

— Celle-là est pour vous, fit le Bédouin en désignant la bête de droite. Elle est plus robuste et docile. Maintenant, laissez-moi faire. Je connais bien Alep et les montagnes environnantes, c'est à moi de vous sortir d'ici.

Une fois la porte ouverte, ils s'engagèrent l'un derrière l'autre dans le dédale des ruelles du souk. Le Bédouin avait pris la précaution d'envelopper les sabots des chevaux dont le pas ne troubla pas le silence de la nuit. Hormis quelques voix étouffées derrière un moucharabieh, la plainte du vent dans les venelles, un aboiement lointain, tout était calme.

Le cheikh entraîna le Normand vers une rue plus large que les autres menant à la *Bab Antakié*, la porte d'Antioche, à l'ouest de la ville. Une fois rendus, ils s'arrêtèrent dans la pénombre d'un auvent, observant le large vantail devant lequel allaient et venaient des gardes, lances à la main.

— Cachez votre visage et ne prononcez pas un mot quoi qu'il arrive, fit Rafik, qui, après avoir ôté les linges qui protégeaient les sabots, poussa sa bête vers les hommes d'armes.

Le chevalier s'assura que son turban masquait bien sa barbe blonde et ses cheveux, puis donna une légère pression du genou sur le flanc de sa jument. Le

Bédouin parlementait déjà, plaisantant avec le sergent, un dinar scintilla un instant entre ses doigts avant de disparaître dans la main tendue de l'officier qui fit ouvrir la lourde porte, leur faisant signe de passer. Qu'avait-il dit et d'où sortait-il cette pièce ? Sans doute l'avait-il dérobée à l'un des marchands du khan comme les coutels ? Mais peu importait, ils étaient dehors et devant eux s'étendaient une vaste plaine cultivée, des amandiers, des pistachiers, des oliviers derrière lesquels se découpait la silhouette noire du djebel Semaan.

Tancrède respira à pleins poumons, la liberté était là devant lui et il la désirait avec autant de fougue que, dans une autre vie, il rêvait au corps de ses amantes.

Ils chevauchèrent un moment au trot, puis le cheikh se pencha sur l'encolure de sa bête. Poussant un cri sauvage, il prit le galop, maintenant la bride à hauteur de la crinière. Tancrède l'imita. Les sabots des juments claquaient sur les pierres du chemin, soulevant des nuages de poussière, et le Normand se dit qu'il n'avait jamais entendu de musique plus belle. Au loin pointait la lueur orange de l'aube.

4

Frère Anselme se redressa après avoir examiné le corps qu'on avait déposé à l'infirmerie de la citadelle. Il paraissait mal à l'aise.

— Alors, mon frère ? demanda le prévôt Jean, un vieux militaire au visage vérolé qui en avait tant vu que plus rien ne semblait pouvoir le surprendre.

— Je ne sais pas, sire prévôt. Il n'a aucune blessure visible et il est jeune et robuste.

— Ça, je l'avais remarqué. C'est pas ce que je vous demande, grommela l'officier, essayant de calmer l'impatience qui le gagnait.

Il avait le sang chaud et, même à soixante ans passés, il bouillait comme à quinze.

— Faudrait faire venir un mire, mais le vieil Anastase est mort cet hiver. Y a bien Théophile…

— Ce charlatan ! J'avais davantage mal aux dents après l'avoir vu qu'avant !

— Le vieux Nicétas…

— Pas de Grec ici !

— Reste plus que Marie d'Arras, qu'on dit fort savante en plantes…

— Ni de femme, déclara le prévôt d'un ton péremptoire.

— Alors, maître Ambroise ! Il s'y connaît mais il est pas commode, et pour lui faire s'occuper de quelqu'un d'autre que des pauvres qu'il soigne gratuitement…

— Et moi, vous croyez que je suis commode ? gronda Jean. Où vit-il, ce saint homme ?

— Dans la rue aux Chartrains.

— Puisque vous me rebattez les oreilles avec les plantes, c'est donc au poison que vous pensez, mon frère ? Faut dire que vu la tête qu'il a, ça risque point d'être autre chose, à moins qu'il n'ait vu le diable !

À ces paroles impies, le malheureux moine se signa. Il ne savait que panser les plaies, faire des garrots et pratiquer des saignées, il haussa les épaules dans un geste d'impuissance. Que dire quand il n'y a pas de blessures ? Mais depuis qu'il était en Orient, il avait souvent entendu parler de poison, une arme bien plus employée ici que dans les pays francs.

Sous la clarté des torches, la chair du cadavre avait viré au gris. Le visage était tordu par une affreuse grimace qui découvrait des gencives rougies, les doigts aux ongles longs et bien soignés s'étaient recroquevillés comme des serres.

— Faut pas traîner, ajouta-t-il. Avec la chaleur, il va pas tarder à sentir.

Le prévôt jura, puis se signa aussitôt, demandant une fois de plus pardon à la Vierge pour ses écarts de langage. Pourquoi n'avait-il personne pour l'aider plutôt que ce moinillon qui s'y connaissait autant en médecine que lui en couture ?

— Sergent !

Le Provençal s'avança. Des cernes soulignaient ses yeux vifs. Il avait vu la clarté du jour se glisser par un soupirail. Une fois de plus, le Tricheur avait eu plus de chance que lui et devait dormir du sommeil du juste, alors qu'il était encore au garde-à-vous devant leur chef.

— Oui, sire prévôt, répondit-il d'une voix ferme.

— C'est toi qui l'as trouvé ?

— Rue des Amalfitains. On l'a pas tué pour son argent vu qu'il portait encore sa bourse et un anneau d'or au doigt. Peut-être un mari jaloux ?

— Sauf qu'il n'a pas de blessure. As-tu regardé d'où vient son argent ?

— Ma foi, non, fit le Provençal tandis que le prévôt examinait l'une des pièces.

— À l'avers est inscrit le mot *Venetiae* et au revers *sanctus Marcus*, marmonna l'officier tout en détaillant de nouveau le visage du mort. Bon, trouve-moi cet Ambroise. Et envoie des gars dans les quartiers italiens. Il est peut-être vénitien ou bien il traite avec ceux de la Sérénissime. Je veux son nom. C'est un notable et, avec un peu de chance, peut-être que ses amis ou sa famille le recherchent ?

Quelque chose dans ce meurtre dérangeait le prévôt plus qu'il ne l'aurait voulu. Il allait devoir en référer au connétable Haguenier.

— Je veux savoir pourquoi on l'a tué sans le voler, ajouta-t-il pour lui-même. Et comment ?

Le soldat s'était incliné.

— Vous avez toujours des soucis avec les Italiens ?

— Oui, sire prévôt, il y a des bagarres et des querelles entre eux depuis quelque temps et je ne comprends pas pourquoi. Parmi ceux que j'ai jetés au cachot, aucun n'a voulu m'expliquer.

— Bon, espérons que cela leur passera.

Le vieil officier se tourna vers le moine.

— Rassurez-vous, mon frère, on vous laissera prier pour le repos de son âme.

Le religieux croisa les bras et s'inclina, les mains glissées dans ses longues manches. Une fois les soldats sortis, il recouvrit le mort d'un linceul et se mit en prière.

5

Alors qu'il filait à bride abattue derrière le cheikh, Tancrède se demandait combien de temps passerait encore avant qu'on ne s'aperçoive de leur disparition. Ce n'était pas vraiment une inquiétude d'ailleurs car, tout comme son compagnon, il avait décidé qu'il ne se laisserait jamais reprendre.

Le chevalier talonnait les flancs de sa jument, éprouvant une joie toute physique à chevaucher, à sentir la force des jarrets de l'animal, le soyeux du crin qui s'emmêlait dans ses doigts. La nuit était fraîche et après ces mois d'enfermement, il ne pouvait imaginer plus belle chose que cette course folle. Il était comme ivre. L'air lui tournait la tête. Avoir enfin un horizon devant soi, des montagnes qui escaladent le ciel, des étoiles qui scintillent sans ces murs qui anéantissent le regard et l'esprit. Il ne s'était jamais senti aussi vivant. Un bref instant, la vision de la prison d'Alep s'imposa à lui. La grande salle souterraine, les geôles de fer, les chaînes, les gardes et les bourreaux aussi.

Ils étaient des centaines entassés là : barons, chevaliers allemands, soldats picards, mercenaires irlandais, pèlerins d'Aquitaine ou des Flandres, soldats arméniens et moines grecs, marchands juifs et italiens, Bédouins… Certains attendaient le versement d'une rançon ou une libération miraculeuse, d'autres l'esclavage ou la mort. Quant à lui, dès le début, il n'avait songé qu'à s'évader.

Excepté pour quelques-uns comme le prince d'Antioche, Renaud de Châtillon, le « brins Arnat » ainsi que les musulmans le nommaient, ils étaient libres d'aller et venir, libres aussi de regarder à travers les grilles de fer au-dessus de leurs têtes. Par ces fentes entraient la lumière crue du soleil, l'argent de la lune ou le sable des tempêtes.

Fait prisonnier peu de temps après son arrivée, Tancrède n'avait vu que peu de choses des États latins d'Orient ; pourtant les formidables remparts, la citadelle et les tours d'Antioche étaient restés gravés dans sa mémoire, tout comme sa première vision du désert. Mais c'est ici, dans cette prison, qu'il avait commencé à comprendre ce qu'était l'Orient. Il avait aussi vu de près leurs adversaires, ceux qu'il devrait affronter un jour.

Noureddin, émir de Mossoul, d'Alep et d'Édesse, le prince qui avait investi Damas et réalisé l'unité de la Syrie du Nord. Un homme austère à la taille haute, au regard serein sous un large front, le menton orné d'une courte barbe. Malgré la maladie dont on le disait atteint, il n'était pas rare qu'il vienne visiter les prisonniers, parlant avec l'un, envoyant son médecin personnel à un autre. Et puis il y avait Chirkouh, son homme de confiance, un général kurde, officier de valeur et grand stratège. Petit, obèse et borgne, il était dangereux car difficilement contrôlable. Tancrède l'avait vu frapper à mort un détenu dans un pur accès de colère. Enfin venait le neveu de Chirkouh, le jeune Saladin, frêle, la barbe courte, une expression mélancolique sur ses traits réguliers.

En les voyant, le Normand avait compris que la partie serait rude. Les guerriers étaient braves, mais surtout Noureddin avait un ascendant qui en imposait, même à l'étranger qu'il était. Sa foi et sa conviction faisaient lever des foules qui l'acclamaient comme un saint homme. Quant à Saladin, Tancrède avait l'impression que son apparence chétive masquait celui qu'il était. On le disait excellent officier. Serait-il l'ennemi de demain ?

Hugues de Tarse, son « presque père », le lui avait expliqué : en dehors de leur réel talent guerrier et d'un armement lourd, armures et chevaux caparaçonnés de métal, les hommes de la première croisade n'avaient remporté des victoires dans ces terres hostiles que pour deux raisons. La première était que les chrétiens d'Orient – qui détestaient Byzance et supportaient mal la domination turque – avaient vu leur arrivée comme une libération, la seconde que les Francs s'étaient trouvés face à des adversaires divisés. Avec l'arrivée au pouvoir du Turc Zengi et de son fils Noureddin, les choses avaient changé et il était des lieux où le sang des croisés avait tant coulé que leurs âmes défaites y hurlaient encore et que leurs ossements blanchis formaient des collines…

En cette année 1163, alors que Tancrède était en captivité, le roi de Jérusalem, Baudouin III était mort.

On parlait d'empoisonnement. Une trêve avait été proclamée et Amaury, son frère, le fils préféré de la défunte reine Mélisende, était monté sur le trône…

Autour des deux cavaliers, le paysage avait changé. Ils étaient passés des plaines cultivées à des étendues rocheuses au milieu desquelles s'ouvrait la piste poussiéreuse qu'ils suivaient. Au loin était apparue, venant droit sur Alep, la ligne noire et mouvante d'une caravane chamelière. Rafik tira sur les rênes et s'immobilisa. Tancrède conduisit sa jument près de la sienne, flanc contre flanc. Les bêtes soufflaient, le pelage blanc d'écume, mais le jeune homme sentait à la tension de leurs muscles l'envie qu'elles avaient de reprendre leur course. Les pierres réfléchissaient les premiers rayons du soleil et, déjà, la sueur ruisselait dans son dos. Il allait faire chaud, très chaud mais, heureusement, il ne portait ni chemise de fer, ni heaume, juste ces souples vêtements orientaux auxquels Hugues de Tarse l'avait habitué enfant.

— Avec le jour qui vient, les guetteurs de Basarfûth risquent de nous repérer, jeta Rafik.

— Basarfûth ?

— Vous autres, Francs, l'appeliez Bassuet, c'est le château qui contrôle le passage du Nar Afrin dans le djebel.

Il se tourna pour observer Alep que des brumes de chaleur environnaient, déformant la silhouette rigide de sa citadelle.

— Noureddin et son armée doivent être déjà loin, mais mieux vaut éviter de traîner ici, ajouta-t-il comme s'il voyait quelque chose que les yeux du Normand n'auraient pu saisir. Nous allons passer par les hauteurs.

Tancrède hocha la tête.

— Nous devons rejoindre les miens dans le djebel Semaan. Nos bêtes auront besoin de reprendre des forces, nous aussi. Et je dois savoir si le sultan s'est dirigé vers le comté de Tripoli, ainsi que le murmuraient nos geôliers. Depuis que nous sommes emprisonnés, bien des choses ont pu changer, les frontières sont mouvantes. Dès que nous en saurons plus, nous passerons l'Oronte et je vous conduirai aux portes d'Antioche.

— Merci, fit le Normand en s'inclinant.

Non sans lui avoir jeté un étrange regard, Rafik lui rendit son salut et, talonnant sa bête, repartit à vive allure, obliquant vers les montagnes que le soleil frappait. Tancrède ne pouvait s'empêcher d'admirer le cavalier et l'homme. Rude à la douleur – il l'avait vu encaisser maints coups de fouet sans ciller –, fier, l'allure noble, il récitait aux pires heures de leur captivité d'anciens poèmes, des *Mu'allaqât*, que nombre de trouvères ou de troubadours lui auraient enviés. Un homme libre qui, comme le renard, préfère se ronger la patte plutôt que de rester pris au piège.

Les pensées du chevalier revinrent vers les États latins d'Orient…

Dans la prison, des clans s'étaient formés par vassalité, par lignage, par alliance… Provençaux, Allemands, Normands, Angevins, gens des Flandres, Catalans, officiers arméniens ou Varègues se côtoyaient, s'affrontaient parfois, retrouvant entre ces murs leurs rivalités. Les hommes de Renaud de Châtillon cherchaient querelle aux Toulousains du comté de Tripoli, des gens de l'ancien comté d'Édesse s'en prenaient aux partisans du défunt Baudouin, défendant Amaury Ier auquel ils étaient alliés par le sang de sa femme, Agnès de Courtenay. Des chevaliers l'avaient pris à part, lui enjoignant de choisir un camp, mais Tancrède avait refusé, ne se sentant proche d'aucun de ceux-là, cherchant à comprendre ce monde où il venait de prendre pied et qu'il ne s'expliquait pas encore. Et puis, il y avait les « poulains », ces Francs nés en Orient, qui regardaient les nouveaux venus comme des intrus incapables de comprendre l'Orient et ses règles. Et sans doute avaient-ils raison. Ici, tout était différent ; le pays, les hommes et leur façon de combattre et de penser, les vents et même les plantes et les bêtes…

LA POUDRE DES CAVERNES

6

Tancrède suivit Rafik jusqu'aux montagnes au nord-ouest d'Alep. Le paysage y était désertique, et dans le ciel tournoyaient des vautours dont le cri aigu lui évoqua désagréablement le charnier qu'il avait laissé derrière lui au Pont de Fer, bien des mois auparavant. Le sol était si inégal qu'ils tenaient leurs juments par la bride, marchant à leurs côtés. De temps à autre, Rafik désignait au Normand de petits cairns, des encoches dans un arbre mort, des signes gravés sur la roche, marquant le passage d'autres nomades. Alors qu'ils escaladaient une pente escarpée, trébuchant dans les éboulis, les pierres roulant sous les sabots des chevaux, le chevalier aperçut les fines silhouettes ocre pâle de gazelles fuyant devant une lionne.

Un sentier muletier s'ouvrit devant eux et Rafik s'y engagea de ce pas égal que lui enviait le Franc. L'excitation de la course était derrière lui. Il faisait une chaleur terrible qu'accentuait encore la réverbération. Ses vêtements collés par la sueur qui dégoulinait le long de son corps, il avait l'impression de se liquéfier et, malgré le turban dont il avait enveloppé son visage, sa chair le brûlait. Il se rendait compte que ces mois de captivité l'avaient affaibli. Il était fatigué, ses muscles le tiraient, son souffle était court. Même ses yeux souffraient, plus accoutumés à la pénombre des salles souterraines qu'à l'excessive blancheur de cette lumière qui l'aveuglait.

Enfin, la silhouette efflanquée de son guide s'arrêta, lui désignant une paroi abrupte et l'étroite sente qui s'y accrochait, unique passage vers le sommet du djebel.

— Faites comme moi, messire. Nous allons devoir marcher l'un derrière l'autre et leur bander les yeux, le vide va les effrayer et le moindre faux pas sur cette corniche… dit-il en déchirant un morceau de sa robe qu'il noua autour de la tête de sa jument tout en lui parlant d'une voix douce, presque plaintive.

L'animal, que la montée et les attaques des mouches avaient rendu nerveux, se calma aussitôt. Rafik ouvrit la marche, les rênes serrées dans son poing. Tancrède le suivit après avoir masqué la vue de sa bête. Il était si tendu dans ce passage où ils tenaient à peine de face qu'il lui sembla que le temps se ralentissait. Parfois sa jument tressautait, piquée par les mouches qui les assaillaient toujours. Il s'arrêtait pour la calmer, lui parler avec douceur, caresser ses naseaux blancs d'écume, songeant qu'à chaque instant ils risquaient de basculer tous deux dans l'abîme.

Le Bédouin avait disparu à un tournant et il le rattrapa bientôt, prenant pied sur un plateau rocailleux où se dressait un acacia solitaire à la forme tourmentée au pied duquel Rafik était assis. Le Normand se saisit de l'outre pleine d'eau que l'homme du désert lui tendait et but une gorgée, réfrénant l'envie de s'en inonder le visage, puis se tourna vers la plaine à leurs pieds. Au loin, Alep s'était dissous, vague ombre gris bleuté sur l'horizon.

— Regardez, les feux ! fit le Bédouin, désignant de minuscules points lumineux qui scintillaient sur la ligne noire des djebels. Les vôtres signalent le passage des armées de Noureddin. Ils vont vers Tripoli, la rumeur était donc vraie.

Tancrède hocha la tête. La chaleur était si accablante que, malgré l'eau qu'il venait de boire, sa langue desséchée collait à son palais.

7

À Antioche, en cette saison, les insectes s'affairaient dès l'aube et entouraient d'un nuage vrombissant bêtes et gens, piquant les premières et agaçant les seconds. Sur une placette, l'équarrisseur, qui découpait des moutons à grands coups de machette, ne les chassait même plus. Les mouches bleues se posaient en bourdonnant sur les viscères qui ruisselaient en tas sur le sol. À quelques pas de là, sur les cordes à linge qui enjambaient les ruelles, séchaient des draps soulevés par un vent chaud. Un peu plus loin, rue aux Chartrains, un vieil homme, dissimulé dans la pénombre de sa voiture bâchée, patientait. Il était venu avant l'aube et, relevant un volet de cuir, voyait avec étonnement grandir la file de ceux qui, comme lui, désiraient rencontrer le mire Ambroise. Le cocher, qui s'était assis sur le marchepied, essuya son front en sueur, regarda son maître et soupira.

Ancien marchand, le Vénitien Alvise n'avait pendant longtemps eu de passion que pour le commerce et pour son jeune fils. À la mort soudaine de ce dernier, il n'avait plus songé qu'à faire fructifier sa fortune, chose pour laquelle il était fort habile. Il était devenu, après la famille Acontano, le Vénitien le plus influent d'Antioche. Âgé de cinquante ans, il avait alors rencontré sa seconde femme, Francesca, de trente ans sa cadette.

Pourquoi cette fille du Piémont, rousse et grasse, lui avait-elle plu ? Était-ce la coquetterie de son œil droit ? Son sourire de biais ? Toujours est-il qu'il s'en était follement épris. Jeune, sensuelle, aimant les bijoux et le luxe, elle l'avait rendu heureux et, en même temps, l'avait laissé sans le sou. Cependant, aujourd'hui, Francesca se mourait. Une vilaine fièvre. Il lui avait fait faire des saignées qui n'avaient eu d'autre résultat que de l'affaiblir davantage. Alors, sur les conseils d'un ami, il était venu voir Ambroise, dont, partout en ville, on vantait les extraordinaires talents. Celui-là, disait-on, pouvait tout guérir et même ramener les morts à la vie. La maison où il exerçait était une pauvre masure des faubourgs. Étroite et sombre, elle avait été construite par un Chartrain tué depuis par une flèche turque. Ignorant les règles du pays, l'homme avait bâti à l'identique de sa maison natale, rue Percheronne à Chartres : deux pièces sur le devant qui servaient de chambre et de bureau au mire, une courette avec un puits et une salle à l'arrière où le mire préparait ses remèdes et dont la porte toujours fermée donnait sur une venelle obscure.

Pour l'instant, une trentaine de personnes attendaient. Certaines assises par terre, la plupart debout, une mère serrant contre son sein un petit, maigre chose haletante ; un jeune gars, le bras enveloppé d'un bandage sanglant ; une fillette tenant par la main son père aux yeux recouverts d'un bandeau crasseux… Ambroise ne voulant pas être payé, chacun lui portait une offrande : légumes, pains, farine pour les plus riches ; fruits secs, œufs, herbes aromatiques, fagots de bois pour les plus pauvres…

La porte grinça en s'ouvrant, une femme voilée sortit, puis un jeune homme voûté, aux cheveux parcourus de fils d'argent, qui était le serviteur de maître Ambroise et répondait au prénom de Joseph, parcourut l'assemblée du regard. Il fit signe au cocher qui aida son maître à descendre de voiture. Ébloui par la lumière du jour, Alvise hésita sur le seuil. Joseph lui fit signe d'entrer. De part et d'autre du couloir central s'ouvraient deux pièces, une échelle menait à la trappe du grenier, au fond, une porte restait fermée.

— Avancez que je vous voie ! fit une voix à l'intérieur de la pièce de droite.

Le ton était bourru, mais on avait prévenu le Vénitien que le mire n'était pas de caractère facile. Il se dirigea vers une fenêtre aux volets grands ouverts et se planta dans le rayon lumineux qui courait sur le dallage. Une peau de lion élimée, sur laquelle étaient posés pêle-mêle les cadeaux des premiers visiteurs – cage à poule, figues séchées… – s'étalait à ses pieds. Impressionné malgré lui par l'austérité des lieux, il n'y avait là que deux tabourets, il s'adressa avec respect au mire assis derrière sa table.

— Le bonjour, maître Ambroise, commença-t-il, on m'a parlé…

— Vous avez l'air en bonne forme pour un homme de votre âge, le coupa l'autre en l'examinant.

— Ce n'est pas pour moi, mais pour ma femme, Francesca, la pauvre…

— Pourquoi n'est-elle pas venue si c'est elle qui est malade ?

— Elle ne peut pas bouger et je n'ai pas osé l'amener… Si ça la tuait…

— Vous qui roulez en voiture comme un prince ! Qui êtes-vous pour penser que j'irais la soigner à domicile ? grogna le mire.

Alvise, qui avait l'habitude qu'on le traite avec les égards dus à une personne d'influence, s'empourpra, manquant rétorquer sèchement. Puis, repensant à Francesca, il choisit l'humilité.

— Vous vous méprenez sur mon compte, maître Ambroise. Je suis vénitien et mon nom est maître Alvise. Je vous paierai.

— Je ne suis pas de ceux qui marchandent la vie ! Et peu m'importe que vous soyez vénitien ou picard, marchand ou lavandière, je soigne tout le monde. Et mes remèdes sont gratuits.

Le mire s'était levé et, pendant un bref instant, le vieil homme crut qu'il allait le jeter dehors.

— Qu'ils le soient pour les pauvres vous honore, insista-t-il. Mais laissez payer ceux qui le peuvent.

Tout en disant ces mots, le vieil homme se dit qu'il s'avançait trop, car sa fortune n'était plus que l'ombre de celle qu'elle avait été et le dernier bateau sur lequel il avait des parts avait coulé par le fond, voilà bientôt trois ans, au large de Chypre. Il ne possédait plus rien que son appartenance à ce que tous les Vénitiens, qu'ils vivent à Constantinople, Jérusalem ou plus loin encore, appelaient la *Terra*, Venise, cette patrie qu'il savait ne jamais revoir et dont, l'âge venant, il rêvait souvent tout éveillé.

Il y eut un silence. Ambroise fit un pas en avant, apparaissant en pleine lumière. Le regard sombre, il avait un visage rude aux angles durs, pommettes hautes, grand nez, large bouche. Ses cheveux blancs et sa barbe étaient taillés court comme ceux d'un moine guerrier. Il avait dû être beau, et ni les rides ni les taches de vieillesse n'arrivaient à entamer la vigueur de ses traits.

— Dans ce cas, peut-être n'êtes-vous pas assez riche ?

— Je donnerai beaucoup pour sauver ma femme, protesta le marchand qui songea que si la vie de Francesca n'avait pas été en jeu, il serait parti en claquant la porte.

Au lieu de cela, il resta immobile, indécis, dominé par la force qui émanait du singulier personnage.

— Revenez me voir quand vous serez prêt à tout donner, fit Ambroise en tirant sur une sonnette.

Joseph réapparut.

— Un officier de la citadelle désire vous parler, magister.

— Fais-le entrer.

Le Vénitien, qui se sentait congédié, s'affola soudain. Il voyait déjà la fin de celle qu'il aimait toujours comme un fou, le corps sans vie qu'il devrait mettre en terre, mais surtout, en plus du dénuement dans lequel il vivait, il pensa à l'immense solitude qui allait s'abattre sur lui… Il jeta d'une voix aiguë :

— Je paierai ce que vous voulez.

Il y eut un long silence. Le mire se taisait. Son serviteur s'était immobilisé. Des poussières en suspension accrochaient le soleil.

— Où habitez-vous ?

— Demandez maître Alvise, tout le monde connaît ma maison dans le quartier vénitien, elle est voisine de celle des Acontano.

Le regard du mire se planta dans celui d'Alvise qui ne put le soutenir tant il était intense.

— Vous l'avez proposé, si je sauve votre femme, vous paierez pour mes pauvres, maître Alvise. Je viendrai ce soir, avant le couvre-feu.

En sortant, le vieillard croisa le Provençal qui entra à son tour dans la salle basse.

— Salut à vous, maître Ambroise, fit le sergent d'armes. Le sire prévôt vous mande à la citadelle.

Le mire fronça les sourcils. En homme organisé, il détestait être dérangé dans sa routine. Non content d'avoir été obligé de recevoir cet orgueilleux Vénitien, voilà maintenant qu'on faisait appel à lui pour s'occuper de soldats !

— N'y a-t-il plus d'infirmiers à la citadelle ? grommela-t-il.

— L'un d'eux nous a donné votre nom.

— Que se passe-t-il ? Des hommes malades ? Dysenterie ? Fièvre ? Insolation ? Ou des blessures ?

— Je ne peux pas vous le dire…

— Comment ça, vous ne pouvez pas ? jeta le mire. Alors, repassez quand vous saurez.

— Mais…

— Croyez-vous, sergent, que j'ai du temps à perdre ? s'échauffa Ambroise. Avez-vous vu tous ceux qui attendent dehors ? Et comment voulez-vous que je soigne vos malades si vous ne me dites même pas ce qu'ils ont ?

— C'est pour un mort.

L'autre secoua la tête.

— Je ne m'occupe que des vivants ! Dites à votre prévôt qu'un prêtre fera mieux l'affaire !

— Si le prévôt a jugé bon de vous appeler, vous devez obéir, rétorqua sèchement le Provençal. Faut-il donc vous mener de force ? Dois-je appeler mes gens ?

Ils restèrent un moment à se toiser, se défiant du regard, puis un sourire détendit les traits d'Ambroise.

— Voilà un homme de caractère ! s'écria-t-il. D'où êtes-vous l'ami ? Avec votre accent…

Le sergent soupira. Il avait bien cru qu'ils allaient en venir aux mains.

— De Toulouse.

— Bon, je prends ma sacoche et je vous suis. Joseph fera patienter ces pauvres gens en leur distribuant quelques cruches d'eau fraîche.

Ils marchèrent en silence, remontant vers le mont Silpius et l'énorme citadelle qui le couronnait. Malgré l'annonce imminente d'une guerre, la vie continuait. Une foule tumultueuse se pressait sur les places et dans les rues d'Antioche. Riches marchands en robes de brocart, la tête couronnée de turbans, le torse bardé de colliers, maigres chevaliers aux vêtements poussiéreux, barons montant des chevaux persans à la robe jaune, dames au visage caché sous des voiles, escortées d'eunuques aux ventres mous, Bédouins, mercenaires allemands…

— Maintenant que nous nous sommes présentés, dit le mire, si vous m'en disiez davantage.

— Sur quoi ?

— Sur les feux que vous allumez depuis deux nuits en haut du mont Silpius, par exemple ? Où en est l'armée de Noureddin ?

— Elle descend vers le comté de Tripoli.

— Ah !

Le visage du mire s'était rembruni, il resta silencieux un moment puis reprit :

— J'imagine que, comme la plupart des Provençaux, vous avez de la famille là-bas ?

— Oui, lâcha le sergent qui essayait de ne pas penser aux siens ni aux dangers qu'ils encouraient.

Le comté de Tripoli, dirigé par Raymond III, restait majoritairement peuplé d'hommes comme lui, venus de la lointaine Provence. Barons, évêques ou simples pèlerins, ceux qui arrivaient là repartaient rarement, attirés par les promesses du comte.

— Un oncle, mais aussi ma sœur et mon beau-frère, finit-il par ajouter.

— Et ce mort que nous allons voir, il a un rapport avec ça ? Un messager ?

Après une brève hésitation, le sergent lâcha :

— C'est un cadavre que j'ai trouvé hier soir lors de ma ronde. Un Italien.

— Un coup de couteau ? Une rixe ?

— Non, rien de tout ça. Et il avait une bourse pleine d'argent.

Persuadé d'en avoir trop dit, le sergent se mura dans un silence obstiné.

8

Dans l'infirmerie régnait un lourd silence que troublait juste le grésillement des torches fixées au mur dans des cônes de fer. Ambroise avança vers la forme allongée sur l'une des tables à tréteaux puis décrocha un flambeau qu'il tendit au Provençal.

— Tenez-moi ça, voulez-vous ? Et approchez-vous que j'y voie davantage.

Sans attendre la réponse de l'officier, il replia le linceul qu'il plaça sur le haut bout de la table avec la sacoche de cuir qu'il portait à l'épaule.

— Voyons cela, fit-il, déshabillant rapidement le mort dont il confia les vêtements au moine Anselme qui venait de les rejoindre. Bonjour, mon frère.

— Bonjour, maître Ambroise, fit le religieux.

L'homme était jeune, le corps gras et d'une blancheur attestant des origines bourgeoises, les ongles des pieds et des mains entretenus, la barbe soignée, la chevelure épaisse. Le mire palpa ses membres raidis, examina la peau, souleva les paupières, glissa ses doigts dans les cheveux. Puis, enfilant un mince gant de soie qu'il prit dans sa sacoche, il enfonça les doigts dans la bouche entrouverte.

Il se tourna vers l'officier.

— Je dois parler au prévôt.

— Je suis là, déclara le vieux militaire qui était entré sans bruit.

— Salut à vous, sire prévôt.

— Ai-je eu raison de vous envoyer chercher ?

— Jugez-en vous-même.

Le prévôt s'approcha, regardant les gencives rougies et les lèvres souillées de sang bruni que lui désignait le mire.

— Voyez comme le sang affleure à la bouche et à l'intérieur de celle-ci ? Et ceci !

Ambroise avait saisi une des mains et en montrait les ongles sur lesquels apparaissait une fine ligne blanche.

— Vous voyez cette marque ?

— Oui.

Ambroise prit les cheveux à pleines mains, forçant le prévôt à les toucher.

— Ils sont rêches.

Il soupira, comme si quelque terrible poids reposait sur ses épaules.

— Enfin, au moins, ce cadavre-là se conservera mieux que d'autres.

Le moine Anselme qui était resté à ses côtés toussota, embarrassé.

— Que voulez-vous dire, maître Ambroise ?

— Oui, renchérit le prévôt dont la patience n'était pas la vertu première. Qu'essayez-vous de nous faire comprendre ?

— Le poison, sire prévôt. Et pas n'importe lequel, puisqu'il s'agit du *rahj al ghar*, plus communément appelé la « poudre des cavernes ».

L'officier hocha la tête, cela au moins il le comprenait, et il comprenait aussi que ses ennuis ne faisaient que commencer. Il venait d'apprendre que la victime était un riche Vénitien, Titos Grimani. Ce marchand avait, de surcroît, rendez-vous avec le patriarche d'Antioche, Aymeri de Limoges. Le connétable Haguenier, qui suivait tout cela avec un intérêt croissant, n'allait guère apprécier qu'une fois de plus le nom de l'ancien tuteur du prince soit mêlé à des affaires qui ne touchaient que de fort loin au domaine religieux.

9

L'air vibrait, déformant sa vision. Tancrède croyait apercevoir partout des flaques d'eau vive, des ruisseaux jaillissant là où seules luisaient des pierres chauffées à blanc. Devant lui, le cheikh marchait toujours du même pas. Il n'hésitait jamais, comme s'il connaissait chaque caillou, chaque arbuste, chaque repère.

Enfin, protégée par un remblai rocheux, apparut une ville abandonnée. Quelques maisons, un puits, ce qui avait été une église, des pans de murs effondrés. Rafik leva brusquement la main et se figea. Tout d'abord, le Normand n'entendit pas ce qui l'avait alerté tant c'était léger, puis il saisit un bruit infime, à peine un frôlement. Il porta la main à son sabre puis se détendit. Un chacal apparut qui s'enfuit aussitôt en trottinant.

— Allons, fit le Bédouin en se dirigeant vers le puits.

Entre les murs de pierre, une petite mare reflétait le bleu du ciel. Sur une paroi non loin de là étaient gravés dans un cercle l'alpha et l'oméga séparés par un bâton de berger. Un silence sinistre planait sur ces bâtisses en ruine, ces rues où jadis avaient marché des hommes. Tancrède essayait d'imaginer les habitants qui vivaient ici. Rien de grandiose comme dans les vestiges grecs ou romains de Sicile ou d'Antioche, juste une tragédie ordinaire pareille à celle de dizaines d'autres villages identiques à celui-là : la guerre, le pillage. Des chrétiens d'Orient, l'arrivée de guerriers turcs puis plus rien, la fuite pour certains, la mort pour la plupart et ces tombes grossières alignées derrière l'église.

— Nous attendrons la nuit pour repartir, déclara le Bédouin en entraînant le Normand vers l'abri d'une étable au toit et aux murs quasi intacts.

Il n'y faisait pas moins chaud que dehors mais au moins, le soleil ne leur martelait plus le crâne.

— Je vais leur chercher quelque chose à manger, dit Rafik en désignant les juments.

Tancrède regarda la silhouette maigre de son compagnon disparaître parmi les décombres. Qu'allait donc pouvoir trouver ce drôle d'homme dans ce paysage minéral ? Y avait-il quelque lieu secret que lui seul connaissait ? Une cuvette abritée du vent et du soleil où poussaient des mousses et des herbes d'un vert tendre ? Où la rosée humectait les pétales des fleurs ?

Le chevalier dessella les montures et les attacha, flattant de la main les cols allongés et souples, frappé une fois de plus par la douceur des regards sous les longs cils noirs. C'étaient des bêtes splendides, aux extrémités fines, au bassin large. L'une d'elles s'allongea, l'autre replia une patte, en position de repos, les yeux mi-clos. Dans cet étrange pays, il y avait des heures, les animaux le savaient, où mieux valait attendre.

Rafik revint avec du feuillage et des graines et prépara une sorte de bouillie végétale qu'il donna aux juments. Enfin, il fit ses prières, puis s'assit d'un côté de la porte, Tancrède de l'autre. Ils avaient bu chacun une nouvelle gorgée d'eau et mastiqué une datte. Le Normand garda le noyau qu'il tourna et retourna dans sa bouche.

Ses pensées revinrent vers Alep. En prison, il ne s'était lié à personne, sans doute par colère. Colère d'être enfermé comme un animal, colère de s'être fait capturer si peu de temps après son arrivée à Antioche. La plupart de ses compagnons avaient été tués dans une rude bataille non loin du Pont de Fer et il n'était en vie que parce qu'un chef turc l'avait vu bouger sur le charnier et avait décidé de le faire prisonnier, pensant qu'il pourrait lui rapporter quelques dinars. Tancrède lui avait donné le nom d'Alvise, le Vénitien qui l'avait hébergé à Antioche, et celui d'Hugues de Tarse. Mais que pourrait Hugues si on lui réclamait une rançon trop élevée ? Il ne savait même pas s'il était encore aux Éoliennes ou s'il avait gagné Venise avec Eleonor et les enfants. Tout cela lui paraissait si loin ! Alors qu'il n'avait même pas trente ans, il avait déjà vécu tant de vies.

Une fois entre les murs d'Alep, il s'était refermé sur lui-même, ne parlant guère, finissant par remarquer le chef bédouin, aussi isolé et taciturne que lui. Peut-être était-ce ce qui les avait rapprochés ? Ça et son courage. Pour une raison qu'il ignorait, Rafik avait affronté d'autres Bédouins dans la prison, et il avait été châtié si durement par leurs geôliers qu'on l'avait laissé pour mort. Tancrède avait utilisé les notions de médecine enseignées par Hugues pour le sauver et vendu le mince anneau qu'il portait au doigt pour acheter à ses bourreaux des plantes médicinales. L'homme du désert s'en était sorti.

Et puis, il y avait eu le rat. Celui qui leur avait montré le chemin. Dans l'immense salle existaient des recoins réservés aux mourants où les gens valides ne s'aventuraient pas. Un soir que tous dormaient – à cette époque, il soignait encore Rafik –, il avait entendu gratter dans la paille moisie des litières. Un museau, puis la silhouette maigre d'un rat étaient apparus, l'animal dévorait des immondices. Il l'avait suivi des yeux, prêt à le tuer s'il s'approchait, car il n'était pas rare que ces bêtes s'enhardissent jusqu'à dévorer vivants les malades qui n'avaient plus la force de se défendre. Au lieu de ça, il avait disparu comme avalé par le sol. Tancrède s'était levé sans bruit, contournant un agonisant, repoussant de ses mains la paille et les excréments entassés là. D'une grille scellée dans le sol montait un souffle d'air vicié. Quand il était revenu auprès de Rafik, leurs regards s'étaient croisés. Cette nuit-là, sans un mot, ils avaient conclu un pacte, celui de fuir ensemble.

Depuis un certain temps, le bruit courait que Noureddin était guéri de sa longue maladie et qu'il allait repartir en expédition. Les geôliers avaient prononcé à plusieurs reprises le nom de *Hosn al-Akrad*, le Crac des Chevaliers. L'excitation les gagnait. Après ces longs mois d'inaction, le *jihâd*, l'« effort suprême », la guerre sainte, reprenait enfin. La nuit précédant son départ, Chirkouh, le général kurde, avait donné une grande fête et les soldats de garde, auxquels leurs camarades avaient porté à boire et à manger, s'étaient soûlés et avaient braillé jusque fort tard. Le Normand et le Bédouin avaient fabriqué une longue corde avec tous les morceaux de drap et de tissu qu'ils avaient pu récupérer. Ce soir-là, ils avaient achevé de desceller la grille ; elle ouvrait sur un étroit boyau qui n'était pas sans rappeler les *qanats* de Palerme. Le lendemain du départ du sultan, nul n'avait vu les silhouettes noires qui glissaient avec les déchets, les excréments et les eaux sales sous les remparts jusqu'au pied du glacis. Ils auraient pu se rompre le cou, mais hormis bleus, écorchures et muscles froissés, ils s'en étaient sortis indemnes.

— Vos pensées se sont envolées au loin, murmura Rafik qui l'observait de son regard aigu d'oiseau de proie.

— Je songeais au rat à qui nous devons notre liberté…

— *Allahou aalam*, Dieu seul sait, fit le Bédouin.

Le chevalier s'épongea le front et jeta un œil dehors, clignant des yeux tant la lumière était aveuglante. Plus rien ne bougeait, pas même le lézard qu'il avait aperçu sur le chambranle.

— Je prendrai le premier tour de garde, déclara Rafik. Et nous partirons dès que le soleil baissera. Si Allah le veut, nous rejoindrons les miens.

Pourquoi le Normand avait-il confiance en ce diable d'homme ? Il s'assit, dos au mur, les mains sur le sabre en travers de ses genoux et ferma les paupières.

10

Le soir était venu, et cela faisait maintenant plus d'une heure que maître Ambroise s'était enfermé dans la chambre de Francesca. Les mains dans le dos, le vieux Vénitien arpentait la pièce qui, jadis, lui servait de bureau. Il y restait quelques traces de son ancienne splendeur, un somptueux dallage de marbre d'un rose passé, des vitres serties par de fines baguettes de plomb… et aussi celles de sa déchéance : sur les parois, des marques claires rappelant la présence de tentures ; sur le sol, des rayures révélant celle de meubles depuis longtemps disparus. Pourtant ce n'était pas à ce qu'il avait perdu mais à ce qu'il devait donner qu'il réfléchissait.

« Vous paierez pour mes pauvres, maître Alvise », avait dit le mire.

Des sentiments contradictoires l'agitaient. Non que, dans son métier, il ne se soit pas rendu coupable de veuleries ou de trahisons, mais le Vénitien respectait un code moral fort répandu : il épargnait ceux qui pouvaient lui être utiles et ceux, très rares, qu'il considérait comme ses amis, les uns se confondant le plus souvent avec les autres. Pour sauver sa femme, il allait tromper le seul homme pour lequel il avait une réelle estime. Après la mort de son jeune fils, voilà bien longtemps, celui-là l'avait aidé, lui permettant de développer son commerce vers la Sicile, de participer à de nouvelles *colleganze*, ces parts que les Vénitiens prenaient sur les navires en partance, et même lui donnant les capitaux afin de fonder une *compagnia* pour le commerce du corail.

Hugues de Tarse... Alvise avait oublié le visage mais non l'homme, sa détermination, sa courtoisie et son intelligence. Alvise avait admiré Hugues. Grâce à ses judicieux conseils et à son sens inné des affaires, il était devenu riche, très riche. Et puis, il s'était pris d'une passion toute charnelle pour l'opulente Piémontaise qui était devenue sa femme, négligeant de réinvestir ses capitaux, dépensant à tout-va jusqu'à la ruine.

Il se laissa tomber sur une chaise et prit sa tête entre ses mains.

Fallait-il en arriver là ? Il songea un court instant à emprunter aux Acontano, tout en sachant que c'était la dernière chose à faire. Il ne tenait pas à perdre la considération que lui témoignait le vieux Jacopo qui le consultait encore sur les *compagnia* qu'il créait ou sur la politique de la principauté d'Antioche, lui faisant croire qu'il y jouait toujours un rôle clé.

Des images affluaient, dérangeantes.

Il revoyait Tancrède d'Anaor se présenter à lui avec une recommandation d'Hugues de Tarse lui confiant celui qu'il considérait comme un fils. Grâce aux voyages qu'il avait effectués jadis et au poste occupé pendant des années auprès du chancelier de Guillaume Ier de Sicile, Hugues connaissait du monde à Antioche, mais c'était lui qu'il avait choisi, lui, le vieil ami rencontré lors de son premier séjour en Terre sainte. Alvise en avait ressenti de la fierté et le jeune Normand l'avait conquis immédiatement. Même s'il ne lui restait plus grand-chose, Alvise allait enfin pouvoir rendre un peu de ce qui lui avait été donné. Il avait accompagné Tancrède au palais, lui servant de guide. Le patriarche Aymeri de Limoges, ancien ami d'Hugues, avait accueilli le chevalier avec chaleur, l'introduisant dans l'entourage du prince d'Antioche, Bohémond III.

Cependant, Tancrède s'était fait capturer par les Turcs, et rien ne s'était passé comme Alvise l'avait imaginé. Pire, maintenant qu'Hugues avait rassemblé la rançon en dinars d'or du Caire et d'Alexandrie et la lui avait fait porter, lui, Alvise, allait la dilapider. Mais il avait beau tourner et retourner dans sa tête les solutions possibles, il n'en trouvait aucune autre. Sinon, comment payer le mire ?

Il se leva à nouveau. Plusieurs fois il avait, tout en pensant que c'était indigne de lui, collé son oreille au battant. Il n'avait rien entendu d'autre que des bruits de pas et la voix d'Ambroise soliloquant en grec.

Enfin la porte s'ouvrit.

— Vous pouvez venir.

Il se précipita. Francesca reposait toujours, ses longs cheveux roux épars autour d'elle et les yeux clos. Pourtant, quelque chose avait changé, ses narines n'étaient plus pincées, elle respirait calmement et un peu de rose était revenu à ses joues qui, quelques heures auparavant, avaient encore une teinte grisâtre.

Le changement était si frappant que le Vénitien regarda Ambroise avec un respect craintif.

— Il faudra lui donner cinq fois par jour une gorgée de ceci. Cinq fois ! Pas une de plus ! Cela pendant trois jours. Et votre femme sera sauvée.

L'armateur saisit en tremblant le flacon de verre fermé d'un bouchon de cire rouge et le posa avec précaution sur la table à côté de lui. Était-il possible qu'une vie tienne à quelques gouttes d'or pâle entre des parois de verre ?

— Merci, maître, merci, dit-il en prenant les mains du mire dans les siennes et en les serrant.

— Il ne vous reste plus qu'à tenir votre promesse, maître Alvise, rétorqua l'autre en se dégageant.

— C'est juste, fit l'armateur.

Ainsi il allait trahir. Il ne pouvait même pas en vouloir au mire, il n'avait qu'à regarder sa femme pour se convaincre qu'il avait fait sa part. Il ne lui restait plus qu'à payer. Une vie contre une vie. Celle de Tancrède contre celle de Francesca.

En un éclair, il revit le visage décidé du Normand à son arrivée à Antioche, puis celui du messager venu lui annoncer son emprisonnement. Enfin, il y avait eu la lettre d'Hugues lui disant qu'il allait tout faire pour rassembler l'argent. Alvise détacha de sa ceinture la bourse dont il répandit le contenu sur le lit.

— C'est là tout ce que je possède, maître.

Le mire ramassa les pièces d'or.

— Dans trois jours, quand votre dame sera sortie d'affaire, je vous donnerai une potion qui lui évitera d'être reprise par le mal.

Puis il le regarda une dernière fois et sortit.

Le lendemain matin, alors que le soleil se levait sur les toits d'Antioche, le Vénitien, qui s'était assoupi sur un siège à côté du lit de sa femme, se réveilla en sursaut en entendant qu'elle l'appelait. Voyant son sourire, il oublia les terribles pensées qui l'avaient maintenu éveillé une partie de la nuit.

SOUS LA *KHAIMA*

11

Tancrède, qui ne dormait jamais profondément, ouvrit soudain les paupières pour voir le cheikh qui, un doigt sur les lèvres, lui intimait le silence. Un vent chaud et sec s'était levé, annonçant le soir, apportant l'écho d'un bruit qu'il identifia aussitôt. Des cavaliers approchaient. À cette distance d'Antioche, il était peu probable que ce soient des amis. Il se leva, glissant le sabre à sa ceinture et regarda. La placette était déserte. Des nuages de poussière y tourbillonnaient, soulevant sable et plantes desséchées.

— Venez, messire, souffla Rafik en indiquant une brèche dans la paroi.

Tancrède plia en deux sa haute stature puis, une fois dehors, contourna l'étable et rampa jusqu'à un muret de pierres derrière lequel il put enfin se redresser. Nulle part il ne vit trace du Bédouin. Celui-ci semblait s'être volatilisé. Le Normand respirait lentement, tendant l'oreille. Le bruit se précisait, c'était celui d'une patrouille légère, peut-être des éclaireurs. Le sol résonnait, ils étaient tout proches.

Enfin, à travers un interstice entre les pierres, il les aperçut.

Ils étaient quatre. Arcs et carquois emplis de flèches, bottes de cuir souple aux pieds, bonnets de toile, tuniques brun-vert matelassées et serrées à la taille par une large ceinture où étaient passés sabres et poignards, ils avançaient les uns derrière les autres, au pas de leurs chevaux.

Tancrède faillit sursauter en entendant le ricanement moqueur d'une hyène. Effrayée, l'une des montures fit un brusque écart et son cavalier s'affaissa sur l'encolure avant de glisser à terre où il resta sans mouvement.

Ensuite, tout alla très vite. Un autre homme s'effondra sur son cheval qui prit le galop, l'entraînant dans une course folle à travers la ville abandonnée. Cette fois, le chevalier avait eu le temps de voir une lame se planter dans sa gorge. Le ricanement retentit à nouveau.

N'hésitant plus, le Normand jaillit de sa cachette et se jeta sous le poitrail du cheval le plus proche, coupant d'un coup la sangle qui maintenait la selle et tirant le cavalier à lui. Ils roulèrent à terre, enlacés, et, profitant de l'avantage de sa taille et de son poids, le Franc maîtrisa son adversaire et l'assomma d'un coup de poing avant de bondir sur ses pieds et de faire face à la charge du dernier archer.

Il ne dut sa survie qu'au bond qu'il fit de côté. Un furieux coup de sabre avait frôlé son crâne. Le temps qu'il se retourne, le Turc avait déjà fait faire volte-face à son cheval et le talonnait de nouveau. Tancrède se baissa, évitant de justesse la lame. Il jeta de la poussière au visage de son adversaire et, attrapant sa jambe, le fit tomber. L'homme se releva très vite. Mince et agile, le visage contracté, il se rua vers le chevalier en criant. Tancrède dégaina son sabre et aperçut Rafik assis sur un muret, les yeux rivés sur lui. Il reporta toute son attention sur son adversaire et oublia le reste. Les attaques du Turc étaient vives, précises, fougueuses, mais ne rencontraient que le vide. Le Normand le laissait s'épuiser, prenant plaisir au combat car, à défaut de technique, son adversaire ne manquait ni d'ardeur ni de courage. Au fur et à mesure que la fatigue envahissait les traits de ce dernier, Tancrède sentait ses forces affluer et, d'un coup, il passa à l'attaque, le repoussant de larges moulinets, avant de faire voler son arme au loin et de poser la pointe de sa lame sur son cœur.

Le Turc resta un moment figé puis sauta en arrière, sortant son kandjar, un poignard à la lame courbe, qu'il assura dans sa main. Peu désireux de garder l'avantage sur un adversaire si mal armé, le chevalier jeta son sabre au pied de Rafik et saisit son coutel. Mais avant qu'il ait pu assurer sa prise, l'homme plongea et lui entailla l'avant-bras. Le Franc sentit la colère déferler en lui à la vue de son propre sang. Après avoir esquivé une nouvelle attaque, il chargea furieusement et entama le bras du Turc qui, au lieu de répliquer, tourna les talons et s'enfuit.

Il n'alla pas loin, tressauta, se raidit et tomba, une lame entre les omoplates. Tancrède le rejoignit et posa la main sur son cou. Il était mort. Rafik avait sauté de son muret et, d'un coup de sabre, acheva l'autre archer.

— Ces deux-là étaient mes captifs ! gronda le Normand en se redressant.

Rafik s'inclina très bas.

— Je ne voulais vous offenser, messire, mais nous ne pouvons faire de prisonniers… Sauf à risquer de retourner à Alep. Ceux-là sont des éclaireurs, et sans doute d'autres les suivent, plus nombreux. Il faut fuir.

Même si Tancrède ne l'approuvait pas, il savait que le cheikh avait raison. Pourtant, il lui en voulait d'avoir tué des hommes auxquels il comptait laisser la vie sauve. Il serra les poings et ne dit rien.

— Cachez les cadavres, messire, je vais rattraper les chevaux.

Tancrède se baissa pour soulever l'un des corps et le porter vers l'étable. Bientôt, à l'intérieur de la bâtisse, un tumulus improvisé, amas de pierres, de gravats et de poutrelles, recouvrit ce qui restait de la patrouille. Quand il ressortit, le cheikh était de retour, tenant deux montures par la bride. Il les attacha à un anneau et se glissa à l'intérieur pour chercher sa jument.

— J'ai jeté le dernier cavalier dans un puits asséché. Il faut y aller.

Le soleil baissait déjà sur l'horizon, recouvrant les montagnes de teintes fauves. Ils avaient maintenant chacun deux chevaux de remonte attachés à leur selle. Tancrède talonna sa bête pour rattraper Rafik qui était parti au trot.

Une tourterelle à la collerette lilas s'envola, grimpant droit vers le ciel. Ils longèrent les ruines et prirent la direction du couchant.

Après avoir chevauché un moment sur le plateau rocailleux, les deux hommes redescendirent vers une vallée aux lointains bleutés. Le cheik entraîna son compagnon près d'un mince filet d'eau qui sourdait de la roche et s'écoulait, cerné de roseaux. Tancrède y nettoya son bras sur lequel il appliqua le suc d'une plante grasse cueillie par Rafik.

— Celle-ci désinfecte et celles-là, affirma le Bédouin en appliquant un cataplasme de terre argileuse et de feuilles grises sur la blessure, aideront les bords de votre plaie à se refermer.

— Merci, fit le Normand, une fois que Rafik eut achevé de le panser avec une bande de tissu de sa gandoura.

Ils firent boire les bêtes et remplirent les gourdes avant de repartir. Attachant la jument derrière lui, Tancrède, comme son compagnon, choisit de monter un des robustes petits chevaux turcs. Le ruisseau avait disparu dans la terre et avec lui toute végétation. Le sol était redevenu rêche et dur, rien n'y bougeait excepté la poussière que levait le pas de leurs bêtes. Ils durent gravir des pentes puis redescendre dans des ravins encaissés. De temps à autre, Rafik se tournait vers le chevalier, s'assurant qu'il le suivait.

Hormis près de la source, les deux hommes n'avaient pas échangé deux mots et le Bédouin filait droit devant lui, semblant toujours savoir où il allait malgré la pénombre qui gagnait. Il suivait des pistes invisibles aux yeux du Normand qui n'apercevait qu'un sol inégal là où son guide distinguait des sentes oubliées, des traces de passage, des signes laissés par d'autres nomades.

Enfin, ils entrèrent dans une gorge étroite et sombre, bordée de hautes falaises. Ils y cheminaient depuis un moment quand la lune se leva. Elle brillait telle une médaille d'argent dans un ciel qui virait au vert. Tancrède donna des talons sur les flancs de son cheval. Une impression d'irréalité l'envahissait. Depuis son arrivée à Antioche, il n'avait guère eu le temps d'apprécier ce pays où il ne pouvait mettre de noms ni sur les plantes ni sur les animaux. Même ce ciel nocturne, si chargé d'étoiles qu'on avait l'impression qu'on pouvait les toucher du doigt, lui était étranger.

La chaleur omniprésente contribuait à la clarté de la nuit, comme si l'ardeur du soleil et sa brûlure engendraient plus d'étoiles que dans tous les pays de sa mémoire. Il se sentait bien. Cet endroit abandonné des hommes et son austérité lui convenaient. Était-ce là le lieu qu'il avait cherché sans le savoir ? Dans cette longue course qui l'avait mené de Normandie en Sicile, en passant par la Méditerranée et ses îles, fallait-il qu'il aille au désert pour enfin se trouver ?

Un frisson annonciateur de danger parcourut son échine.

Des ombres les escortaient, plus denses par contraste avec la clarté cendrée qui se déposait sur le sable et les roches. Rafik avait ralenti l'allure, très droit, sur le qui-vive lui aussi. Tancrède posa la main sur la garde de son sabre.

Rafik lui désigna un cairn formé de quatre pierres empilées.

— Des Bédouins sont venus ici, murmura-t-il. Je ne…

Le sable sembla se fendre, la terre s'ouvrir en deux pour laisser passage à de noirs démons. Des silhouettes vêtues de burnous jaillissaient du sol où elles s'étaient ensevelies. Une dizaine d'hommes armés de sabres et de lances leur barrèrent le passage. Le Normand fit volte-face, mais d'autres guerriers avaient surgi derrière eux, secouant le sable de leurs vêtements. Rafik et Tancrède étaient passés devant eux sans les voir, avaient failli les piétiner. Ils étaient cernés.

Pendant un moment, nul ne dit mot, puis, lentement, le cheikh rejeta sa capuche en arrière. Un long cri salua ce geste, les Bédouins se mirent à pousser des youyous en brandissant leurs lances.

— Ce sont les hommes de mon neveu. Nous sommes sauvés, messire !

12

À leur arrivée au campement bédouin – une trentaine de tentes faites de peaux de chèvre aux longs poils noirs –, ils furent accueillis par des femmes, jeunes et vieilles, parées de bijoux d'argent, d'or et de perles de verre. Elles souriaient et plaisantaient entre elles en regardant Tancrède. Elles parlaient si vite et leurs conversations étaient tellement entremêlées qu'il ne comprit pas grand-chose, si ce n'est qu'elles étaient impressionnées par sa haute taille et ses cheveux blonds et qu'elles commentaient abondamment sa virilité. Des enfants accoururent, s'agrippant aux pans de son burnous puis, sur un geste de Rafik, se dispersèrent en piaillant comme des moineaux.

Soutenues par des piquets, arrimées par des cordes, les tentes étaient entourées d'un haut remblai de sable. Sur l'invitation de Rafik, le Normand se déchaussa et se baissa pour passer sous un auvent. Le sol recouvert de tapis de haute laine et de coussins en damas jaune rayé de pourpre, la *bait ash shaar*, la maison en poils de chèvre, était coupée en deux par une tenture qui, comme lui expliqua le Bédouin, séparait le domaine des hommes de celui des femmes.

C'était la première fois que le Franc pénétrait dans une tente bédouine, une *khaima*, comme ils l'appelaient. Sur l'invitation du cheikh, il s'assit sur les coussins à sa droite, le neveu de Rafik prenant place à sa gauche. Contre la cloison étaient alignés, à côté d'un faisceau de lances et d'arcs, une selle brodée d'argent et des bâts pour les chameaux. Des lampes à huile distribuaient une clarté dansante, éclairant le rude visage de leur hôte. Au-dessus de leurs têtes, le vent agitait doucement la toile qui tirait sur les cordes d'amarrage. Dehors, un grand feu crépitait, lançant des étincelles vers le ciel étoilé.

Un à un, les Bédouins, une trentaine de guerriers à l'air fier, vêtus de burnous de laine épaisse, étaient venus rendre hommage au cheikh avant de prendre place, formant un large cercle qui débordait jusqu'à l'extérieur. Ici, Tancrède s'en apercevait, Rafik était un grand chef, l'égal d'un roi. Chacun de ses mouvements, le son de sa voix et jusqu'à la posture des autres l'attestaient.

— Nous allons fêter notre évasion et mon retour parmi les miens, souffla Rafik en se penchant vers lui.

Un homme qui menait trois agneaux par une corde était entré sous la tente. Il présenta ses bêtes, fit tâter la chair tendre et rose près du cou puis, malgré leurs plaintes, les tira dehors pour les égorger. Derrière la cloison, les femmes s'affairaient. On fit passer une outre de lait de chèvre fermenté. Le cheikh et son neveu se mirent à palabrer. Hormis quelques mots propres à leur peuple, Tancrède comprenait à peu près tout. Rafik faisait le récit de leur évasion, du vol des juments dans le khan, de la mort des cavaliers turcs dans la ville abandonnée et, déjà, ils devenaient des figures de légende. Plusieurs fois, les mots *al malik al dilik* étaient revenus à son sujet et il sentait que le regard de ceux qui l'entouraient changeait au fur et à mesure de ce long discours. Ils l'acceptaient parmi eux. Lui, le Franc, le fils bâtard des souverains de Sicile.

Il n'y avait rien ici qui lui soit connu et, pourtant, il se sentait à sa place sous cette tente, assis avec ces farouches guerriers. Enfin, le neveu de Rafik se leva et tous le suivirent dehors, pour prendre place autour du feu. Sur un lit de braises rôtissaient les trois agneaux sacrifiés. De jeunes garçons déposèrent un grand plateau couvert de galettes de mil. Tancrède entendait remuer les chevaux et blatérer les chameaux à l'attache derrière le camp. Un guetteur se tenait debout sur la crête, silhouette solitaire et si immobile qu'il crut un instant que ses yeux l'avaient trompé.

On apporta la viande. Rafik en coupa un morceau qu'il lui tendit. Le plateau se vida puis repartit vers le quartier des femmes et des enfants. Ces hommes si sobres par ailleurs, capables de se priver de nourriture pendant des jours, mangeaient avec voracité. Les plateaux se succédaient et, excepté quelques brefs éclats de rire, les seuls bruits étaient ceux d'une intense et bruyante satisfaction. Une fois le repas terminé, la musique de l'oud s'éleva, accompagnée du son d'un tambourin qu'un aveugle frappait d'une baguette de bois.

Ils avaient frotté leurs mains dans le sable et essuyé leurs lèvres. Enfin circula une outre de liqueur de palme dont la chaleur surprit le Normand. Puis le silence retomba et Rafik, à la demande de son neveu, déclama un des poèmes aux harmonies étranges que Tancrède avait entendus dans la prison d'Alep. Il y était question de femmes, d'amour, de chevaux et d'un désert dont le nom revenait souvent, le *Rub' al-Khali*.

J'étais sur les hauteurs, observant des amis
Le moindre mouvement, et guettant dans la nuit
L'instant où le sommeil, enfin, viendrait
[les prendre
Sans mon désir, j'aurais été brisé d'attendre...

Le regard du Bédouin était perdu au loin, sa voix montait vers les étoiles. Tancrède voyait l'aimée, la belle, la gazelle qu'il évoquait...

Quand il s'endormit, quelques heures plus tard, il se rêva, vivant et chassant avec les Bédouins dans des paysages inconnus où chantaient des collines d'ocre pâle aux formes si douces qu'on eût dit courbes de femme.

Et puis soudain, elle lui apparut. Elle chevauchait devant lui, ses longs cheveux noirs flottant sur ses épaules. Après une longue course sous un ciel traversé d'étoiles telles des flèches dans la nuit, il la rattrapa…

Était-ce le chant de Rafik qui se répétait ?

Alors que, délestés de leurs selles, leurs chevaux s'éloignaient en caracolant vers les rives d'un fleuve, il l'enlaça et sentit son cœur battre tel un oiseau affolé contre le sien. Il la souleva et la porta sous la tente.

« Je vous attendais et suis tout à vous ! » disait-elle, ses yeux d'un vert de Nil pailleté d'or dans les siens.

Le chant se poursuivait et c'était la voix du cheikh qui continuait à résonner dans son rêve.

Je pris à sa lèvre un nectar si doux
Qu'un vin précieux pour un peu j'aurais cru,
Où miel et neige se mêlaient,
Rafraîchissant le plus meurtri des cœurs.
Puis j'ôtai sa robe et je découvris
Une gracile et parfaite blancheur.

13

À des lieues de là, dans les montagnes de Cilicie, dans la forteresse de Vahga, berceau des Arméniens de la dynastie des Roupénides, se préparait un grand banquet en l'honneur des fiançailles de la princesse Naïri. Sur les remparts et les tours flottaient oriflammes et étendards. Dans la grande salle, des serviteurs achevaient de décorer les longues tables de guirlandes de fleurs sauvages. Le sol était jonché de menthe d'eau et de verveine exhalant un parfum entêtant. On attendait les invités d'un instant à l'autre.

Survolée par les aigles royaux, Vahga faisait face aux monts enneigés de l'Anti-Taurus. L'oncle de Naïri, Thoros II, y régnait en maître, à la fois redouté des Byzantins et des Turcs.

Une demi-douzaine de servantes dirigées par la tante de Naïri, la dame de Raban, avaient lavé, habillé et coiffé la petite princesse qui s'était laissé faire, non sans marquer une impatience grandissante. Enfin, tout le monde était sorti, et la jeune fille se retrouva seule. Comme pour s'assurer qu'il n'y avait pas là quelque mirage, elle contempla une nouvelle fois son reflet dans le miroir d'étain.

La soie écarlate de sa robe mettait en valeur le noir profond de ses cheveux et le vert de Nil pailleté d'or de son regard. La cavalière, la fille qui grimpait aux arbres et tirait à l'arc mieux que ses cousins, son « fils préféré » ainsi que l'appelait affectueusement son père, était méconnaissable. Elle passa la main d'un geste impatient sur la surface de métal, effaçant l'image trop parfaite qu'elle lui renvoyait, puis sortit de sa chambre en claquant la porte.

Quelques jours auparavant, son oncle, le prince des Montagnes de Cilicie, lui avait annoncé qu'elle devait se marier. Elle avait bien essayé de protester, mais autant son pouvoir avait été grand sur son père, Stéphane, autant elle n'en avait aucun sur Thoros dont la voix avait claqué, matant en elle toute envie de rébellion. Elle était une princesse arménienne, l'alliance était importante, elle devait obéir. Elle n'avait même pas su le nom de son promis, gardé secret.

Depuis, elle ne décolérait pas. Son père n'était pas enterré depuis un an qu'elle devait revêtir un habit de noce. Comment son oncle pouvait-il penser la marier alors qu'on avait assassiné son frère préféré ? Oubliant le fragile tissu de ses vêtements d'apparat, la jeune fille – elle venait d'avoir seize ans – gravit les escaliers menant aux remparts. Les soldats qui allaient et venaient sur l'étroite corniche la saluèrent avant de continuer leur ronde. Elle se haussa sur la pointe des pieds et contempla l'infini bleuté des montagnes qui s'étendait sous ses yeux. Puis elle reprit sa course et gravit les marches menant en haut du donjon. Ici, le vent soufflait toujours en violentes rafales et, en hiver, gardes et officiers devaient se réfugier dans un abri de bois et de peaux que réchauffaient mal les flammes d'un brasero.

Comme celui des guetteurs, le regard de Naïri se fixa sur la troupe de cavaliers qui grossissait à vue d'œil sur la route sinueuse. Dès son entrée dans les terres arméniennes, le convoi avait été signalé par l'appel des cors résonnant de poste de garde en poste de garde.

La jeune fille entendit qu'on l'appelait mais se garda de répondre. Sa sœur de lait, Gulig, et ses suivantes devaient la chercher partout. Naïri songea qu'elle préférait les moments où les siens avaient été traqués par les Byzantins quand elle chevauchait habillée en garçon, une arme à la ceinture, à ces jours de fête où elle devait se laisser coiffer et habiller comme une poupée de chiffons. Était-ce l'évocation des jours anciens ? Un brusque chagrin l'envahit à la pensée de son père, le prince Stéphane. « La paix est une illusion, lui disait-il souvent. Les hommes se disputent la terre. Mais la terre n'appartient qu'à elle-même et nous n'y sommes que de pauvres pèlerins. » Et il était mort sur une terre qu'il essayait de conquérir.

Elle enrageait de n'avoir pas la liberté de son jeune frère Roupen, de ses cousins ou même du plus humble de ses serviteurs. Elle aurait vengé son père et mis à mort son assassin, Andronic Euphorbenos, ce duc grec, cousin de l'empereur de Byzance. Dieu merci, on lui avait appris à manier l'épée, le poignard et le bâton ainsi qu'à tirer à l'arc. Mais que lui servait tout cela alors que ses jambes étaient entravées par cette longue robe, ses bras enserrés dans ce tissu somptueux, et que de lourdes chaînes d'or pendaient à son cou ?

La vue du lion d'Arménie sur fond or qui claquait au mât lui arracha un soupir. Vahga était le berceau des siens depuis 1097 et chacun de ses recoins lui racontait une histoire de sièges, de batailles, de pillages. Un bastion qui, du temps de son grand-père, le roi Léon Ier, avait été assiégé par les Byzantins, puis enlevé par l'émir danichmendite Ibn Ghazi, avant d'être reconquis par son oncle.

Ses yeux se reportèrent vers les murailles qui, par le passé, avaient subi tant d'assauts. L'appel des trompes du château résonna, la faisant tressaillir. Les invités arrivaient. Palefrois et destriers se lançaient dans la montée menant à la première porte. Elle distinguait maintenant l'éclat des armures et des armes, la lueur métallique des casques et des caparaçons des chevaux. Le martèlement des sabots allait s'amplifiant, faisant lever dans son sang une excitation singulière. Elle aurait voulu être un homme, un chevalier des montagnes comme ceux qui l'escortaient quand elle partait à la chasse avec ses oncles. Au lieu de cela, elle n'était qu'une femme qu'on allait conduire à son mari comme une jument à l'étalon !

Dans la basse-cour, en contrebas, des palefreniers se précipitaient au-devant des cavaliers qui venaient de passer la grande porte. Des barons francs brandissaient dans leurs mains gantées de fer gonfanons et oriflammes. Elle reconnut les couleurs des Saône et des Raban, la famille de sa tante. Derrière venait une suite somptueuse de chevaliers et de fantassins en armes, enfin entrèrent des seigneurs arméniens brandissant les couleurs d'Ochine de Lampron. Escortée par des cavaliers en armes, une voiture bâchée de cuir aux armes du *catholicos*, le patriarche arménien de Hromgla, Nersès Chnorhali le Gracieux, s'immobilisa devant les marches menant à l'entrée principale.

Naïri fronça les sourcils, elle ne s'attendait ni à la venue du fameux théologien et poète ni à celle des membres de la dynastie rivale de la sienne, les Héthoumides.

— Princesse, je vous ai cherchée partout, fit la voix de Gulig dans son dos. On vous attend, votre oncle vous réclame.

Naïri hocha la tête et suivit son amie sans protester, descendant les marches sans les voir. Une fois en bas, elle s'arrêta. Elle se sentait si nerveuse qu'elle avait l'impression qu'elle allait s'évanouir ou tomber morte. Peut-être tout cela n'était-il qu'un mauvais rêve ?

— Eh bien, princesse, qu'y a-t-il ? demanda Gulig dont le caractère égal s'accommodait mal des sautes d'humeur de son amie.

— Rien ! jeta Naïri en se tournant vers elle, les sourcils froncés, ses yeux jetant des éclairs. Et cesse de me parler comme si nous ne nous connaissions pas ! poursuivit-elle avec colère. As-tu oublié que nous sommes sœurs de lait ? Que c'est ta mère qui s'est occupée de moi ?

— Mais non, bien sûr. Mais avec tous ces seigneurs qui arrivent et ton prochain mariage, je ne savais plus comment t'appeler…

— Comme avant, bien sûr, comme avant ! la coupa Naïri. Crois-tu que quelque chose ou quelqu'un pourra changer le lien qui nous unit ?

La voix de la princesse était montée d'un ton.

— Mais non, se récria Gulig, ne te fâche pas. Dieu que tu t'échauffes vite !

— Et toi, trop lentement ! (Puis la voix subitement radoucie :) Allons-y puisqu'il le faut !

— Attends !

La jeune fille déposa d'une main ferme sur les épaules de Naïri l'ample cape de velours qu'elle avait amenée, refermant la fibule ornée d'escarboucles, enfin, sortant un peigne de corne, elle refit le chignon paré de rubans et de perles d'eau douce.

— Que tu es belle ! s'exclama-t-elle avec une spontanéité qui fit sourire Naïri.

Toute rancune oubliée, elles se serrèrent l'une contre l'autre, la jeune princesse embrassant les joues rondes et fraîches de son amie.

— Pardonne-moi, ma toute petite, murmura-t-elle avant de tourner les talons.

Le brouhaha derrière les grandes portes doublées de fer accéléra les battements de son cœur. Des voix inconnues retentissaient, des pas lourds martelaient le dallage, un des chiens de Thoros aboya…

L'un des hommes qu'elle allait rencontrer deviendrait son époux, et ce serait peut-être un vieillard dont la laideur au soir des noces la ferait frémir. Elle chassa ces terribles pensées et avança, pressée d'en finir. Les soldats de garde écartèrent leurs lances et poussèrent les lourds battants. Elle pénétra, le menton haut, dans la galerie au plafond orné de bannières turques et byzantines prises à l'ennemi.

14

Une foule dense de nobles arméniens, de chevaliers francs, de clercs, de femmes et d'enfants attendait dans l'immense salle de réception. Ils étaient une centaine à se tenir là, tous en costumes d'apparat, vêtus de tuniques et de bliauds de soie venus de l'Inde ou de la Chine, femmes et jeunes filles en robes, surcots et voiles de mousseline aux couleurs vives. Une assemblée aux vêtements brodés, passementés. Des soieries, des taffetas flambés, des samits, des damas, des *ispahanis*, étoffes allant du vert émeraude au jaune d'or, au bleu ciel, au rouge rubis, des couleurs chatoyantes qui frappèrent Naïri avec violence. Et partout de riches bijoux d'or, des pierres précieuses scintillant à la flamme des flambeaux et des lourds chandeliers. Elle qui, la veille encore, portait le deuil de son père, peinait à se reconnaître parmi cet opulent et joyeux parterre. Cet écart, cette distance accentua encore la conscience qu'elle avait de marcher vers son destin. Ces quelques pas lui semblaient plus lourds de conséquences que tous ceux qu'elle avait faits auparavant. Les instants à venir, les paroles qu'elle prononcerait, les gestes qu'elle ferait décideraient de sa vie entière.

Comme en écho à ses pensées, les conversations se turent. On murmurait son nom. La foule se fendit et, au bout de l'allée ainsi dessinée, elle aperçut le patriarche arménien appuyé sur sa canne entre Ochine de Lampron et Thoros II.

— Approche, ma fille ! fit ce dernier.

C'était la première fois qu'il l'appelait ainsi et lui témoignait son affection devant tous.

Grand et lourd, des yeux noirs au regard perçant dans un visage balafré, il était le seul à n'avoir pas revêtu l'habit de fête et elle lui en sut gré. L'éclat terni de sa cotte de mailles luisait sous sa longue tunique de soie rouge et seules la bague d'or de son sceau – avec l'inscription *Thoros, serviteur de Dieu* – et la mince couronne qui ceignait son front le différenciaient de ses vassaux.

Naïri ne l'avait jamais connu autrement que sombre et taciturne. Fillette, son pas lourd, sa voix et la vue de son visage couturé la terrifiaient. Pourtant, son père lui disait que c'était un frère aimant et qu'avant son emprisonnement à Byzance et la mort de leur père, c'était un joyeux compagnon.

Alors qu'elle avançait entre ces rangées de courtisans et d'inconnus aux regards scrutateurs, les seuls bruits qu'elle percevait étaient le martèlement affolé de son cœur et le frôlement de sa cape sur le dallage.

— *Ichkhan !* dit-elle en s'inclinant devant son oncle, lui donnant son titre de prince.

Thoros lui fit signe de se relever puis, attrapant la main qu'elle lui tendait, lui présenta le religieux debout à ses côtés.

— Tu connais notre saint homme, le patriarche, Nersès Chnorhali.

— *Der catholicos*, souffla-t-elle, en s'inclinant de nouveau, impressionnée par celui qu'elle n'avait aperçu que de loin à des offices où accourait une foule innombrable.

Vêtu d'une somptueuse dalmatique rouge et vert, une chape blanche ornée de croix noires sur les épaules, il en imposait par la dignité de son maintien. Grand et maigre, la barbe soignée, appuyé sur sa canne sculptée, le *catholicos* posa sa paume sur sa tête.

— Dieu vous bénisse, princesse Naïri. Vous ne pouvez vous en souvenir, mais je vous ai vue alors que vous n'étiez qu'un enfançon. On m'avait parlé de votre beauté, mais on m'avait menti.

Un sourire malicieux éclaira le visage du vieil homme alors qu'il marquait un temps d'arrêt.

— Vous êtes plus que belle. Ne laissez jamais s'éteindre la lumière qui vous habite.

Émue et gênée, Naïri balbutia un remerciement, mais déjà Thoros II la guidait vers d'autres invités parmi lesquels son oncle, Mleh, qui la serra un bref instant dans ses bras. Elle rendit leur salut aux Francs qui s'inclinaient devant elle. L'un d'eux, un jeune seigneur brun aux yeux bleus, la barbe rasée de près, la fixait, le regard brûlant.

— La princesse, déclara Thoros II d'une voix ferme, est devenue ma fille depuis la mort de son père, mon regretté frère Stéphane, lâchement assassiné par les Grecs.

Le silence se fit plus lourd. Naïri avait pâli, bouleversée. Les traits d'Ochine de Lampron et de son jeune fils Héthoum s'étaient crispés. Étaient-ils tombés dans un traquenard ? Le mariage de la princesse avait-il pour seul but de les attirer à Vahga et de les exterminer ?

Malgré l'alliance conclue entre les deux dynasties arméniennes – on avait arrangé un mariage entre une des filles de Thoros II, encore une enfant, et le jeune Héthoum III – les sympathies probyzantines des Héthoumides restaient un sujet de querelle que l'assassinat du prince Stéphane avait cruellement remis à l'ordre du jour.

Déjà les chevaliers d'Ochine avaient posé la main sur la garde de leurs épées. Le patriarche se pencha vers Thoros qui hocha la tête.

— Mais, ainsi que j'en ai fait serment à notre *catholicos*, je n'en dirai pas davantage. Aujourd'hui est le jour de fête de la plus jolie perle de mon royaume…

Il y eut un soulagement palpable dans la salle, des sourires revinrent sur les visages. Épées et poignards resteraient au fourreau.

— Princesse Naïri, voici Roger de Saône, ajouta-t-il en désignant le jeune baron qui n'avait cessé de la dévorer des yeux.

Roger prit la main que la jeune fille lui tendait et l'effleura de ses lèvres. Un frisson la parcourut tout entière, et même quand elle se détourna, cette sensation trouble ne s'effaça pas.

— Le connétable Jean, le seigneur Kostantin de Servantikar, le chevalier Guillaume de Londres, mon ami Guido Pisanus de Tyr…

Le reste se perdit dans un brouhaha. Naïri percevait toujours sur elle le regard appuyé de l'héritier des Saône. Les invités s'asseyaient. Les tables étaient décorées de fleurs et de feuillages, des senteurs mêlées de cannelle, de jasmin et d'aubépine montaient aux narines. Des musiciens jouaient de l'oud et de la guiterne, les instruments préférés de Thoros. Des danseuses étaient entrées dans la pièce, jeunes Esclavonnes aux membres graciles, arrachées à une caravane turque. Couvertes de voiles multicolores, elles virevoltaient avec grâce sous l'œil gourmand des invités.

La princesse, alors qu'elle n'avait pas encore touché aux vins que les serviteurs versaient dans les coupes d'argent, avait l'impression qu'il lui montait déjà à la tête. Et ce jeune homme qui ne cessait de l'observer. Assis près de la dame de Raban, sa tante, il ne paraissait pas se soucier de la gêne occasionnée par son regard trop direct. La jeune fille aurait aimé réagir à tant d'insolence, mais elle n'y arrivait pas. Une étrange langueur s'était emparée d'elle, une chaleur aussi, comme si les yeux de celui-là avaient allumé quelque brasier inconnu. Quelque chose contre lequel son esprit se rebellait mais que son corps acceptait.

Les serviteurs s'empressèrent, porteurs des premiers plats teintés de safran et de carmin de cochenille. Une odeur de menthe froissée et de paille fraîche venait de la litière jetée sur le dallage. Les chiens de Thoros, des lévriers du désert au pelage rouge, entouraient leur maître, assis à ses pieds ou dressés derrière lui.

— Silence ! Silence ! fit le prince des Montagnes en se levant.

Les conversations se turent d'un coup, les rires aussi. Les danseuses étaient parties, il ne restait plus que les musiciens qui suspendirent leurs gestes. Un souffle d'air chaud montait de la cheminée où achevait de se consumer un tronc d'arbre.

— Vous savez tous que ce jour n'est pas un jour comme les autres, reprit Thoros. L'un d'entre vous, mes seigneurs, m'a demandé la main de ma chère princesse. Il s'agit du seigneur de Saône.

Le jeune homme se leva, saluant l'assemblée. Sa tante prit la main de Naïri dans la sienne et la garda serrée. Elle semblait aussi émue qu'elle. Un brouhaha, des éclats de voix, des pieds qui frappaient le sol en cadence, des applaudissements. Naïri n'arrivait plus à réfléchir. Ainsi cet inconnu allait devenir son époux.

— Silence, mes amis ! Silence ! Il ne nous reste donc plus qu'à décider quand et où aura lieu la noce… Je…

Il n'avait pas achevé sa phrase que son écuyer se glissa près de lui, murmurant à son oreille :

— Pardon, prince, mais un cavalier venu d'Antioche demande à être reçu d'urgence auprès de vous. Il porte les armes du patriarche Aymeri de Limoges et a crevé son cheval pour arriver au plus vite.

Le visage de Thoros se durcit, l'homme de guerre reprenant aussitôt le dessus sur l'hôte attentionné.

— Fais-le entrer, ordonna-t-il. Silence tous, mes honorables invités !

Le messager d'Antioche, la cape et les bottes grises de poussière, les traits tirés par sa longue course, s'avança, faisant un visible effort pour ne pas tomber. Il avait parcouru d'une traite les quinze heures de chevauchée séparant Antioche de la forteresse arménienne, sa bête s'effondrant d'un coup dans la basse-cour, raide morte.

— Qu'il prenne place ! ordonna le prince des Montagnes. Et qu'on lui serve une coupe de vin.

Une fois qu'il eut repris des forces, l'homme parla d'une voix rauque et, dans la grande salle, on eût entendu une mouche voler tant l'assemblée était suspendue à ses lèvres.

— Honoré prince, Votre Excellence, je viens de la part de mon seigneur, le patriarche d'Antioche, Aymeri de Limoges, pour vous annoncer que le sultan Noureddin et son armée attaquent le comté de Tripoli. Ils doivent, à l'heure qu'il est, avoir planté le camp dans la plaine de la Bocquée, au pied du Crac des Chevaliers.

Il y eut des murmures de colère, des jurons ; les hommes de Saône s'étaient regroupés, les Arméniens aussi. On s'apostrophait.

— Silence ! s'écria Thoros. Que désire ton maître ?

— Défendre sa ville et combattre Noureddin ! Il a besoin de votre appui, messire.

— Voilà bien de ce vieillard intrépide ! s'exclama Thoros qui ne pouvait s'empêcher d'admirer celui qui, depuis tant d'années, avait lié sa vie à celle de l'ancienne capitale des Séleucides. Quant à toi, le messager, mon écuyer te conduira à mes écuries et tu y choisiras la monture de ton choix. Il ne sera pas dit que Thoros n'aime pas les hommes de ta sorte ! Mais avant, viens t'asseoir avec nous et mange ! Qu'on le serve !

Le connétable s'était approché.

— Ne devrait-on pas célébrer le mariage, ô prince ? La famille de Saône s'offre à ramener au plus vite la jeune princesse dans le fief qui sera le sien.

Thoros ne répondit pas. Son regard était passé du messager au connétable puis à Naïri. Pour la première fois, peut-être, la jeune fille sentit la force du lien qui les unissait.

— Je comprends l'empressement du futur époux, mais auparavant ma nièce et moi irons à Antioche avec mon armée. Nous ne devons pas prendre à la légère les mouvements des troupes de Noureddin. Si le vieux lion se réveille, nous serons là-bas pour lui rogner les griffes. Ensuite, je conduirai moi-même ma fille à l'autel. Disons, dans un mois à Saône, le temps d'en finir avec tout cela.

Une vie s'achevait, elle allait quitter Vahga et les siens et vivrait dans cette forteresse inconnue, aux confins de la principauté d'Antioche. Au moins, songea-t-elle, le marié n'était ni vieux ni laid. Elle pourrait le regarder en face quand elle l'accueillerait entre ses cuisses, au soir des noces. Et même si son esprit se rebellait encore, sa chair frissonnait. Mais le corps se trompait souvent. Elle s'était amourachée de petits prétendants qui, par la suite, lui avaient paru bien fades. Elle avait déjà vu des corps s'étreindre… et ne pouvait imaginer sans angoisse cette nuit où elle ne s'appartiendrait plus. Où elle perdrait cette liberté qui lui était si chère.

Le jeune Robert de Saône parla à son tour.

— Je comprends et respecte votre choix, seigneur prince, déclara-t-il d'une voix ferme. Donnons d'abord une leçon à Noureddin et aidons ceux de Tripoli à vaincre. Mais je veux offrir à celle qui sera bientôt ma femme le présent que j'ai choisi pour elle.

Sur un signe de son maître, un des chevaliers s'approcha, un coussin de soie reposant sur ses paumes ouvertes. Robert s'inclina, la main sur le cœur, son regard dans celui de Naïri. Un jonc d'or orné de trois émeraudes en cabochon scintillait sur le tissu. Une pièce magnifique due au talent d'un orfèvre byzantin. Thoros le passa au cou de la princesse qui leva ses yeux vert pâle vers celui qu'on lui avait choisi.

Les vivats et les applaudissements retentissaient, des pétales de roses de Damas et des grains de blé pleuvaient sur les épaules des jeunes gens…

BOHÉMOND III,
PRINCE D'ANTIOCHE

15

Cela faisait un moment que le patriarche Aymeri de Limoges et Bohémond III s'entretenaient dans les appartements de ce dernier, au palais d'Antioche. C'était le vieux religieux, venu à cheval de son château de Cursat, à cinq lieues au sud de la cité antiochéenne, qui avait donné l'alerte. En politique avisé, il entretenait des gens un peu partout, payant fort cher, y compris dans le camp ennemi, les renseignements qu'on pouvait lui fournir, tissant des alliances officieuses et, à l'image des musulmans, dressant des pigeons voyageurs qui parcouraient en tous sens les États latins d'Orient porteurs de ses ordres ou d'informations lui étant destinées.

— C'est à cause de notre faiblesse que ce Noureddin s'enhardit, mon fils, scanda-t-il. Il faut lui donner une leçon.

Le vieillard parlait avec force, appuyant chacun de ses arguments de coups secs frappés sur le bras de son fauteuil. Petit et maigre, richement vêtu d'une robe pourpre galonnée d'or, une croix sertie de pierres précieuses sur la poitrine, des bagues à chaque doigt, il dominait Bohémond de la hardiesse de sa langue, de son indomptable énergie et du sentiment de sa propre puissance.

— Je… Je… Je ne peux pas croi… croire qu'il marche sur le Crac des Chevaliers, lâcha le prince qui, en cet instant, ne se souciait du comté de Tripoli que dans la mesure où sa disparition l'isolerait encore davantage des autres États d'Orient.

— Mes espions sont formels, Excellence, répéta le patriarche.

Malgré son grand âge, Aymeri rêvait toujours d'une principauté aussi puissante qu'à ses origines. Ancien régent, habile politique, grand amateur de plaisanteries graveleuses au dire de Guillaume de Tyr qui ne l'aimait guère, le patriarche avait risqué sa vie pour cette ville qu'il avait défendue contre les Turcs en 1149 et pour laquelle il était toujours prêt à payer de sa personne.

Quant au jeune héritier – Bohémond n'avait que dix-sept ans –, il peinait, depuis la mort de sa mère, la princesse Constance, à prendre les rênes d'un pouvoir que, jusqu'à présent, personne n'avait voulu lui confier. Plus que le bégaiement dont il était affligé – on le surnommait Bohémond le Bègue ou le Bégayeur –, c'étaient la mollesse de son caractère, son goût affiché pour les femmes qu'elles soient damoiselles, servantes ou putains, plutôt que pour la défense de la principauté, qui le faisaient regarder de haut par ses barons.

La proximité d'Alep et du sultan Noureddin, l'éloignement de Jérusalem, son attachement personnel à Byzance, faisaient de Bohémond un prince cherchant davantage un protecteur puissant que la guerre et ses conquêtes.

— Vos ordres ont-ils été transmis à la citadelle ? demanda-t-il.

Bohémond hocha la tête.

— Nous devons aide et assistance à notre vassal, Raymond III, ajouta Aymeri qui s'inquiétait aussi du sort des évêques tripolitains rattachés à son patriarcat.

— Mais Noureddin n'arrivera pas à prendre le Crac, c'est la plus pui… puissante de nos forteresses et les Hos… Hospitaliers sauront la défendre, affirma Bohémond essayant de se convaincre lui-même.

— Ne faisons pas l'erreur d'avoir la mémoire courte, le sultan a remporté bien d'autres batailles, mon prince, et de fort rudes.

En proie à l'abattement, le jeune homme se prit la tête entre les mains.

— Il faut réclamer l'aide de Byzance. Demander du renfort à l'empereur. Appelez Xiphilin !

— Non ! Laissez celui-là où il est, s'insurgea Aymeri, avant de reprendre plus doucement : Non, mon fils, nous n'avons pas besoin des Grecs pour défendre les murailles de notre cité.

De jour en jour et cela enrageait le religieux, tant au niveau commercial que militaire, le protectorat byzantin sur la principauté d'Antioche s'affirmait. Pourtant, le nouveau conseiller envoyé par l'empereur moins d'un an auparavant, Constantin Xiphilin, était une ombre. Il n'avait pas le côté flamboyant de ses prédécesseurs mais il suivait le prince partout, et il devenait fort rare qu'une audience se déroule sans qu'il soit présent. Il avait fallu toute l'autorité d'Aymeri pour obtenir ce tête-à-tête et encore… Le patriarche avait appris que Xiphilin lui succéderait dans l'antichambre, extorquant sans doute à Bohémond un compte rendu exact de leur entretien.

Il soupira. Les temps bienheureux où vivait encore Raymond de Poitiers, l'oncle d'Aliénor d'Aquitaine, le père de Bohémond III, étaient loin. Sa tête coupée avait été offerte à Noureddin. Et depuis, la principauté d'Antioche avait connu bien des déboires, la plupart dus au choix de la princesse Constance d'épouser en secondes noces Renaud de Châtillon. Celui-ci, après s'être fait tant d'ennemis que nul ne voulait payer sa rançon, était prisonnier depuis deux ans à Alep et risquait de le rester longtemps.

— Bientôt, l'empereur nommera un patriarche grec à la tête de la principauté et il en sera fait de l'influence de Rome. Vous ne pouvez désirer cela, mon fils ?

Le jeune prince fit non de la tête plus pour calmer son interlocuteur que parce qu'il partageait ses idées. Et puis, quels arguments pouvait-il opposer au vénérable homme d'Église ? Il avait tant vécu dans l'ombre de sa mère, la princesse Constance, et de son redoutable beau-père, Renaud de Châtillon, qu'il ne savait encore quelle sorte de prince il était. La principauté n'était plus que l'ombre de celle qu'avait conquise le Normand Bohémond de Tarente lors de la première croisade. Assaillie par les Turcs, elle ne survivait que grâce à la tutelle protectrice de l'empereur de Byzance, Manuel Comnène.

— Vous m'écoutez, mon fils ? s'impatienta le patriarche.

— Oui, mon père, oui. Mais la suzeraineté de Byzance nous protège de Noureddin, vous le savez. Sans cela…

— Noureddin est tout sauf bête, nous servons de tampon entre ses territoires et les soldats de l'empereur, voilà tout ! Il préfère nous avoir nous, si faibles à sa porte, que la puissante armée byzantine.

— Nous ne sommes pas faibles, protesta le prince en bégayant de plus belle. Et depuis le mariage de ma sœur Marie, je suis le beau-frère de l'empereur.

— Et cela vous flatte, mon fils ? grommela le religieux aussi mécontent du manque de caractère de Bohémond que des tentatives de la diplomatie grecque pour le suborner.

— Non ! Non, ce n'est pas ce que je voulais dire, fit le jeune homme en s'empourprant.

— Nous devons nous préparer à la guerre, mon prince. Si Noureddin remporte la bataille du Crac, il n'y aura bientôt plus que l'Oronte entre ses guerriers et nous !

— Mais avec quels hommes ? Et nous n'avons pas assez de destriers. Nous finirons comme le comté d'Édesse, taillés en pièces.

— J'ai envoyé un messager à Thoros II de Cilicie. Il se portera à notre secours.

— Bien, bien. Mais je veux aussi que vous préveniez mon beau-frère, s'obstina Bohémond.

— À l'heure qu'il est, n'ayez crainte, l'empereur de Byzance doit savoir très exactement ce qu'il en est.

Le patriarche se leva et alla à la fenêtre contempler la cour où des écuyers s'entraînaient à la quintaine. Lançant leurs destriers au galop, ils tournaient autour des mannequins de bois leur assenant des coups dont l'écho parvenait jusqu'aux appartements princiers.

— Puis-je me retirer, mon prince ? On m'attend pour l'office en l'église Saint-Paul.

— Bien sûr, approuva Bohémond III, trop content d'en finir avec cette embarrassante discussion.

Il se leva à son tour, mettant un genou en terre devant le patriarche qui le baisa au front.

— Vous repartez pour Cursat ce soir, mon père ?

Le prince savait que le patriarche entretenait une véritable armée et que sa garde personnelle, composée de soldats et d'officiers d'élite, se serait fait tuer pour lui. Quant à Cursat, que d'aucuns surnommaient le *Castrum Patriarchae*, c'était un château capable de résister à bien des assauts. On disait aussi que le patriarche y possédait suffisamment de chevaux pour faire la « remonte » de toute l'armée d'Antioche. Et même s'il y avait là quelque exagération, cela attestait de la considérable fortune du religieux qui, en plus de coffres bien remplis, avait des possessions un peu partout sur la principauté et au-delà.

— Au fait, mon prince, vous n'êtes pas sans savoir l'arrivée au port Saint-Syméon d'une galée avec à son bord le Vénitien Leonardo Michiel ?

— Oui, je le recevrai bientôt avec mon conseiller Xiphilin.

— N'oubliez pas que nous avons besoin des Italiens, mon fils. Je sais que vous avez reçu dernièrement les Génois et les Pisans. Il faudra accueillir le fils du doge avec les honneurs dus à son rang.

À cette remarque, le visage du prince se ferma et Aymeri, sentant qu'il avait outrepassé son actuelle fonction, n'insista pas.

— Faites ainsi qu'il vous plaira, mon fils, cela sera bien fait. Je rentre à Cursat, mais je reviendrai ensuite ici tenir le rôle que Dieu et les hommes m'ont attribué. La paix soit avec vous, mon fils !

16

Une fois dans le couloir où il croisa des barons qui le saluèrent avec respect, Aymeri de Limoges se laissa aller à sa mauvaise humeur. L'indolence de celui qui avait été son protégé le faisait enrager et il était obligé d'accepter l'idée, fort déplaisante, que, sans la protection de Byzance, jamais Antioche ne pourrait tenir avec un homme si inexpérimenté à sa tête.

De hautes dames qui passaient par là avec leurs suites s'agenouillèrent en le reconnaissant, baissant la tête pour recevoir sa bénédiction. Alors qu'il allait s'éloigner, un homme fendit la foule et s'inclina devant lui, avec maintes courbettes et compliments. Maigre silhouette, vêtue d'une tunique brodée d'or, Constantin Xiphilin, haut dignitaire byzantin, était le personnage qu'Aymeri avait le moins envie de rencontrer. Il s'en méfiait comme il se méfiait de tout ce qui venait des Grecs. Leur diplomatie empruntait tant de détours, faisait tant d'admirables et surprenantes volte-face qu'il était facile d'être un jour l'ami de Byzance et le lendemain son pire ennemi.

— Je vous croyais à Constantinople, ironisa le patriarche après lui avoir rendu son salut.

— Rien ne pourrait me combler davantage que d'aller rendre hommage à notre tout-puissant empereur, mais, vous le savez, ma place est au côté du prince d'Antioche, fit Xiphilin en s'inclinant à nouveau. J'essaie à ma modeste mesure de remplir le rôle que m'a attribué notre divin *Autokratôr*, ô patriarche.

Aymeri se dit qu'il avait le visage le plus inexpressif qu'il connaisse. Avec la meilleure volonté du monde, on ne lisait rien sur ses traits ni dans ses yeux. Et c'était une de ses forces, cette impassibilité, cette courtoisie, cette voix qui ne disait jamais les choses une fois mais les répétait, les martelait de façon qu'elles vous pénètrent malgré vous. Il exaspérait le religieux et le laissait mal à l'aise. Ancien juge, Constantin Xiphilin, avait été formé à l'école de droit de Constantinople et diligenté par l'empereur lui-même. C'était un diplomate dans l'âme, onctueux et d'une discrétion telle que même les services de renseignements d'Aymeri n'avaient rien pu apprendre sur lui. Après les salutations d'usage, ils se séparèrent. Le religieux allait s'éloigner quand un chevalier le rattrapa.

— Monseigneur !

— Ah, Godefroy, te voilà ! fit le prélat, non sans impatience. Je me demandais où tu étais passé. As-tu vu celui que je dois rencontrer ? Je m'étonne de ne pas l'avoir encore croisé.

— Non, monseigneur, je ne l'ai pas vu.

— Et pourquoi cela ?

Le chevalier entraîna son maître vers les escaliers de marbre qui conduisaient au rez-de-chaussée du palais, jouant des coudes pour leur frayer un passage dans la foule de serviteurs, bourgeois et courtisans qui s'y pressaient.

— Tout d'abord, sachez que le connétable Haguenier voudrait vous parler. Il vous attend dans la basse-cour.

— Le connétable ?

Le patriarche soupira. Haguenier, en tant que premier officier militaire du prince Bohémond, était un personnage influent et sa grande intégrité n'en avait pas toujours fait l'ami du riche religieux.

— Quel rapport avec nos affaires ? Que me caches-tu ? S'il veut me voir ici, ce n'est donc pas une entrevue officielle, commenta-t-il en lui emboîtant le pas. Que me veut-il ?

Godefroy, petit chevalier d'origine picarde, était le chef du réseau d'informateurs d'Aymeri. C'était un drôle d'homme, la stature quelconque, le visage si banal que nul ne se souvenait jamais de ses traits. Il parlait plusieurs langues, était tout autant capable d'adopter les manières d'un homme du désert que d'un religieux ou d'un seigneur. Quand il n'était pas au côté de son maître, il vivait dans une cellule à Cursat, n'affichant qu'une seule et unique passion, celle des chevaux.

Il murmura :

— Un bruit court au sujet d'un cadavre qu'on aurait mené à la citadelle l'autre nuit. Je crains que ce ne soit la réponse à vos questions, monseigneur. Voilà le connétable. Je vous laisse et vous en dirai plus tout à l'heure.

Aymeri de Limoges fronça les sourcils. Les choses se compliquaient.

— Donne ordre qu'on selle mon palefroi. Je veux rentrer à Cursat avant la nuit.

— Bien, monseigneur, répondit Godefroy.

Le connétable s'était avancé vers eux, sa longue cape balayant le sol derrière lui. Son haubert luisant par la fente de son pourpoint gris, il s'inclina très bas devant le patriarche, baisant la main que celui-ci lui tendait. De petite noblesse, l'officier s'était imposé à la fois par son courage et sa probité à la plus haute charge dans la cour du prince, poste qu'il occupait depuis bientôt vingt ans. C'était un homme au visage maigre, aux cheveux et à la courte barbe d'un gris de fer, le regard aigu. Bien que ses mœurs austères déplussent fortement au religieux, ce dernier lui reconnaissait son indéfectible loyauté envers Antioche.

— Eh bien, monseigneur, vous songez déjà à nous quitter, remarqua le connétable en voyant Godefroy s'éloigner vers les écuries.

— Vous désiriez me parler, mon fils ?

— J'ai une mauvaise nouvelle pour vous.

— Il n'y en a pas de pire que celle du réveil de Noureddin !

— C'est vrai, concéda le connétable, mais nous devons aussi nous soucier des affaires intérieures. Vous attendiez un visiteur, je crois ? Titos Grimani, venu de Venise avec le fils du doge Leonardo Michiel ?

— C'est exact, fit le religieux sans qu'aucun muscle de son visage tressaille. Et pourquoi me demandez-vous cela ?

— Les gens d'armes l'ont retrouvé mort cette nuit.

Comme le patriarche ne réagissait pas, Haguenier poursuivit :

— Pourriez-vous me parler du but de sa visite ?

— Cela serait volontiers si seulement je le pouvais, répondit le prélat.

— Étiez-vous en affaires avec lui ?

— C'est le sieur Grimani qui avait sollicité cet entretien, éluda le prélat que la question gênait. Je ne le connaissais pas personnellement.

— Et vous accordez des entretiens à tous ceux qui en font la requête, monseigneur ?

— Non, mon fils, vous savez bien que non. J'espère que le fils du doge vous en dira plus que moi. Je suis au regret de ne pouvoir vous aider.

Une certaine impatience filtrait dans la voix du patriarche, le connétable n'insista pas et s'inclina devant lui.

— Pardonnez-moi de vous avoir dérangé, monseigneur.

— La paix soit avec vous, mon fils.

Une fois Haguenier parti, Godefroy réapparut au côté de son maître.

— Dieu que la probité de celui-là m'exaspère ! Je veux savoir ce qui s'est passé et comment Grimani est mort, ordonna Aymeri. Nous restons à Antioche. Envoie un messager à Cursat pour les prévenir. Combien d'hommes avons-nous en ville ?

— Une trentaine, monseigneur, sans parler des serviteurs.

— Fais venir le reste de ma garde de Cursat. Envoie un message au fils du doge. Je veux le rencontrer dès que possible. Ce soir, je dormirai en mon palais d'Antioche.

17

Quand Tancrède se réveilla sous la *khaima*, un solide mal de tête dû au vin de palme lui serrant les tempes, le son de l'oud résonnait encore sous son crâne. Il ne se souvenait plus quand ni comment il avait regagné sa couche pour s'y allonger, en revanche, une vision persistait, celle de la femme dont il avait rêvé. Celle qui s'était donnée à lui et dont le tissu froissé dans lequel il s'était enveloppé gardait encore les traces. Un souvenir si réel qu'il avait l'impression de sentir sous ses doigts la douceur de sa peau et sur sa bouche la chaleur humide de ses lèvres. Il avait enfoui son visage dans ses cheveux piquetés de perles, s'était enfoncé dans l'eau verte de son regard... Les derniers lambeaux de rêve s'effilochaient. Il aurait voulu les retenir et se redressa à regret.

Il n'y avait que Rafik sous la vaste tente. Assis en tailleur, il mangeait des galettes et des dattes.

— Venez partager mon repas, messire, déclara-t-il en tendant au chevalier un bol en bois empli de lait de chèvre. Tenez, buvez, cela aidera à dissiper les effets du vin.

— Merci, fit Tancrède en prenant place à ses côtés.

Il but lentement la boisson aigre, l'adoucissant du goût sucré d'une datte. Le silence retomba entre eux, juste troublé par les coups secs d'un pilon dans un mortier derrière la cloison et les rires étouffés des femmes. Un gamin nu, assis sous l'auvent, dévisageait l'étranger d'un air curieux tout en empilant des osselets qu'il faisait ensuite tomber d'un geste décidé à l'aide d'un morceau de bois. Un chevreau se tenait près de lui, immobile et tremblant sur ses pattes grêles. Enfin, l'enfant se rapprocha d'eux.

— C'est Omar, un des fils de mon neveu.

— Viens, Omar, fit le Normand. Tu veux une datte ?

Le garçonnet regarda Tancrède avec gravité puis lui tendit son morceau de bois et attrapa la datte qu'il fourra tout entière dans sa bouche. Le Franc examina un moment le rameau d'acacia tordu et blanchi par le soleil et les vents avant de sortir son coutel. L'enfant qui, dans un premier temps, avait esquissé le geste de reprendre son bien s'était figé. Les yeux agrandis d'étonnement, il suivait tantôt les mouvements de la lame, tantôt les copeaux qui tombaient un à un sur le tapis. Enfin, quand sortit de l'acacia le long museau, les yeux et les oreilles d'un lévrier, il poussa un soupir étouffé.

— Tiens, c'est pour toi.

Son nouveau trésor en main, le garçon sauta sur ses jambes et partit en criant. Rafik n'avait rien dit mais lui aussi avait observé. Il ordonna à une jeune fille d'apporter de nouvelles galettes. Tancrède mangea avec appétit et, pendant tout le repas, sentit sur lui le regard de son compagnon.

— Vous voilà bien songeur, ô cheikh, dit-il en s'essuyant la bouche.

— Je pensais à ma promesse de vous raccompagner à Antioche, messire, et je la regrettais.

— Que voulez-vous dire ?

Comme souvent, le cheikh ne répondit pas directement.

— Ma dette ne s'éteindra pas aux portes de la cité, fit-il en tapant dans ses mains.

Un homme que le Normand avait vu la veille au soir parmi les guerriers se glissa sous la tente, le salua, puis s'agenouilla en face d'eux. Il était petit et mince, très brun de peau, le regard vif.

— Vous m'obligerez, messire, en acceptant qu'Ali vous accompagne à Antioche. Il vous servira en tout. Il connaît les chevaux mieux que quiconque et c'est un homme dans lequel vous pouvez avoir toute confiance. Il saura vous montrer le chemin si un jour vous désirez me rejoindre. Et si vous êtes en danger, il me préviendra.

Tancrède regarda Ali qui était resté impassible puis se tourna vers le cheikh, sachant qu'un refus l'offenserait.

— J'accepte, ô cheikh, et vous en remercie mais à condition que je puisse rendre sa liberté à Ali si, un jour, je le décide.

— Il est libre, c'est lui qui vous a choisi, messire.

Le visage grave, Ali acquiesça d'une inclination du buste.

— Tout comme moi, il vous a reconnu, poursuivit Rafik avec gravité.

— Vos paroles sont obscures.

— Allah est grand, messire !

Une soudaine émotion troublait sa voix et Tancrède le regarda plus attentivement. Ses yeux s'étaient emplis de larmes.

— Il m'a rendu ce que j'avais perdu.

Que voulait-il dire ? Tancrède attendit sans oser questionner, craignant de briser la fragilité du moment. Rafik semblait hésiter à se livrer davantage. Enfin, il reprit d'une voix plus ferme :

— Allah a permis notre rencontre, messire. Vous m'avez soigné, vous m'avez sauvé la vie. Et surtout, je vous ai observé dans la prison d'Alep, pendant que nous chevauchions mais aussi quand vous avez combattu les archers turcs et quand, tout à l'heure, vous avez fait jaillir le lévrier du bois d'acacia. Vous êtes *al malik al dilik*, messire. Et un jour, vous reviendrez sous la *khaima*. Alors, je vous en dirai davantage.

— Expliquez-vous ! Que veut dire *al malik al dilik* ? *Malik* est le roi, mais…

— Il y a fort longtemps, reprit le Bédouin, vivait Imru' al-Qays, fils de Hujr, roi de Kinda. Un poète, un chevalier du désert, un grand amoureux. On le surnommait le « roi errant »… Mais nous en reparlerons, messire… Quand vous reviendrez.

— Je ne reviendrai pas, ô cheikh. Je vais retourner parmi les miens et peut-être même, un jour, nous trouverons-nous face à face sur un champ de bataille, l'épée à la main.

— Vous reviendrez, déclara Rafik d'un ton si péremptoire que le Franc n'ajouta mot.

Ce drôle d'homme avait une assurance qui lui en imposait. Il semblait voir plus loin et mieux que lui-même. Il ne chercha plus à le contredire. Qui savait, alors qu'ici en Orient des mondes s'affrontaient les armes à la main, de quoi demain leurs vies seraient faites ?

LE CRAC DES CHEVALIERS

18

Sur la plus haute tour de la forteresse des Hospitaliers, une colonne de fumée achevait de se dissiper. Toute la nuit, des feux s'étaient répondu d'un château à l'autre, donnant la position des troupes ennemies et celle des renforts.

Bâti sur une crête du djebel Ansariya, le Crac, *Hosn al-Akrad*, s'y dressait tel un lion, les griffes plantées dans la roche volcanique. Du haut de l'échauguette où flottait la bannière rouge à croix blanche des chevaliers de l'Hôpital de Saint-Jean de Jérusalem, le regard des guetteurs allait des monts du Liban à la plaine de la Bocquée et à la côte où scintillait une mer aux reflets d'or bruni. Impossible de passer par la trouée de Homs, reliant l'intérieur des terres à la Méditerranée, sans que leurs trompes ne donnent l'alerte. Une alerte qui avait sonné dès que les éclaireurs turcs étaient apparus, précédant l'armée ennemie venue d'Alep. Bientôt, des milliers de cavaliers, suivis de fantassins, de chariots et de dromadaires chargés des tentes et du matériel de guerre prirent possession de la plaine de la Bocquée. La chaleur était si rude ce matin-là que même les feuilles des oliviers et des figuiers en souffraient.

L'appel sans cesse répété du tocsin retentissait dans les couloirs. Les soldats prenaient position sur les remparts en un long cordon hérissé de javelots et d'arcs. Les paysans, qui avaient rejoint l'abri des murailles avec leur famille et le bétail, endossaient des tuniques de cuir, s'armant de haches et de fourches. Le forgeron et ses aides continuaient à fabriquer lances, flèches et carreaux d'arbalètes. Les ordres du turcoplier aux mercenaires résonnaient sous les voûtes des allées couvertes. Dans la chapelle, le prêtre endossait sa cotte de mailles et se préparait à aller donner la bénédiction.

Dans la grande salle s'étaient réunis les chevaliers et les sergents de l'Hôpital attendant les ordres de leur chef de guerre, le maréchal Renaud de Saint-Piat. Celui-ci, après avoir caressé de sa main gantée la gorge du pigeon voyageur qui lui avait porté le message venu d'Antioche, rendit l'animal à son écuyer. Le turcoplier l'avait rejoint ainsi que le commandeur du Crac.

— De combien d'hommes valides disposons-nous ? demanda Saint-Piat au turcoplier.

Même s'il connaissait tous les hommes vivant dans l'enceinte du Crac, qu'ils soient soldats, confrères, consœurs ou « donnés à l'ordre », Saint-Piat aimait la précision. Elle l'aidait à structurer sa pensée, surtout quand face à lui se dressait une armée comme celle de Noureddin. Dans ces moments terribles où bien d'autres auraient perdu leur sang-froid, lui, au contraire, se révélait et c'est ce qui lui avait valu cette évolution rapide au sein de l'ordre des Hospitaliers. Sur la recommandation du maître Gilbert d'Assailly, il était devenu maréchal, un grade qui, en temps de guerre, était plus élevé que celui du commandeur. La face sillonnée de rides, l'œil perçant, Renaud de Saint-Piat avait maintes fois prouvé qu'il était capable à la fois de diriger une armée et d'en assurer la logistique en « terre de regard », car c'est ainsi qu'on appelait les territoires ennemis.

— Cent chevaliers, cent cinquante sergents et écuyers, cent turcoples ainsi que deux cent cinquante fantassins, répondit l'homme. Nous avons aussi des serviteurs et des paysans qui se joindront à eux... Comptez cent hommes de plus, sire maréchal. Quant aux destriers, nous en avons cent en état de monte plus une cinquantaine de sommiers et des mulets.

— Dites aux palefreniers qu'ils soient caparaçonnés.

— Bien.

Un écuyer sortit aussitôt porter l'ordre du maréchal aux écuries. La salle se remplissait toujours. Les chevaliers Hospitaliers, les cottes de mailles luisant sous les surcots noirs marqués d'une croix blanche, l'épée au baudrier, patientaient au côté des sergents. Ils étaient les frères combattants de l'ordre. Ils attaqueraient en première ligne, arborant le gonfanon rouge à croix blanche.

Le maréchal se tourna vers le commandeur qui se tenait en retrait, la mine songeuse.

— Eh bien, à quoi pensez-vous, sire commandeur ?

— D'après le pli que nous avons reçu du patriarche d'Antioche, Noureddin veut attaquer Tripoli et non le Crac. Il a besoin d'une ouverture vers la mer. Notre devoir premier est de tenir notre forteresse.

— Il est vrai, commandeur. Mais c'est devant nous que le lion a choisi de planter ses tentes, rétorqua froidement Renaud. C'est un gant jeté à notre face.

— Nous pouvons le prendre comme cela, mon frère. Je n'aime guère, moi non plus, voir l'armée de Noureddin sous nos murs.

— Il fait trop chaud, reprit le maréchal d'une voix monocorde comme s'il réfléchissait à voix haute. Ils ont fait route à marche forcée depuis Alep et doivent reposer hommes et bêtes avant, soit de donner l'assaut, soit de continuer vers Tripoli. Et puis, le sultan doit laisser le temps aux chars de son matériel de siège et aux machines de jet de les rejoindre…

Habitué aux monologues du maréchal, le commandeur l'écoutait sans l'interrompre.

— Un des postes avancés signale avoir vu les étendards de Jérusalem. L'armée du roi Amaury approche. Il est accompagné d'Hugues VIII de Lusignan et de Geoffroy Martel, deux seigneurs tout juste débarqués en Terre sainte avec leurs chevaliers. Les Templiers commandés par Gilbert de Lasey seraient là également ainsi que les soldats du gouverneur byzantin de Cilicie, Constantin Coloman.

Si un homme était capable d'évaluer la situation, c'était bien Saint-Piat. Dans la salle, les chevaliers restaient silencieux. Ces hommes aux visages rudes, cheveux rasés et barbes courtes, imaginaient la bataille, les plus âgés jaugeant eux aussi les forces en présence.

— Nous devons empêcher Noureddin de passer.

Puis d'une voix plus ferme comme si enfin, sa décision était prise :

— Il faut attaquer, commandeur. Dès que les forces du roi de Jérusalem seront signalées. Nous sommes les sentinelles du comté de Tripoli, celles du comte Raymond III, Dieu le garde. Même si Noureddin n'a pas l'intention de s'en prendre à nous, nous devons l'empêcher d'entrer sur les terres comtales. Il y va de notre honneur.

— Qu'il en soit fait ainsi, fit le commandeur en se signant.

— Dieu le veut ! La guerre ! s'écria le maréchal en se tournant vers ses hommes.

— Dieu le veut ! répondirent d'une seule voix les frères combattants de l'Hôpital de Saint-Jean de Jérusalem.

19

Sa cape noire marquée d'une croix blanche rejetée sur ses épaules, le commandeur de l'Hôpital avait gagné l'une des tours qui dominaient le berquil, le grand réservoir qui servait à abreuver les chevaux. De là, il observa la cour puis la rampe qui accédait à l'enceinte intérieure que des Hospitaliers montaient au galop. Sur les hauteurs du djebel, une patrouille avait décimé des éclaireurs du sultan et revenait avec, en guise de butin, une dizaine de chevaux turcs.

Enfin, son regard passa au-dessus des terrasses et du chemin de ronde et se fixa sur les cavaliers turcs qui tournoyaient dans la plaine de la Bocquée.

L'armée de Noureddin et de ses principaux émirs, cavaliers lourds casqués et couverts de cuirasses, cavaliers légers et piétons, avait pris possession de la grande plaine céréalière. Il ne restait des champs vert tendre qu'une bouillie que piétinaient sans relâche chevaux et fantassins. Dans le ciel dérivaient des vautours et des milans.

Le commandeur imagina le vaste charnier qui bientôt s'étendrait sous le soleil. Les corps empilés, le sang séché, les viscères répandus… Il entendait déjà résonner sous son crâne les cris furieux et les hurlements des combattants. Voyaient les hyènes et les chacals se disputer les dépouilles. Il avait dans la bouche un goût amer. Un vertige le prit, il vacilla.

— Messire commandeur ! appela la voix inquiète de son écuyer.

— Tout va bien, Raoul, c'est la chaleur. Demande au prêtre qu'il vienne bénir nos hommes avant le combat et confesser ceux qui le désirent.

— Bien, messire commandeur, fit le jeune garçon qui tourna aussitôt les talons.

Il avait tout juste quatorze ans, un poulain de bonne famille, né à Jérusalem et qui aujourd'hui peut-être allait mourir, la gorge traversée d'une flèche turque. Le commandeur avait la nausée. Non qu'il ait peur pour lui-même, mais la mort des autres le touchait plus qu'auparavant. Il avait perdu tant d'amis fidèles, de frères d'armes, il en avait tant vu… Il vieillissait.

Talonnant leurs montures, les archers de Noureddin décrivaient des cercles en brandissant arcs et lances. Ils se déplaçaient avec l'agilité acquise dans les hippodromes d'Alep et de Damas où ils s'entraînaient au jeu de polo, arrêtant brusquement leurs chevaux, les faisant changer de direction avant de repartir au galop. Leurs cris de guerre montaient jusqu'au Crac, leurs gestes de défi, leurs insultes exaspéraient les Francs qui les invectivaient.

Le commandeur songea que le maître de l'ordre, Gilbert d'Assailly, approuverait leur décision d'attaquer. À la différence du premier maître Raymond du Puy, d'Assailly privilégiait davantage la guerre que les soins et la protection des pèlerins qui avaient été à l'origine de la fondation de l'Hôpital. Depuis qu'il dirigeait l'ordre, il posait les Hospitaliers en rivaux des Templiers, arguant devant le roi de Jérusalem que ses hommes valaient ceux au gonfanon beaucent.

Le commandeur essuya d'un revers de main la sueur qui piquait ses yeux et reporta son attention vers le camp du sultan : des centaines de tentes étaient déjà plantées et d'autres s'alignaient encore, ébauche d'une ville de toile abritant des milliers de combattants ennemis ; à la lisière d'une oliveraie avaient été rangés les chariots et attachés chevaux de bâts, chameaux et mulets ; de grands feux s'allumaient sur lesquels rôtissaient des viandes… L'écho assourdi de tambours et de flûtes parvenait au commandeur. Un peu à l'écart, encadrée par celles de ses émirs, la vaste tente abritant Noureddin et ses proches avait été dressée.

L'officier épongea à nouveau son front et éprouva un bref instant l'éblouissement du soleil. Était-ce un effet de l'angoisse qui lui serrait le cœur ? Il avait l'impression de n'avoir jamais connu une chaleur aussi accablante. Pas un souffle de vent, ce matin-là, n'était venu soulever l'enseigne de l'Hôpital qui pendait sur sa hampe.

Il aperçut le prêtre qui passait dans les rangs des sergents et des turcoples. Les têtes des farouches guerriers se courbaient, ils échangeaient quelques mots avec le religieux, lui confiaient qui un bijou, qui un message, se signaient, puis reprenaient leur garde.

Le temps passait lentement et la chaleur alourdissait les membres, pesait sur les corps. Une jeune recrue s'effondra, le visage congestionné. Ses compagnons le portèrent à l'ombre, essayant de le ranimer. En vain, les yeux du malheureux s'étaient révulsés, il était mort, tué par le soleil.

— Portez-le à la chapelle et faites distribuer de l'eau parmi les hommes, ordonna le commandeur qui avait rejoint le petit groupe. Et relayez-vous davantage ! Il faut réduire les temps de garde.

La chaleur avait encore augmenté et même le paysage semblait pétrifié. Les soldats de garde étaient comme engourdis, les autres somnolaient dans la relative fraîcheur des salles voûtées, et chez l'ennemi, la torpeur aussi avait gagné. Les cavaliers turcs avaient disparu. La musique s'était tue et le ciel avait pris une teinte de plomb fondu. Ici et là dans la plaine, des reflets d'incendie s'allumaient sur des faisceaux d'armes, sur des écus plantés dans le sol. Sur les remparts planait un silence de mort. Le commandeur regagna la chapelle pour y prier.

20

À son arrivée dans la plaine de la Bocquée, Noureddin était resté un long moment à contempler la silhouette menaçante de la forteresse des Hospitaliers. La pierre blanche et dorée du Crac contrastait avec le brun de l'éperon rocheux sur lequel il dressait ses remparts, ses tours et ses glacis. Enfin, le sultan posa pied à terre, laissant un mamelouk se charger de son pur-sang et se dirigea vers la tente que ses *gulams*, ses esclaves, avaient fini de monter.

Après s'être purifié et avoir fait ses prières, il s'assit en tailleur sur des nattes de paille, juste vêtu d'une djellaba d'un blanc immaculé, envoyant un des hommes de sa garde chercher ses généraux.

Il écouta le compte rendu des émirs, le visage grave, faisant glisser les quatre-vingt-dix-neuf grains d'ambre de son *misbaha* dans ses doigts. Qilig, son dévoué mamelouk, restait debout derrière lui, immobile et silencieux, silhouette trapue armée d'un sabre courbe et de poignards. Aux côtés du sultan, assis en tailleur, silencieux lui aussi, se tenait Zayd, son médecin personnel depuis bientôt cinq ans.

Comme d'habitude, Noureddin avait tenu à organiser lui-même l'expédition contre Tripoli, et Zayd voyait avec inquiétude les signes d'une grande fatigue creuser ses traits. Sans tenir compte du fait qu'il était à peine remis de sa longue maladie, le sultan était allé aux arsenaux afin de surveiller la sortie des machines de jet, puis avait galvanisé par son appel à la guerre sainte les Turcomans et les Bédouins qui allaient se joindre à son armée. Avec sa peau tendue sur les os, ses yeux brillant d'un éclat fiévreux, il avait davantage l'air d'un ascète que d'un chef de guerre.

— Où sont les mangonneaux ? demanda-t-il.

— On les attend, ô sultan, répondit l'un des émirs. Les chariots qui les précédaient avec les armes sont arrivés.

— Loué soit Allah !

Le sultan se tourna vers le chef des mamelouks.

— Avons-nous des nouvelles de nos éclaireurs ?

— Non, ô sultan, aucune pour l'instant.

— Par Allah, c'est mauvais signe. Envoie d'autres hommes, je veux savoir ce que prépare le roi de Jérusalem et où est l'ost royal. Des nouvelles d'Antioche ?

— Nous venons de recevoir un message. Le prince Thoros II fait mouvement vers la ville. Il a quitté Vahga avec son armée.

— *Ô Prophète, encourage les croyants au combat !* psalmodia Noureddin. Que nos hommes prient et se reposent. Dès que l'heure chaude sera passée, nous repartirons.

— Pourquoi ne pas attaquer le Crac, ô sultan, lumière de la foi ?

— *Hosn al-Akrad* ne m'intéresse pas. Pas maintenant. Je veux que ce soir nos machines soient installées sous les remparts de Tripoli. Il faut ouvrir la route vers la mer. Cela seul compte.

Non sans avoir salué à plusieurs reprises le sultan, les émirs se retirèrent. Il ne resta bientôt plus sous la tente que Noureddin, Qilig, le médecin et un jeune esclave soudanais qui agitait un éventail de palme devant le visage en sueur de son maître. Ce dernier restait les yeux mi-clos comme s'il somnolait. Les *gulams* apportèrent une aiguière de cristal emplie d'eau claire et un plateau chargé de galettes de mil, de figues, de dattes et de fromage de brebis qu'ils posèrent sur une table basse avant de ressortir.

Il se passa bien une heure avant que le sultan sortît de l'immobilité dans laquelle il s'était figé. Il souleva enfin les paupières, regarda l'esclave qui agitait son éventail, puis se tourna vers le médecin.

— Qu'entendez-vous ? demanda-t-il au bout d'un moment.

Zayd, qui s'était assoupi à cause de la chaleur, sursauta comme pris en faute et prêta l'oreille. Il percevait l'écho lointain de rires et de cris, des musiques aussi.

— Le son des tambourins et des flûtes, ô sultan.

— Mes soldats dansent, jouent aux jeux de hasard et chantent au lieu de se recueillir et de prier le Tout-Puissant. Allah leur pardonne. Ils boivent du vin et jurent. Comment pourrais-je gagner la guerre sainte alors qu'ils oublient leurs devoirs envers le Miséricordieux ?

Zayd ne répondit pas. Depuis quelque temps, à cause de ses maladies successives, le sultan voyait son autorité contestée par ses hommes et même par l'un de ses frères, Nusrat al-Din. Ils mangèrent en silence puis, après avoir prié, Noureddin s'allongea pour dormir, son chapelet d'ambre au poignet.

Le silence était retombé sur le camp. Le vin avait coulé à flots et, la chaleur aidant, soldats et officiers avaient basculé dans un sommeil sans rêve. Même les gardes s'assoupissaient, appuyés sur leurs lances. Le soleil traversait les abris de toile et aucun souffle d'air n'atténuait la chaleur suffocante de ce début d'après-midi.

Les premiers à donner l'alarme furent les chevaux dans les enclos. Ils avaient senti le sol vibrer, à moins qu'ils n'aient perçu l'écho lointain de l'appel d'autres destriers, des centaines d'autres. Puis la vibration devint plus forte. Les oreilles dressées, ils hennirent de frayeur.

Il était déjà trop tard.

Là-haut sur la crête, derrière les formidables remparts du Crac des Chevaliers, apparurent tout d'abord une multitude de lances, d'oriflammes, d'étendards claquant dans le vent de la course. En tête, au côté de celui de Jérusalem, d'argent à la croix potencée d'or cantonnée de quatre croisettes de même, se dressait le gonfanon beaucent du Temple, puis venaient le lion de gueules des Lusignan et l'écu losangé d'or et de gueules des Taillefer d'Angoulême… Enfin, rangés en lignes de bataille, surgirent ceux qui les portaient, chevaliers en armures montés sur des destriers caparaçonnés pour la guerre. Les chanfreins qui protégeaient les naseaux des chevaux, les hauberts, les heaumes, les écus étaient un éblouissement de métal sous le soleil, un aveuglement.

Un bref instant, la ligne parut s'immobiliser, puis aux cris mille fois répétés de « Dieu le veut », l'ost royal dévala vers la plaine de la Bocquée et chargea le camp qui s'éveillait tout juste de sa torpeur. Les lances s'étaient couchées. Le sol tremblait comme s'il allait se fendre. Une clameur immense, un grondement infernal, un tumulte agitaient l'air surchauffé. Les Turcs couraient à demi nus vers les faisceaux d'armes dressés à l'entrée de leurs tentes.

— *Firang ! Firang !* Les Francs ! hurla un garde avant de basculer, le torse traversé d'une lance.

La garde de Noureddin, des cavaliers d'élite, sauta en selle et partit à la rencontre des chevaliers francs, sabres et lances brandis aux cris de *Nur al-Din ya mansur !*, « Noureddin ô victorieux ! » Les lourds destriers les renversèrent n'en laissant pas un seul de vivant, piétinant hommes et bêtes en une infâme bouillie sanglante.

Déjà la première ligne, emmenée par le roi de Jérusalem, Amaury Ier, et par le gonfanon beaucent des hommes du Temple, arrivait sur le camp, sautant par-dessus les fossés, renversant les tentes. Ce n'était déjà que têtes coupées, bras tranchés, corps mutilés.

Une deuxième ligne était apparue, menée par Hugues VIII de Lusignan et Geoffroy Martel. Puis ce furent les cavaliers grecs de Constantin Coloman et les manteaux noirs des Hospitaliers derrière leur bannière rouge à croix blanche. Enfin venaient archers, arbalétriers, fantassins qui chargeaient au pas de course, hurlant leurs cris de guerre. Dans le campement de Noureddin, les tambours sonnaient le branle-bas, mais c'était déjà la débandade. Des émirs attaquaient en vain, se faisant massacrer avec leurs hommes, d'autres essayaient de fuir, rattrapés par les carreaux et les flèches des archers et arbalétriers francs.

Le sultan, qui était sorti en courant de sa tente, son sabre à la main, avait aussitôt compris que cette bataille-là était déjà perdue. Il n'était pas un endroit où ses hommes ne refluaient et ne se faisaient massacrer. Debout à ses côtés, Zayd regardait avec horreur la charge des cavaliers ennemis. Les flèches enflammées filaient dans le ciel, les tentes et leurs occupants brûlaient, d'autres hommes étaient écrasés par les sabots des destriers, tout ce qui n'avait pas été passé au fil de l'épée était fracassé à coups de masses d'armes. Le sang coulait en ruisseaux sur le sol qui le buvait aussitôt.

Dirigés par le procurateur de l'ordre, Gilbert de Lasey, les Templiers, suivis des Hospitaliers, traversaient le camp et se dirigeaient droit sur eux, visiblement décidés à s'emparer du sultan. Qilig s'approcha de son maître et lui qui ne parlait que rarement déclara, une main sur le cœur :

— Je préférerais mourir au combat, ô Lumière de la Foi, mais vous devez fuir et je dois vous protéger. Si nous ne bougeons pas, il sera bientôt trop tard.

Les mamelouks de la garde du sultan arrivaient avec les chevaux. Noureddin ne bougeait pas, les yeux emplis de larmes devant l'étendue du massacre.

— Il faut fuir, ô sultan, répéta le mamelouk. Ils ne doivent pas vous capturer.

Noureddin le regarda sans le voir, puis il hocha la tête et, s'approchant de son étalon, sauta en selle, bientôt imité par le médecin et par Qilig. Encadré par son escorte, il prit le galop, se faufilant dans le dédale des tentes avant de fuir à travers une oliveraie et de grimper sur un coteau voisin d'où ils aperçurent les lueurs d'incendie qui montaient de son camp.

Le sultan s'était retourné malgré les exhortations de ses compagnons. Dans la plaine de la Bocquée, la terre était déjà rouge de sang et les vautours se rassemblaient de plus en plus nombreux. Noureddin talonna sa monture. Allah lui avait refusé la victoire.

L'HOMME
AU MASQUE DE CUIR

21

Tout en évitant de croiser l'irascible prévôt et le connétable dont les intérêts n'étaient pas les mêmes que ceux de son maître le patriarche d'Antioche, Godefroy avait mené son enquête à la citadelle. Il ne lui avait pas fallu longtemps pour récupérer la médaille trouvée par Sven le Tricheur sur le cadavre du marin. Son informateur privilégié était le Provençal, un homme qu'il appréciait et dont les besoins financiers – il envoyait de l'argent à sa famille, à Tripoli – étaient suffisamment importants pour qu'il accepte de vendre certains renseignements. Moyennant quelques sous, il lui avait raconté tout ce qu'il savait, à la fois sur le bourgeois trouvé rue des Amalfitains et sur le premier cadavre découvert par son ami le Danois.

Godefroy avait examiné attentivement la médaille de cuivre. Bien que sans valeur, le travail en était délicat mais, surtout, la devise en latin parlait d'elle-même : *Pax Tibi Marce Evangelista Meus*, le marin qui portait cela au cou se réclamait de sa patrie, Venise. Il ne restait plus au Picard qu'à aller au port Saint-Syméon pour y quérir d'autres renseignements. Il se frotta les mains, les victimes étaient reliées par deux éléments, le premier étant leurs origines vénitiennes, le second le poison, si l'on en croyait le témoignage du Danois et la « gueule tordue » des victimes.

Seulement pourquoi tuer deux hommes si différents par leurs rangs ? Qu'avaient-ils vu ou fait ? Étaient-ils arrivés ensemble à Antioche ? se demanda le chevalier, répondant aussitôt par la négative à la question qu'il s'était posée. Le meurtre du premier remontait à plus d'une semaine alors que l'autre avait débarqué la veille de la galée du fils du doge. Godefroy fronça les sourcils. Sans doute son maître verrait-il plus clair que lui dans tout cela ?

22

Revêtant, malgré les protestations de sa tante, sa tenue cavalière et ses bottes, Naïri avait fait seller sa jument, refusant de voyager avec sa sœur de lait dans l'un des chariots bâchés qui suivraient l'armée. Dans la basse-cour qu'éclairaient des torches résonnaient les appels des officiers et les hennissements des chevaux. L'ordre de marche courait dans les rangs.

En tête se plaça Thoros II, vêtu de métal, le visage recouvert d'un heaume couronné d'un lion rouge. Le prince arménien montait un hongre au chanfrein orné d'une corne d'argent recourbée lui donnant l'allure d'une bête de légende. Apercevant sa nièce, sa cape de drap rouge sur les épaules, une épée à la ceinture, il lui fit signe de le rejoindre et de prendre place à ses côtés, devant son oncle Mleh et ses cousins. Ses lévriers, longues bêtes rousses aux aboiements d'oiseaux de nuit, attendaient le moment de s'élancer par le pont-levis.

Le prince porta son cor à ses lèvres et l'armée s'ébranla, précédée du porte-bannière, tenant dans son poing ganté de fer la hampe au bout de laquelle se dressait le lion sur fond or des Arméniens. Le jeune seigneur de Saône, ses boucles brunes retombant sur le col de son mantel, talonna sa monture, sans perdre du regard la cape rouge en tête du convoi. Derrière lui s'étaient regroupés ses chevaliers avec les chevaux de remonte. Enfin défilèrent deux par deux les cavaliers d'élite de la puissante armée de Thoros que suivaient des chariots tirés par des sommiers.

Arméniens et Saône quittèrent donc Vahga, salués par les trompes des guetteurs, alors que le soleil effleurait à peine la cime des montagnes. Cinquante lieues séparaient la forteresse de la cité d'Antioche, autant dire une quinzaine d'heures de cheval dans des contrées où se succédaient montagnes et torrents, ravins, précipices et défilés. Le convoi s'étira sur la route qui le mènerait au bourg de Sis, puis vers la côte et les *Pylae Ciliciae*, la « Portelle » des Francs. Il leur faudrait ensuite attaquer les contreforts de l'Amanus et passer par les *Pylae Syriae*, le col de Belen, surveillé au nord et au sud par les citadelles templières de Trapessac et de Gaston, avant de gagner la large voie rejoignant les rives de l'Oronte et la ville de Bohémond III et d'Aymeri de Limoges. Pressé d'arriver, le prince des Montagnes avait annoncé qu'ils ne feraient halte que pour changer de monture.

Le soleil était haut dans le ciel quand ils aperçurent la mer au loin. Ils avaient laissé derrière eux le territoire des aigles royaux, les montagnes enneigées du Taurus et apercevaient sur leur droite les crêtes du massif de l'Amanus. Ils prirent une fois de plus le galop, traversant la plaine, faisant trembler le sol, effrayant les paysans qui travaillaient dans les champs et s'enfuyaient, se jetaient à genoux ou se signaient en les apercevant.

Le soleil commençait à baisser quand ils franchirent le col de Belen, l'appel de leurs cors répondant à celui des guetteurs de la principauté d'Antioche.

Bientôt surgirent devant eux une quinzaine de cavaliers armés de longues javelines, arborant le gonfanon beaucent des Templiers, mi-parti d'argent au chef de sable, une croix de gueules brochant sur le tout. Leur lieutenant s'approcha du prince qu'il salua, avant de lui proposer l'hospitalité.

— La nuit va bientôt tomber, seigneur prince, ne voulez-vous pas honorer notre maison de votre présence ?

— Grand merci, l'honneur eût été pour moi, mais non point, mon frère. Nous serons ce soir à Antioche ainsi que je m'y suis engagé auprès du patriarche.

— Alors, laissez au moins mes chevaliers et moi-même vous conduire à la fontaine à Gaston pour y abreuver vos bêtes.

Le prince accepta et le groupe s'ébranla précédé des moines soldats, leurs blancs manteaux ornés de la croix du Temple flottant derrière eux. Ils débouchèrent dans un vallon verdoyant, la petite source y jaillissait au pied de l'éperon rocheux où se dressait la forteresse de Gaston, se perdant ensuite parmi les roseaux.

Sous les ombrages régnait une douce fraîcheur. La jeune princesse en se laissant glisser à terre non loin de la « fontaine », ainsi que l'appelaient les Templiers, songea qu'il était bon de s'y arrêter. Elle s'étira, sentant partout dans son dos et dans ses cuisses, la rudesse de ces longues heures de chevauchée.

— Laissez-moi faire, damoiselle... fit Roger de Saône qui, d'un geste décidé, lui avait pris les rênes des mains, faisant signe à l'un de ses écuyers.

— Merci, seigneur de Saône, répondit-elle, essayant de réprimer les battements de son cœur.

Elle avait perçu tout au long du voyage ses regards sur elle et n'avait pu s'empêcher, au détour du chemin, de détailler le fier cavalier qui serait bientôt son époux. Pendant la chevauchée, ses pensées avaient plus d'une fois pris des chemins qui avaient enflammé ses pommettes. Elle s'éloigna de quelques pas et alla s'asseoir sur une souche au pied d'un arbre où il la suivit de sa démarche rapide et souple. Elle arrangea les plis de sa cape, évitant de croiser son regard, mais finit par redresser le menton, regrettant soudain que sa fidèle Gulig ait fait le choix de voyager dans l'un des chariots. Roger s'était approché et elle le trouva plus beau encore qu'au banquet avec ce regard bleu qu'illuminait le soleil.

— Vous portez le bijou que je vous ai offert, damoiselle, remarqua-t-il en souriant. Je ne savais s'il vous plaisait.

— Il me plaît, messire, merci, fit-elle en portant la main au jonc d'or orné de trois émeraudes.

— Je n'ai pu trouver une pierre qui égale l'éclat de vos yeux, mais au moins celles-ci en avaient la transparente beauté, dit-il en s'asseyant à ses pieds.

Où étaient ses résolutions ? Son envie d'être différente ? La rébellion dont elle se flattait ? Le souvenir de la force et de la douceur de ses doigts alors qu'il saisissait les rênes la fit frissonner. Sa proximité lui faisait tourner la tête. Elle se reprit, enfonçant ses ongles dans ses paumes. Il avait levé la tête vers elle, lui parlant sur le ton de la confidence.

— C'est la première fois, damoiselle, que je souhaite que la guerre n'ait pas lieu en nos contrées, tant il me hâte de vous retrouver. Ce mois à attendre avant que nous soyons l'un à l'autre va me paraître interminable.

Naïri hocha la tête mais ne dit rien, refrénant l'envie irraisonnée qu'elle avait de poser ses lèvres sur les siennes pour le faire taire.

— Damoiselle, je vous ai fâchée ? s'inquiéta le baron. Ne pensez pas que je sois lâche ou que mourir au combat m'effraie, mais l'amour que je vous porte…

— Taisez-vous, messire !

Elle aurait voulu lui faire payer la soudaine emprise qu'il avait sur elle. Le blesser. L'éloigner.

— Je devrai vous quitter sous les remparts d'Antioche, damoiselle, car je dois rejoindre Saône, insista-t-il.

Elle le regarda, inclinant la tête de côté, sûre de son pouvoir de séduction mais aussi terriblement consciente de l'attraction qu'il exerçait sur elle.

— Vous ne dites rien, damoiselle ? Dois-je penser que je vous déplais tant que ça ? Que notre prochaine séparation ne vous attristera pas alors qu'elle me désespère ?

La respiration du jeune homme s'était accélérée, son regard s'embuait d'inquiétude. La puissance de ses épaules sous le haubert et la force des doigts qui déchiquetaient une branche morte la troublèrent tant qu'elle ne put prononcer un mot. Interprétant mal ce silence, le jeune seigneur pâlit et se releva d'un bond, marchant vers ses gens.

Naïri se redressa à son tour. Elle aurait voulu le rattraper, lui expliquer que bien au contraire, il lui plaisait trop. Elle ne réussit qu'à rester plantée là, très raide, le regardant arracher les rênes à son écuyer. La trompe de Thoros avait retenti, on repartait. L'écuyer des Saône revint vers elle avec sa jument, lui offrant la paume de ses mains pour sauter en selle.

Ils chevauchèrent encore un temps qui parut infini à la petite princesse, puis les éclaireurs revinrent au galop et l'armée s'arrêta au sommet d'une butte, contemplant les immenses remparts et les centaines de tours de la cité de Bohémond III.

Les longs cheveux noirs relevés en chignon de Naïri s'étaient défaits et flottaient sur ses épaules. Elle essayait maladroitement de les rassembler quand son oncle, qui avait ôté son heaume, se tourna vers elle. Il n'avait pas ouvert la bouche de tout le voyage.

— Nous voici à Antioche, ma fille. Tu dois être fatiguée ?

— Tout va bien, mon oncle. Je préfère voyager à vos côtés plutôt que de rester à tisser à Vahga. Enfant, j'ai si souvent accompagné mon père, que c'est plaisir de vous suivre.

Un sourire éclaira le visage couturé du prince qui effleura sa joue avec une douceur surprenante.

— Tu aurais dû naître garçon, ma fille, mais la beauté avait besoin que tu sois femme. Je ne me souvenais pas que tu étais si bonne cavalière.

— Merci, mon prince. Je rends grâce à mon père de l'enseignement qu'il m'a donné et celui-là en faisait partie.

Il la contemplait d'un air songeur.

— J'aimais ton père plus que quiconque, Naïri.

Il hésita.

— Peut-être ai-je eu tort de vouloir te marier à ce Roger de Saône ? Tu es si jeune encore ! Et Stéphane est mort il y a si peu de temps.

— Non, mon oncle, protesta-t-elle, soudain inquiète à l'idée que quelque chose puisse la séparer du jeune baron. Votre choix est le bon. Comme toujours.

Un bruit de cavalcade retentit derrière eux.

— Tiens, voici ton promis.

La princesse ne put s'empêcher de rougir et rabattit son voile sur son épaule, baissant la tête d'un geste gracieux alors que le jeune seigneur immobilisait sa monture devant eux.

— Prince Thoros, déclara-t-il. Je viens vous saluer, je dois rejoindre ma mesnie à Saône, mais je reviendrai et marcherai à vos côtés… et nous terrasserons Noureddin.

— J'en accepte l'augure, fit gravement le prince en lui donnant l'accolade.

— Damoiselle, je dois vous quitter aussi, continua-t-il en se tournant vers la princesse dont la gorge se serra.

Il paraissait si désespéré et son regard était si triste !

— Seigneur… réussit-elle à articuler.

— Oui, damoiselle ?

— Prenez ceci et portez-le en mémoire de moi.

Elle détacha le voile qui avait protégé ses cheveux et le lui tendit. Les yeux brillants, il attrapa l'étoffe au parfum de musc et de jasmin et l'enroula autour de son bras.

— Merci, damoiselle, et par Dieu qui nous voit, ne m'oubliez et je vous en garderai merci.

— Je n'en aurai garde, seigneur, répondit l'Arménienne en baissant les yeux pour qu'il ne s'aperçoive pas du trouble grandissant qu'il avait jeté en elle.

Le jeune baron talonna son destrier et rejoignit les siens. Elle aurait voulu contempler sans bouger la tache de couleur de son voile qui s'éloignait, mais déjà l'armée s'ébranlait et elle se détourna pour suivre son oncle.

23

Rentré par une porte dérobée dans le palais, le jeune Italien se hâta de rejoindre le lieu de rendez-vous qu'on lui avait assigné, une pièce sombre et fraîche, ornée de lutrins chargés de livres, éclairée par le demi-jour d'une cloison de bois ajourée. Une fois la porte refermée, il resta debout un moment sans bouger, puis commença à marcher de long en large avant de finir par s'asseoir. Depuis la mort de Titos Grimani, il avait peur. Sa position d'informateur chez les Acontano devenait de plus en plus dangereuse et il avait l'impression que même Romano, le fils aîné, le surveillait. Il se redressa soudain, regardant autour de lui avec angoisse. Il lui avait semblé entendre des pas dans le couloir. Un moment passa, il resta aussi immobile qu'une statue, le cœur cognant dans sa poitrine, mais nul n'entra. Il essuya son front en sueur et soupira. Au début, il n'avait vu que l'argent qu'il gagnerait, beaucoup d'argent… Maintenant, il ne pensait plus qu'à la mort qui pouvait le guetter. Alors que même la vie d'un Grimani ne comptait plus, que vaudrait la sienne, pauvre clerc sans fortune ni famille ? Il alla se rasseoir, serrant ses mains l'une contre l'autre.

Ce qu'il ne savait pas, c'est que par un trou ménagé dans la paroi, on espionnait le moindre de ses gestes.

Pour s'occuper, il commença à détailler ce qui l'entourait. Ni les grimoires ni les parchemins ne l'intéressaient, en revanche une petite table retint son attention. Un rayon de lumière y frappait un verre et une aiguière de cristal merveilleusement taillés, sans doute le travail d'un artisan byzantin. À côté, sur un plateau d'argent était disposée une pyramide d'oranges et de citrons. Un moment passa encore, puis l'Italien se leva, alla se servir un peu d'eau et attrapa un fruit. Au même instant, derrière lui, la porte s'ouvrit lentement et un homme enveloppé d'un mantel entra dans la pièce.

Quand l'Italien se retourna, celui avec lequel il avait rendez-vous était là, immobile et silencieux.

— Votre Excellence ! dit-il en reposant le verre de cristal à demi plein. Pardonnez-moi, j'avais soif... Je...

Une étrange chaleur avait envahi sa gorge. Il regarda d'un air incrédule son vis-à-vis, comprenant trop tard ce que cela signifiait.

— Vous n'avez pas...

Le jeune homme n'acheva pas sa phrase. Il tomba à genoux avec un sourd gémissement. L'orange qu'il tenait encore à la main roula aux pieds du nouveau venu.

— Vous m'avez été utile, très utile, Giovanni. Tous ces renseignements sur les Vénitiens, les lettres entre le doge et les Acontano, leurs projets dans la principauté d'Antioche, à Constantinople et en Égypte... Très utile. Mais vous en saviez trop. Et nul n'est irremplaçable.

Le jeune homme se tordait maintenant sur le dallage, les mains pressées sur le ventre. L'homme alla s'asseoir, s'enveloppant plus étroitement dans les plis de son mantel. Il attendit, fixant sa victime, insensible à ses mouvements désordonnés, à ses appels à l'aide, à son regard noyé de souffrance. L'agonie fut brève. Un dernier soubresaut, les bras et les jambes de l'Italien se détendirent violemment, puis les yeux se révulsèrent.

Il était mort.

Au bout d'un moment, l'homme se leva et se pencha vers celui qu'il avait tué. La mort avait déformé le beau visage, tordu les membres. Il alla à la porte et l'ouvrit, appelant son âme damnée, un Esclavon d'une force et d'une taille peu communes qu'il avait acheté au capitaine d'une galère qui voulait le mettre à mort tant il avait du mal à s'en faire obéir. Une haute silhouette se profila sur le seuil. L'homme entra, il se dégageait de toute sa personne, malgré la bonne coupe et la qualité de ses vêtements, un air de sauvagerie. Sa chevelure brune lui tombait jusqu'aux reins, il avait le nez camus, le visage large et la mâchoire plus encore. On le surnommait « Loup », car une fois, il avait achevé un adversaire en lui déchiquetant la gorge à coups de dents.

— Débarrasse-moi de celui-là et reviens nettoyer.

Loup acquiesça d'un signe de tête et attrapa le mort qu'il jeta d'un coup de reins sur ses épaules.

24

Au plafond pendaient des bouquets d'herbes séchées, de minces lanières d'écorces, des branches couvertes de bourgeons ou de baies multicolores. Sur des établis étaient disposés des pots, des jarres, des tamis, des mortiers de pierre... Tout un matériel servant à la préparation des potions, remèdes, onguents, philtres d'amour et... de mort. Ici se côtoyaient le *Fuga demonium,* le millepertuis, qui illuminait et chassait les démons et la *Mandragora officinarum*, qui engendre le délire, le *Panax ginseng* si efficace pour lutter contre la fatigue et le vieillissement, et le redoutable *Hyoscyamus faleslez,* poison bien connu des Bédouins.

Muni d'un masque, de gants et d'un tablier de cuir pour le protéger d'éventuels contacts ou éclaboussures corrosives, l'empoisonneur broya les graines dans son mortier, les réduisant en fine poussière grise avant de verser dessus quelques gouttes d'un liquide brunâtre. Il mélangea longtemps, puis transvasa la pâte ainsi obtenue dans une cassolette qu'il posa sur les braises. Enfin, après que la préparation eut changé de teinte, il la dilua avec de l'eau et la répartit dans plusieurs flacons qu'il boucha et scella d'un cachet de cire. L'homme au masque de cuir nettoya longuement son matériel et s'apprêta ensuite à élaborer ce qu'on lui avait payé fort cher. Un poison violent. Dehors, la nuit était tombée et le couvre-feu avait retenti depuis longtemps. Le silence des rues n'était plus troublé que par les feulements de chats en maraude ou par l'appel lointain des guetteurs.

25

Cette nuit-là, il se passa bien des choses dans la principauté. Au port Saint-Syméon, à quelques lieues d'Antioche, une douzaine de gaillards armés de haches se glissèrent entre les entrepôts, parmi les caisses vides, les nasses d'osier, les jarres et les empilements de sacs de jute. Ils marchaient sans bruit et, une fois sur les quais, cherchèrent l'embarcation qu'ils avaient repérée la veille. La mer était lisse et la lune y flottait, bulle argentée que tranchait le noir des vagues. Des filets séchaient, suspendus à des traverses de bois, répandant une forte odeur de sel, de poissons et d'algues.

Dans cette partie du port, au bout d'un long plan incliné, des bateaux avaient été dressés sur cales pour être repeints ou simplement parce qu'ils n'étaient pas utilisés. Un sifflement discret retentit, l'un des hommes désigna celui au bout de la rangée.

C'était une longue barque de cérémonie à la coque peinte de couleurs vives, les bancs doublés de velours rouge, les rames et les ferrures de cuivre astiquées comme des pièces d'orfèvrerie. Tels des bûcherons, les hommes abattirent les cales, puis frappèrent la barque de leurs cognées. Quand ils repartirent, ce qui avait été un des plus beaux canots de la flotte génoise n'était plus que du petit bois.

Les seuls gardes qui auraient pu donner l'alerte, ceux qui chaque nuit faisaient leur ronde sur les jetées et le long des entrepôts, avaient eu plus que leur content ce soir-là d'un vin qui, étrangement, les avait plongés dans un profond sommeil.

Pendant ce temps, à Antioche, des hommes, sous les ordres de Loup, avaient réussi, moyennant quelque argent, à s'introduire dans l'enceinte d'un quartier où flottaient les couleurs de gueules à la croix cléchée, haute, pommelée d'argent des Pisans. Ils pénétrèrent dans les cinq maisons qu'ils avaient choisies, ligotant et bâillonnant les habitants avant qu'ils ne puissent donner l'alerte. Quand ils s'enfuirent, la besogne faite, il ne restait plus rien qui ne soit brisé, souillé, déchiré, lacéré…

26

L'empoisonneur ouvrit les yeux d'un coup, cherchant ce qui avait bien pu le réveiller. Il se sentait si fatigué. Après avoir achevé sa préparation et n'ayant pas la force de regagner sa paillasse, il s'était assoupi à son établi, la tête posée sur ses bras repliés. Il se redressa et contempla la fiole emplie d'un liquide brun-rouge.

Le bruit se répéta. On frappait à la porte extérieure : trois coups longs, suivis d'un bref. Cette fois, l'esprit tout à fait clair, il rajusta son masque et se mit debout.

Les bougies s'étaient presque entièrement consumées pendant son sommeil, il en alluma une nouvelle et, la glissant dans une lanterne, traversa la pièce. Un miaulement retentit et le chat nu ainsi qu'il l'appelait, une bête étrange et maigre ramenée d'Égypte, la peau d'un délicat beige rosé, sauta sur la table, s'y asseyant avec grâce parmi les racines et les flacons. L'homme glissa la clef dans la serrure et ouvrit.

Il n'y avait personne sur le seuil. Et dehors, c'était encore les ténèbres, même si un imperceptible changement de luminosité annonçait l'aube.

Il s'avança craintivement, regarda la rue déserte à droite, puis se retourna et tressaillit en se trouvant nez à nez avec une silhouette enveloppée d'un mantel. Le visage sous l'ample capuche n'était qu'un trou d'ombre. Ce n'était pas l'homme qui venait d'habitude, un colosse effrayant qui lui donnait des messages qu'ensuite il devait brûler devant lui dans son brasero.

— Savez-vous qui je suis, magister ? demanda la voix.

L'homme au masque de cuir secoua la tête.

— Je sais juste que vous connaissez le signal et cela seul m'importe. Entrez ! marmonna-t-il en s'écartant pour laisser passer son visiteur.

Il referma et glissa derrière le battant une lourde barre de fer. Le chat s'était dressé, son regard jaune suivant le visiteur avant de bondir à terre et de disparaître. L'homme à la capuche avait saisi une mandragore plus large que sa main gantée de cuir jaune.

— Prenez place, fit l'empoisonneur en avançant son meilleur siège.

Comme il sentait ses mains trembler, il les dissimula. L'autre reposa la racine et obéit, croisant les jambes et dévoilant, dans ce mouvement, le poignard qu'il portait au côté.

— Je voulais vous voir, magister, dit-il.

— Vous voyez un masque de cuir et dessous il n'y a qu'un homme ordinaire, protesta faiblement l'autre. Je ne m'intéresse pas aux affaires du monde. Seul compte mon art.

— Et si je vous disais que je sais qui est sous ce masque ? Que je vous ai percé à jour ?

L'empoisonneur ne put s'empêcher de se raidir.

— Sous ce masque, reprit le visiteur, il y a quelqu'un qui maîtrise la mort, qui choisit quelle forme elle prendra… Dorénavant, je viendrai moi-même chercher ce dont j'ai besoin. Mais ne perdons pas de temps ! Où est la préparation que vous a demandée mon serviteur ?

L'empoisonneur, que cet aparté troublait plus qu'il ne l'aurait voulu, alla à son établi et revint avec un minuscule flacon de cristal dans lequel luisaient quelques gouttes d'un liquide aux reflets dorés.

— Le voilà. Comme on me l'a demandé, il est plus rapide, mais aussi plus douloureux.

— Combien de temps ?

— Quelques minutes à peine.

— Et le goût ?

— Au début, il n'en a aucun. Et quand on s'aperçoit qu'une aigreur atroce irradie dans la gorge, il est trop tard.

La fiole disparut dans les plis de l'ample mantel, puis le visiteur se leva.

— Je vais avoir encore besoin de vous, il me faut quelque chose de spécial, déclara-t-il.

Il désigna le fléau d'une balance sur la table et ajouta :

— L'équilibre des forces est une chose délicate, aussi fragile que nos éphémères vies humaines. Il suffit parfois d'un infime grain de sable pour que tout bascule… Faisons, vous et moi, que cela soit du bon côté.

Il se pencha et murmura :

— Je voudrais quelque chose d'intime, magister. Un poison que je puisse partager sans risque avec la personne de mon choix.

— Partager ? Vous voulez dire…

— Réfléchissez. Je reviendrai bientôt. Ah, j'oubliais, dit-il en jetant une bourse sur la table.

Une fois l'homme sorti, l'empoisonneur, qui avait prestement ramassé la bourse, se laissa tomber sur un banc, ne protestant même pas quand le chat lui sauta sur le ventre, le labourant de ses griffes en ronronnant. Il resta un moment ainsi à réfléchir, puis il ôta son masque, chassa l'animal et se dressa. À l'autre bout de la pièce, dans une cachette dissimulée sous le dallage recouvert d'un tapis, il y avait un coffret contenant un parchemin qu'il s'était dit maintes fois qu'il devrait brûler. Il y avait là les noms ou les descriptions physiques de ceux qui venaient acheter ses poisons. Parfois, il savait qui étaient les victimes, parfois non. Aux inconnus, héritiers impatients, rivaux amoureux, maris et épouses gênants… se mêlaient d'illustres personnages. Le dernier en date n'était pas des moindres, puisque c'était le roi de Jérusalem, Baudouin III, mort à Beyrouth d'un mal que l'empoisonneur savait avoir été élaboré de sa main. Un poison si rare qu'il ne pouvait qu'être celui qu'il avait découvert deux ans plus tôt.

Sur cette page s'étalait de quoi conduire bien des gens à l'échafaud ou sous la hache du bourreau. Le magister prit la liste et la posa sur son établi. Ses clients avaient beau se dissimuler, il finissait souvent par les démasquer. Et parfois ces révélations étaient si dangereuses qu'il avait peur de finir lui-même assassiné ou jeté dans une oubliette, les yeux crevés.

Pourtant, l'idée de quitter Antioche lui déplaisait. Pour aller où ? À moins qu'il ne se rende chez les Assassins du Vieux de la Montagne à Alamut ou chez le sultan à Damas ? En ces temps troublés, un homme sachant manier le poison était partout bien accueilli.

Après quelque hésitation, il annota le parchemin, rajoutant non pas le nom du maître mais le surnom du serviteur, « Loup ». C'était d'ailleurs à cause de celui-là qu'il avait identifié son mystérieux visiteur. Un homme puissant et plus dangereux qu'un serpent cornu. Sa seule faiblesse avait été de choisir un exécuteur des basses œuvres un peu trop voyant dans l'univers policé où il se déplaçait… Quand l'encre eut séché, il roula la liste, la replaça dans le coffret et remit tout en place.

Le chat miaula d'un air lugubre, le faisant sursauter. Une question revenait avec insistance dans l'esprit de l'empoisonneur : pourquoi cet homme-là était-il venu lui-même au risque d'être reconnu ? Était-il déjà trop tard ? Avait-il décidé de le tuer ? Il essuya ses mains moites sur son tablier, un violent tremblement s'empara de son corps. Il lui semblait déjà entendre sonner le glas. Mais que parlait-il d'enterrement ? Il serait balancé dans la fosse commune ! Et avant, si celui-là en donnait l'ordre, il serait écartelé en place publique.

27

Aymeri de Limoges, sentant une douce torpeur l'envahir, se redressa sur son lit de repos, repoussant la servante qui lui massait le dos et les épaules.

— Il suffit ! ordonna-t-il.

— Bien, mon maître, acquiesça cette dernière en suspendant son geste.

Le vieil homme s'assit sur le rebord de sa couche.

— Mais il faudra prendre davantage soin de vous, votre dos souffre des longues chevauchées que vous lui imposez.

Le visage du religieux s'adoucit.

— Tu es là, petite gazelle ! fit-il en lui pinçant la joue. Et grâce à toi, mes forces reviennent.

La jeune fille alla chercher les vêtements qu'elle avait pliés et aida le vieil homme à les enfiler, s'agenouillant pour lacer les bottes de cuir rouge qu'il affectionnait.

— Godefroy, fais sortir les chiens !

Pendant que le chevalier, qui avait attendu la fin de la séance de massage, se tournait vers les lévriers d'Aymeri, la servante ramassa le panier contenant les huiles et les serviettes tièdes et disparut par une porte dérobée.

Le patriarche s'étira et bâilla, les massages revigoraient ses membres – il était perclus de douleurs – mais lui ôtaient le peu d'énergie qui lui restait encore. Il regrettait le calme de son château de Cursat, les longs repas arrosés de vin de Smyrne avec ses amis, ses chevaux, les joutes des gens de sa garde et la douceur de son hammam…

Godefroy, qui était revenu, le soutint pour gagner son siège d'apparat.

Même s'il se refusait à l'admettre, Aymeri devenait trop vieux pour la fatigue de sa charge. Depuis le réveil de Noureddin et la mort du Vénitien Grimani, il dormait mal et peinait à trouver en lui la vitalité nécessaire à ces journées interminables où se succédaient réunions secrètes, réceptions, offices religieux et audiences diverses.

Une fois le religieux confortablement installé, le chevalier picard s'assura d'un rapide coup d'œil que tout était en place, repoussa la tenture masquant le lit de repos et attendit que le prélat veuille bien le questionner. Enfin, ce dernier parut sortir de son apathie.

— Je t'écoute.

— J'ai fait mon enquête, Votre Excellence, le sire Grimani est mort empoisonné.

Sur le coup, le religieux sentit sa lassitude s'envoler.

— Est-ce que les Vénitiens d'Antioche le savent ?

— Je le pense, monseigneur. D'autant que la délégation vénitienne était logée chez les Acontano. Et, tout comme nous, Romano Acontano et son père ont leurs informateurs à la citadelle.

— Empoisonné, as-tu dit ? Et par quoi ?

— De la « poudre des cavernes », du *rahj al ghar*, monseigneur. Mais il y a autre chose.

— Va, va !

Aux yeux d'Aymeri, le seul défaut de Godefroy était cette façon qu'il avait de ménager ses effets. Sentant monter l'exaspération de son maître, le Picard s'empressa :

— Cette nuit, on a eu des maisons dévastées dans le quartier pisan et une embarcation génoise, la barque de cérémonie d'une galée appartenant au sire Michelis, défoncée à coups de hache.

— Pas de morts ?

— Non, les gens ont été ligotés, bâillonnés ou on les a retrouvés endormis d'un sommeil anormal comme les gardes du port. Aucun n'a pu dire quoi que ce soit sur les agresseurs, si ce n'est que l'un d'eux était un colosse.

— Michelis as-tu dit, il est revenu ici ? Mais je n'en savais rien ! Je perds la mémoire. Continue, continue !

— J'ai aussi interrogé les gens de la patrouille. Un officier m'a dit qu'il y avait eu un autre mort avant celui-là, une semaine plus tôt, la gueule tordue tout pareil. Un marin dont on a jeté le cadavre à la fosse commune. Grâce à sa médaille qu'avait gardée l'un des officiers, j'ai pu savoir qu'il était vénitien, lui aussi. J'ai rencontré au port Saint-Syméon un pilote qui m'en a dit davantage. Celui qu'on a tué louait ses services aux Banu Maymun comme aux Génois ou aux Siciliens. Bien qu'il continuât à s'habiller comme un marin, il vivait dans une grande maison bâtie sur les hauteurs, les caves pleines de tonneaux de vin et la table toujours garnie, avec de la vaisselle d'argent.

— Va, va.

— Au port, on commence à s'échauffer. Il y a eu plusieurs affrontements entre Génois, Pisans et Vénitiens.

— Et ces deux morts. Qu'est-ce que cela veut dire ? fit Aymeri qui, cette fois, s'adressait davantage à lui-même qu'à Godefroy.

On frappait à la porte. Le chevalier alla voir et revint.

— Vos invités viennent d'arriver, monseigneur.

— Vos ? Je n'attendais que Leonardo Michiel.

— Il est accompagné des Acontano, le vieux Jacopo et son fils, Romano.

— Ne fais entrer que le fils du doge. Que les autres patientent, je les recevrai ensuite. Et veille à ce que nous ne soyons pas dérangés.

Aymeri de Limoges joua un instant avec la croix sertie de pierres précieuses qui pendait à son col. Godefroy introduisit Leonardo Michiel et sortit en refermant derrière lui. Le Vénitien s'avança dans la pièce et, rejetant sa cape sur ses épaules, s'agenouilla aux pieds du religieux. Il était jeune et beau, des cheveux bouclés d'un blond très pâle encadrant un visage mince aux traits réguliers.

— Au nom de la Sérénissime et de mon père, le doge Vitale Michiel II, permettez-moi de vous saluer, mon père.

— Soyez béni, mon fils. Et relevez-vous, je vous en prie. C'est un grand honneur pour moi de recevoir dans notre principauté d'Antioche le propre fils du grand doge Michiel, le glorieux duc, le prince sérénissime.

Vêtu d'un strict vêtement *morelli*, ce noir intense réservé au doge, le jeune Leonardo Michiel se redressa. Il avait le regard grave.

— Monseigneur, mon père remercie Dieu chaque jour de bien avoir voulu faire de lui le représentant de notre bien-aimée Venise. L'honneur est pour moi. Votre renommée s'étend bien au-delà d'Antioche et des États latins d'Orient. Il n'est personne à Venise qui ignore le rôle que vous jouez ici, et le courage et l'habileté dont vous avez toujours fait preuve.

— Mon Dieu, épargnez-moi le péché d'orgueil ! s'exclama Aymeri, trouvant décidément le jeune homme de plus en plus à son goût.

— Mon père, révéré patriarche, m'a chargé de vous remettre quelques cadeaux qui, je l'espère, sauront vous plaire. Je me suis permis de les faire déposer dans l'antichambre.

— Vous êtes un homme fort aimable, messire Michiel, et j'ai moi aussi quelques offrandes que je serais heureux de voir transmises à votre honorable père. Je crois que nous allons nous entendre, tous les deux.

Le prélat se frotta les mains.

— Savez-vous qu'on m'avait parlé de vous ?

— Vraiment ? Et qui est ce « on » ?

— Un Normand de Sicile, le seigneur d'Anaor, déclara Aymeri.

— Tancrède d'Anaor !

Un bref sourire illumina le visage sérieux du fils du doge.

— Il est ici ?

— Il y était. Malheureusement, il a été fait prisonnier par les Turcs. Mais revenons au but de votre voyage.

— Volontiers, monseigneur.

— Et parlons franc, déclara Aymeri qui se leva et, prenant son invité par le coude, l'entraîna vers une fenêtre ornée de losanges de vitrail colorés. Car vous le savez comme moi, l'heure est grave et il se passe ici des choses qui me déplaisent et mettent, sans que je me l'explique, les Vénitiens d'Antioche en danger.

— Je n'osais encore vous en parler, Excellence, mais je le sais d'autant plus que Titos Grimani était un ami très cher. Je lui avais demandé de voir avec vous les termes de notre accord, tout cela pour gagner un temps précieux… Je ne pensais pas l'envoyer à la mort.

Le regard du Vénitien se tourna vers la fenêtre, plongeant sur les toits d'Antioche et les puissants remparts jalonnés de tours. Sa bouche s'était durcie, lui donnant soudain l'air plus âgé qu'il n'était.

— Depuis la chute d'Édesse, la position d'Antioche est de plus en plus difficile, reprit le patriarche. Nous sommes en première ligne face à Noureddin et nos alliés sont loin et fort occupés eux-mêmes à défendre leurs territoires contre les Turcs.

— La Sérénissime peut vous aider, vous le savez, et vous pouvez lui venir en aide, vous aussi. Nous avons besoin l'un de l'autre, monseigneur, et la mort de ce malheureux Titos ne saurait entraver nos alliances futures.

Le patriarche s'assit sur l'un des fauteuils près de la fenêtre, faisant signe à son invité de prendre place à ses côtés.

— J'ai sollicité une audience du prince Bohémond III, reprit Leonardo.

— Qui, jusqu'à présent, ne vous a pas été accordée.

— C'est exact, mais peu importe, ce n'était que courtoisie de ma part. Le prince est jeune et inexpérimenté. Vous et moi trouverons, j'en suis sûr, un terrain d'entente. J'ai par contre reçu la visite du connétable Haguenier. Il avait des questions à me poser sur Titos et sur la visite qu'il devait vous faire. Je lui ai dit que je n'étais au courant de rien et que, sans doute, c'est l'homme d'Église qu'il allait voir.

— Ah, le connétable… soupira Aymeri qui trouvait que le premier officier était un peu trop sur son chemin en ce moment.

— Mais encore ?

— C'est un homme intègre, mais qui n'apprécierait guère de nous voir discuter affaires, mon fils.

— C'est ce que j'ai compris. Mais il n'a pas besoin d'être informé de nos projets, n'est-ce pas ? J'ai songé à vous associer à certaines de nos *compagnia* et, même si ces réflexions triviales ne sont que de peu d'intérêt pour le saint homme que vous êtes, le rendement en hyperpères pourra être versé pour vos bonnes œuvres.

— Pourquoi pas ? approuva le vieux patriarche dans les yeux duquel s'alluma une lueur de convoitise qui n'échappa pas au jeune homme. Mes œuvres sont fort nombreuses et nous savons tous deux où sont nos intérêts.

— Ensuite, ma galée reprendra la mer pour me conduire à Tripoli où le comte m'attend puis, après avoir visité nos comptoirs d'Ascalon, j'irai à Jérusalem présenter mes hommages au roi Amaury Ier. On m'a dit qu'il avait des visées sur l'Égypte ?

— Oui, au moins autant que la Sérénissime, répondit malicieusement le vieux religieux qui savait que les émissaires du doge fréquentaient la cour du Caire.

Le visage de Leonardo était resté impassible. Venise essayait de créer un empire dont les lignes n'étaient pas encore définies, mais qui promettait de s'étendre fort loin. Le doge et ses fils rêvaient même de la création d'une seconde Venise, à Candie, en Crète.

On frappa discrètement à la porte et Godefroy, qui avait laissé les deux hommes en tête à tête, se glissa près de son maître, lui murmurant quelques mots à l'oreille.

— Répète cela à notre illustre invité !

— On vient de trouver un cadavre dans les écuries du palais princier, un Vénitien, Votre Excellence. Empoisonné, lui aussi.

— Qui ?

— Un fils de marchand, Giovanni Molino. Il était clerc chez les Acontano.

LE PONT DE FER

28

Le cheikh Rafik et Tancrède avaient chevauché en tête, ensuite venait Ali, monté sur un vigoureux petit cheval noir, un sabre et un kandjar à la ceinture, puis la dizaine de guerriers bédouins assurant leur sécurité jusqu'aux marches de la principauté. Partis à l'aube du campement, ils n'avaient pas posé pied à terre depuis, s'arrêtant juste pour faire boire les chevaux avant de repartir à bride abattue. La poussière qu'ils soulevaient était la seule trace de leur passage et même d'une quelconque vie dans cette partie des montagnes. Hormis quelques chacals qui, comme les lièvres en Normandie, traversaient leur route sans leur prêter attention, ils n'avaient croisé ni homme ni bête.

Le soleil était au zénith quand l'éclaireur rebroussa chemin pour leur annoncer la proximité du pays franc. Talonnant sa jument, Tancrède prit le galop et, gravissant une butte, reconnut la haute barrière des monts de l'Amanus et la mer, d'un bleu plus intense encore que dans ses souvenirs. Les murailles cyclopéennes d'Antioche étaient proches et une étrange émotion l'envahit à l'idée de les revoir. Cette ville, qui l'avait tant fait rêver et qu'il n'avait pu qu'effleurer, restait comme une femme à conquérir. Offerte et lointaine à la fois. Pleine d'infinis possibles. Était-ce le fait de penser ainsi à la cité de Bohémond ? Le regard vert pailleté d'or revint le hanter, la mince et gracieuse silhouette de la cavalière de ses rêves flottait à nouveau devant ses yeux tandis que des bribes du poème de Rafik resurgissaient. Il essaya bien de les chasser puis bascula d'un coup dans une étrange rêverie. Existait-elle quelque part ? La rencontrerait-il un jour ? Il se secoua, agacé par la façon singulière dont ce songe l'obsédait.

Ses compagnons l'avaient rejoint et ils repartirent bientôt ventre à terre vers la vallée fertile où l'Oronte creusait son lit. Il est des fleuves comme l'Euphrate ou le Nil qui sont des légendes. Bien que moins renommé, l'Oronte était de ceux-là. Après avoir arrosé la plaine de la Bekaa au pied des monts du Liban, il irriguait les marécages peuplés de lions et d'éléphants à l'ouest d'Homs, puis frôlait Antioche avant de se jeter dans la mer au port Saint-Syméon.

Un chemin muletier descendait vers la vallée. Seul Rafik et Ali s'y engagèrent à la suite de Tancrède. Les guerriers bédouins le saluèrent gravement, faisant virevolter et cabrer leurs chevaux en signe d'adieu.

Irriguée par une multitude de canaux qui accrochaient la lumière, la campagne autour de la cité était un immense damier où poussaient oliviers, mûriers, vignes et céréales au côté des fleurs jaunes de la garance ou des calices rose pâle de la scammonée.

Au bout d'une lieue apparurent les tours du Pont de Fer dont l'arche enjambait le fleuve. Derrière s'ouvraient les terres du prince Bohémond III et les portes d'Antioche. Surplombée par le mont Silpius et sa citadelle, bâtie comme une forteresse, la cité déroulait sous leurs yeux ses deux lieues et demie de remparts, ses trois cent soixante tours et ses aqueducs. Déjà retentissaient les trompes des guetteurs qui les avaient repérés. Il se tourna vers le cheikh, le moment de se quitter était venu.

— Le *Jisr al-Haddith*, fit le Bédouin, c'est ici que nos voies s'écartent, messire.

Tancrède regarda celui qui avait été son compagnon pendant ces longs mois de captivité et, posant la main sur son cœur, s'inclina.

— Merci de m'avoir mené jusqu'ici, ô cheikh. Et grand merci de votre hospitalité sous la *khaima*, je ne l'oublierai pas.

— Par Allah qui nous voit, je reste votre obligé.

— Des cavaliers ! les avertit Ali.

Une patrouille avait quitté l'une des puissantes tours qui encadraient le Pont de Fer. Ils étaient une dizaine, brandissant l'oriflamme de Bohémond III, lances levées, menant à un train d'enfer leurs lourds destriers caparaçonnés. Les visages protégés par des heaumes métalliques, les corps par des cottes de mailles et d'épaisses broignes de cuir.

— À vous revoir, messire, lança Rafik qui fit tourner bride à son cheval et partit au galop en direction du djebel.

Le visage d'Ali s'était tendu et Tancrède sentit plus qu'il ne vit sa main se poser sur la garde de son sabre.

— Doucement, Ali ! Dorénavant, je suis garant de ta vie. Ces hommes ne te toucheront pas.

— Bien, messire.

La silhouette de Rafik disparaissait au détour du chemin quand les cavaliers francs les encerclèrent, lances baissées. La jument hennissait de peur, le cheval d'Ali ruait. Les cavaliers resserrèrent le cercle jusqu'à ne plus laisser d'espace entre les pointes de leurs lances et eux. Pendant un bref instant, le chevalier ne comprit pas l'attitude menaçante des soldats, puis il réalisa qu'ainsi vêtu, avec ses yeux et sa peau mate, il avait tout d'un Oriental. Il ôta le turban qui protégeait son crâne et son visage, découvrant ses cheveux blonds et sa barbe, cherchant des yeux le chef de la patrouille. Il repéra un grand gaillard au poil roux, un sergent qu'il lui semblait connaître sans qu'il arrive à mettre un nom sur son visage masqué en partie par un casque à nasal.

— Qui va là ? demanda celui-ci d'une voix peu amène.

C'était un officier de la citadelle, un des hommes du prévôt, maintenant le Normand en était sûr. Il le prit de haut, sachant que c'était là la seule façon de récupérer de l'ascendant sur les gardes.

— Tancrède, seigneur d'Anaor, et Ali, répondit-il, toisant l'officier. Est-ce ainsi, sergent, que tu accueilles un seigneur évadé des prisons d'Alep ?

Le visage de l'autre se troubla.

— C'est que, messire, vous n'avez guère l'allure d'un chrétien ! protesta-t-il. Pourtant, vous me rappelez quelqu'un, mais il était plus trapu que vous et ne portait pas la barbe.

— Pour l'embonpoint, tu as raison, Noureddin ne nourrit pas ses prisonniers d'ortolans ! rétorqua le Normand, moqueur. Quant à ma barbe, je n'ai point trouvé de barbier. Si tu ne me reconnais pas, conduis-moi à ton maître, le prévôt Jean. Lui saura qui je suis.

Tancrède marqua un temps puis soudain, ses souvenirs affluèrent.

— N'est-ce pas toi qu'on surnomme le Tricheur ? ajouta-t-il. Tu es Danois, n'est-ce pas ? Et j'ai souvenir d'avoir perdu quelques monnaies en ta compagnie. Au vrai, tu m'as mieux plumé qu'une volaille !

— Alors là, oui, messire, plus de doute, on se connaît ! fit Sven en éclatant d'un rire sonore. Baissez vos lances, les gars ! Cet homme-là est de nos barons. On rentre.

Les cavaliers obéirent, rompant le rang avant de se mettre en colonne par deux. Le Danois poussa son cheval à côté de celui du chevalier.

— Je suis Sven le Tricheur, messire d'Anaor. Content de vous revoir, je vous croyais mort.

L'entrée du Normand dans Antioche ne ressembla pas à la précédente. Non seulement il y revenait habillé comme un Bédouin, mais la guerre semblait plus proche encore. Des feux brûlaient en haut du mont Silpius, des patrouilles traversaient la ville au pas de course et, aux portes, les gardes étaient doublées. Ils croisaient des piétons armés de haches et de fourches, des soldats réquisitionnaient les chevaux dans les écuries.

Sven les accompagna jusqu'à la citadelle, racontant les derniers événements et les tensions entre le prince et le patriarche revenu de Cursat. Ali ne disait mot, observant tout de son air impassible, sa main posée sur la garde de son sabre courbe.

— Et ce matin sont arrivées les troupes du prince des Montagnes, Thoros de Cilicie, ajouta Sven. Un rude guerrier celui-là et croyez-moi, messire, à voir ses hommes, mieux vaut les avoir à ses côtés qu'en face !

Alors qu'ils mettaient pied à terre dans la basse-cour de la citadelle, une patrouille apparut, escortant des prisonniers aux pieds entravés qui portaient des civières recouvertes de linceuls.

— Que se passe-t-il, le Provençal ? demanda Sven en s'adressant au sergent qui la dirigeait.

— Encore les Italiens ! Même le tocsin ne ralentit pas leurs querelles ! Cette fois, c'est entre Génois et Vénitiens. La maison des Michelis a été attaquée, du coup, des Génois sont allés au port Saint-Syméon, il paraît qu'ils y ont coulé une galée par le fond. Je conduis tout ce beau monde au prévôt Jean.

— Nous t'accompagnons. Le seigneur d'Anaor désire le voir.

29

Le prévôt allait et venait dans la pièce qui lui servait tout à la fois de chambre et de bureau au cœur de la citadelle d'Antioche. De là, il entendait le pas des gardes dans les couloirs, les appels du guet et, dans la basse-cour, les hennissements des destriers et les jurons des palefreniers. La fenêtre était trop haute pour que l'on vît le ciel, la cheminée tirait mal et le mobilier se résumait à une paillasse, un tapis élimé, un coffre, une table à tréteaux et deux bancs, mais, habitué aux rudesses de la vie militaire, le vieil officier s'y trouvait à son aise, mieux en tout cas que dans une quelconque maison forte au cœur de la cité. C'était de là qu'aidé par le capitaine du château, il veillait à la sécurité des habitants d'Antioche. Une lourde tâche qui le maintenait autant à son écritoire que sur le terrain.

Le grand chat noir et blanc qui somnolait sur le tapis s'étira en bâillant. Jean n'aimait pas les animaux, mais il reconnaissait à celui-là d'incontestables qualités de chasseur de rats. Un pacte avait donc été passé entre eux, le chat faisait son office et le prévôt lui concédait son tapis et, en hiver, la chaleur de son âtre.

Jean, qui s'était arrêté un moment pour le fixer, poussa un grognement et revint aux pensées moroses qui l'agitaient. Le connétable Haguenier voulait des résultats, il venait de le lui redire alors qu'il visitait la citadelle comme tous les matins. Or, non seulement Jean n'avait pas réussi à éclaircir ces histoires d'empoisonnements – à vrai dire elles le tourmentaient moins que le risque d'une attaque de Noureddin, ou que l'émeute qui couvait dans les quartiers italiens –, mais les Arméniens venaient d'arriver. Encore des querelles en perspective et des rixes dans les tavernes, les hammams et les bourdeaux…

— Entrez, gueula-t-il en entendant frapper. Quoi encore ?

Le Provençal s'était arrêté sur le seuil.

— La maison du sire Michelis a été attaquée cette nuit, sire prévôt, et les Génois s'en sont pris aux Vénitiens. Paraît qu'il y a une galée de coulée à Saint-Syméon. J'ai deux morts, des blessés et une dizaine de prisonniers que je viens de ramener à la citadelle.

— Jette-moi ça au trou en espérant que ça les fera réfléchir. Damnées têtes dures !

Il se signa et baisa la médaille de la Vierge qu'il portait au cou.

— Pardon, sainte Dame, murmura-t-il, puis, plus haut : On verra plus tard. Quoi d'autre ?

— Le seigneur d'Anaor est arrivé du Pont de Fer avec Sven. Il désire vous voir.

— Anaor… Mais il n'était pas mort, celui-là ? Ah, non, c'est vrai qu'il y avait eu une demande de rançon.

— Vous avez bonne mémoire, sire prévôt, et comme vous pouvez en juger, non seulement je ne suis pas mort, mais je suis plutôt en bonne santé, déclara le Normand en entrant dans la pièce suivi du Danois.

Le vieil officier le regarda en fronçant les sourcils, peinant à retrouver dans cet homme grand et maigre aux cheveux et à la barbe hirsutes, enveloppé d'un burnous poussiéreux, le beau chevalier normand plusieurs fois croisé à la citadelle.

— Ma foi, messire, mille pardons, mais ainsi habillé, s'il n'y avait la couleur de vos cheveux, on vous prendrait pour un Turc ! Je ne savais pas qu'on avait payé votre rançon.

— On ne l'a pas fait, je me suis évadé avec l'aide d'un Bédouin.

— Mais asseyez-vous, je vous en prie, je manque à tous mes devoirs. Vous allez me raconter ça. Une évasion des geôles d'Alep ! C'est pas commun ! Avez-vous vu notre prince Renaud de Châtillon ?

— Oui, mais nous n'avions pas le même régime de faveur, si je puis dire, fit Tancrède en se glissant sur un banc. C'était un invité de marque, ce qui n'était pas mon cas.

Un sourire se dessina sur le visage vérolé du vieux soldat qui savait que nul, que ce soit chez les chrétiens ou les Turcs, n'aimait Renaud de Châtillon.

— Laissez-nous, vous autres !

L'homme n'était pas patient et le ton était sans réplique. Le Provençal se retira à contrecœur, Sven derrière lui. Jean sortit une cruche de vin, deux gobelets de terre qu'il remplit à ras bord, poussant l'un d'eux vers son invité qu'il regarda droit dans les yeux.

— Je vous écoute, messire.

Le récit dura longtemps et quand le Normand eut fini, le prévôt se leva.

— Ma foi, il faudra raconter tout ça au connétable Haguenier, certains détails sur le château et la ville d'Alep pourront l'intéresser. Et tous ces chevaux ! Ils n'ont pas les mêmes problèmes de remonte que nous. Et maintenant, que puis-je faire pour vous, messire ?

— Si vous m'y autorisez, je vais rejoindre mon ami Alvise dans le quartier vénitien, me laver, me faire tailler la barbe et dormir quelques heures. Ensuite, j'irai au palais me mettre au service du prince Bohémond. Vous manquez de chevaliers, je crois ?

— Nous n'en avons, hélas, pas plus qu'à votre arrivée l'an dernier. Mais vous connaissez le vieil Alvise ? s'étonna Jean, repensant soudain aux meurtres qu'il devait résoudre.

— C'est lui qui m'hébergeait à Antioche sur la recommandation de mon maître et ami Hugues de Tarse.

Le visage du prévôt s'éclaira.

— Mais oui, j'avais oublié ce détail. Patientez un instant, messire. Je crois que vous devez rencontrer quelqu'un qui, ce matin, est entre nos murs.

Il sortit et revint bientôt accompagné du connétable Haguenier. Le haut militaire s'arrêta sur le seuil. Tancrède s'était levé et leurs regards se croisèrent. Puis il y eut comme une mutuelle reconnaissance, un sourire s'esquissa sur le visage sévère de Haguenier.

— Asseyez-vous, messire, je vous en prie, dit-il tout en prenant place sur un banc en face du Normand, rejetant les plis de sa longue cape sur son épaule. Je ne crois pas que nous ayons eu l'occasion de nous parler auparavant.

— Non, sire connétable, en effet. Je vous ai aperçu dans la basse-cour ou au palais, mais nous n'avions pas été présentés.

— D'autant que la cour n'est pas le lieu que je préfère…

L'homme croisa ses doigts maigres.

— Jean m'a dit que vous êtes lié à Hugues de Tarse ?

— Plus que cela, messire connétable. C'est lui qui m'a tout appris. Il a remplacé le père que j'ai perdu.

— Même si vous ne lui ressemblez pas, vous avez quelque chose de lui dans le regard, remarqua Haguenier. Cela fait vingt-sept ans que je suis à Antioche, messire, et j'ai eu l'honneur de le rencontrer ici avant qu'il ne parte pour Ispahan. Je n'étais pas encore connétable alors, mais nous étions devenus amis.

Il se tut et resta un moment comme perdu dans ses pensées.

— La principauté a besoin d'hommes de cette sorte… Puis-je vous conter une histoire, messire ? Vous avez dû voir les prisonniers que ramenait le sergent ?

— Oui.

— Il se passe avec les Italiens, qu'ils soient pisans, vénitiens ou génois, des événements qui me font soupçonner quelque querelle ou pire.

— Je ne vois pas en quoi je peux…

Le connétable leva la main.

— Attendez, s'il n'y avait qu'une querelle, le prévôt saurait en venir à bout, mais voyez-vous, il y a malemort ! Ce qui me manque, c'est quelqu'un qui puisse voir tout cela de l'intérieur sans qu'on lui prête attention.

Le prévôt ajouta :

— Or, maître Alvise est au milieu du jeu, sire Tancrède. En plein milieu, au côté des Acontano.

— Si vous cherchez un espion, vous vous trompez d'homme… commença le Normand.

— Ce n'est pas ce que voulait dire Jean, remarqua Haguenier. Écoutez plutôt, messire, l'énigme que je vais vous poser, fit Haguenier. Le prévôt m'a dit que, tout comme le sire de Tarse, vous aviez quelque goût pour le mystère.

Et se penchant vers le Normand, il lui raconta les empoisonnements de Titos Grimani et de Giovanni Molino.

— L'un, rue des Amalfitains, l'autre, dans les écuries princières. Et il y aurait eu un autre mort avant ceux-là. Reste à savoir pourquoi on les a tués et qui les a tués ? Sachez que notre patriarche Aymeri de Limoges est fort intéressé à la résolution de cette énigme et qu'il a chargé le chevalier Godefroy, son lieutenant, de faire quelques lumières.

— Quand vous dites intéressé, vous voulez dire personnellement intéressé ?

— Oui.

— Vous n'êtes pas sans savoir que je connais le patriarche.

— Je le sais.

— Dans ce cas, pourquoi avoir besoin de moi ?

Haguenier ne répondit pas tout de suite.

— Tout connétable que je sois, il est des gestes que je ne peux faire et des mots que je ne peux prononcer. Il me manque la liberté que vous avez, vous, messire.

Le prévôt, qui était un vieux renard, ajouta :

— Dieu sait que nous respectons le patriarche, mais il y a ses intérêts privés et il y a la ville qui est sous la responsabilité du connétable ! Vous venez de revenir à Antioche, vous êtes libre d'aller où il vous plaît et vous avez vos entrées partout. Une fois chez les Vénitiens, vous serez dans la place.

— Aidez-moi, messire, ajouta Haguenier.

Quelque chose dans le récit des deux hommes avait aiguisé la curiosité de Tancrède. De plus, il aimait bien le prévôt et la rigueur du connétable lui plaisait. Et puis ce dernier avait connu Hugues…

— J'accepte, messire connétable. Mais à condition de pouvoir questionner qui je veux, où je veux. En clair, il me faut un passe-droit et l'assurance de pouvoir faire à ma guise quoi que je découvre.

— Seule la vérité compte ! répondit le connétable auquel le prévôt avait remis un nécessaire à écriture.

Les trois hommes gardèrent le silence tandis que la plume crissait sur le papier.

— De cette façon, ajouta le prévôt en lui remettant la feuille sur laquelle figuraient le sceau et la signature du connétable, vous aurez pleins pouvoirs, même pour questionner l'envoyé de Venise, Leonardo Michiel, arrivé voici peu au port Saint-Syméon.

— Leonardo, le fils du doge Vitale Michiel II ?

— Vous le connaissez ? demanda le connétable.

— Je l'ai rencontré à Palerme, lors d'un procès[1]. Oui, on peut dire que je le connais.

Le regard du Normand se troubla un moment. Tant de souvenirs remontaient soudain à la surface de sa mémoire, dont l'affrontement qui l'avait opposé à son presque père Hugues de Tarse n'était pas l'un des moindres. Le connétable, qui avait remarqué son changement de visage, demanda :

— Êtes-vous lié à lui, messire ?

— Non pas. Mais un ambassadeur de Venise avait été assassiné et c'est lors du procès de son présumé assassin que je l'ai rencontré.

— L'affaire est conclue, je vais vous laisser maintenant, annonça Haguenier en se levant. Le prince m'attend au palais. Cela a été un plaisir de vous rencontrer, messire.

— Pour moi aussi, sire connétable.

1. Voir *Les Dieux dévoreurs*, 10/18, n° 4284.

Une fois la porte refermée derrière le haut dignitaire, le prévôt se frotta les mains et se servit une nouvelle rasade de vin.

— Tout cela s'annonce très bien. Je vais dire à Sven qu'il vous reconduise dans le quartier vénitien.

— Autant marquer sur mon front que je travaille avec la prévôté ! Non, j'irai seul.

— Vous avez raison. Puis-je quelque chose d'autre pour vous ?

— Dans l'aventure, j'ai peut-être gagné un compagnon bédouin et une jument, mais j'ai perdu le reste… fit le chevalier en montrant le sabre courbe qu'il portait à la taille et le burnous qui l'enveloppait.

Le prévôt s'était levé.

— N'en dites pas davantage, messire ! Attendez-moi ici.

Il revint quelques instants plus tard, lourdement chargé, et posa sur la table une selle, un heaume, un haubert, un écu, une épée et un poignard. Il alla ensuite à son coffre d'où il sortit un pourpoint et une chainse, ainsi que des bottes de cuir souple.

— Il faut bien que la guerre ait quelque avantage pour ceux qui lui survivent ! Un chevalier est mort dans nos murs voici peu et son harnois est devenu mien. Je vous l'offre avec plaisir. C'était un Angevin, il était à peu près taillé comme vous. Je vous laisse vous habiller et essayer les bottes. Sinon, nous en trouverons d'autres au magasin de la citadelle.

30

Une large porte marquait l'entrée du quartier vénitien d'Antioche, une place moins luxueuse que celle que les citoyens de la Sérénissime possédaient dans les autres villes de Terre sainte mais tout de même une enceinte où ils vivaient entre eux. Pour l'heure, l'entrée en était barrée par une milice armée de fourches et de haches. L'un des hommes, un colosse habillé d'un large tablier de cuir, se détacha du groupe, levant le bras avec autorité.

— Halte-là ! fit-il.

Tancrède poussa son cheval jusqu'à ce que son poitrail heurte celui du milicien. Une soudaine fatigue pesait sur ses épaules et il avait hâte de retrouver le vieil Alvise.

— Bien le bonjour, mon brave ! Est-ce là ta façon d'accueillir ceux qui viennent en amis ?

— Qui êtes-vous ? aboya l'autre, sans deviner la menace que cachait le ton aimable du Normand.

— Vu mes armes, il semble évident que je suis chevalier, mais toi, l'homme, qui es-tu ? Un sergent de la citadelle ?

La voix de Tancrède avait claqué et le colosse resta muet. Un autre homme s'avança. Un bourgeois plus âgé qui esquissa un salut.

— Mille pardons, messire, y a pas d'offense. Le tonnelier, il a pas l'habitude d'autre chose que de cercler ses tonneaux. Nous ne sommes pas des soldats mais des bourgeois et des artisans. Nous sommes ici sur ordre de maître Jacopo Acontano. On veut juste savoir chez qui vous allez ?

— Voilà une demande plus aimablement faite. Nous allons chez maître Alvise qui nous héberge. Mais dis-moi, pourquoi tant de précautions ?

— On a des problèmes avec ceux de la « Superbe ». Écartez-vous, vous autres ! gueula-t-il à ses compagnons. Vous pouvez passer, messire.

Les cavaliers poussèrent leurs destriers sous l'arche, empruntant une large rue menant à l'église et au fondouk, bâtisse servant à entreposer les marchandises des Vénitiens mais aussi à loger leurs visiteurs de passage.

Du linge sec pendait entre les maisons, pourtant tout semblait mort. Les volets étaient clos, les portes verrouillées et les places désertes. Hormis deux chats étendus de tout leur long en plein soleil et qui ne bougèrent pas à leur passage, ils n'aperçurent personne. Ils longèrent les étuves fermées elles aussi et le four à pain, puis s'engagèrent dans la ruelle menant aux palais des Acontano et à celui d'Alvise. Le seul bruit était la plainte d'un vent chaud, chargé de sable qui piquait la peau et vous entrait dans le nez et la bouche si l'on n'y prenait garde.

Tancrède posa pied à terre, tendant les rênes à Ali qui les noua avec celles de sa monture à l'anneau fixé dans le mur. Malgré le désagréable sentiment d'être observé, le Normand souleva le heurtoir et le laissa lourdement retomber.

Rien ne se passa.

Comme le reste du quartier, le palais du vieux marchand semblait abandonné. Tancrède, qui n'y avait pas prêté attention auparavant, remarqua les fissures dans le marbre de la façade et les fresques manquantes. Il ne se souvenait que des roses de Tripoli à cœur jaune que Francesca disposait partout, des voilages qui flottaient au vent devant les fenêtres…

La main sur la garde de son sabre, Ali surveillait la rue déserte. Tancrède allait à nouveau saisir le heurtoir quand le guichet s'entrebâilla. À travers la grille de fer apparaissaient deux yeux inquiets.

— Qui est là ?

— Salut, ami Marco ! Préviens ton maître que messire Tancrède d'Anaor est de retour et désire le voir.

— Messire Tancrède !

La voix était incrédule.

— Vas-tu nous laisser encore longtemps à la rue, bougre de toi ?

Le guichet se referma aussitôt et Tancrède entendit la clef tourner dans la serrure. Le vieil homme, le crâne chauve, la bouche édentée, bredouilla des excuses, s'effaçant pour lui permettre d'entrer.

— Oh, non, pardon, messire ! J'aurais dû vous reconnaître tout de suite, mais... Je vais prévenir maître Alvise.

De la pièce d'entrée d'où montait une odeur de renfermé partait un escalier vers l'étage où se trouvaient les appartements du Vénitien et de sa dame.

— Non, non, laisse ! Je préviendrai moi-même mon époux, déclara une voix de femme.

Plus amaigrie et pâle que dans les souvenirs du Normand, Francesca était apparue en haut de l'escalier. Vêtue d'une longue jupe de damas rouge et d'un corsage de lin blanc, elle serrait malgré la chaleur un châle autour de ses épaules. Elle descendit les marches d'un pas hésitant. Marco la regarda puis se tourna de nouveau vers le chevalier, le regard interrogatif.

— Montre les écuries à Ali, qu'il puisse s'occuper des chevaux, et trouve-lui une paillasse pour la nuit.

— Bien, messire, dit le vieil homme en sortant pour rejoindre le Bédouin.

— Messire Tancrède, vous voilà sauf ! s'écria Francesca en le prenant dans ses bras.

Francesca n'avait jamais été belle, mais elle avait du charme et elle savait s'en servir. Ses mouvements étaient gracieux, sa chevelure rousse magnifique, sa voix douce et la coquetterie de son œil irrésistible, même encore maintenant, alors que l'âge était venu.

— Quelle joie de vous revoir ! J'étais si inquiète pour vous. Nous étions inquiets... Alvise me parlait souvent de vous. Il a écrit à Hugues de Tarse… Il aura une lettre à vous montrer.

La Piémontaise était si bavarde que le Normand l'embrassa sur les deux joues pour la faire taire.

— Tout va bien, maintenant, dit-il d'une voix apaisante. Mais vous voilà bien pâle et amaigrie, gente dame. Cela vous sied d'ailleurs tout autant.

Francesca rougit. Elle avait un faible pour le beau Normand dont les compliments et la sollicitude la troublaient.

— Vous êtes trop aimable, messire, de prêter attention à la vieille femme que je suis. En votre absence, j'ai eu les fièvres, mais maintenant, je suis guérie grâce aux potions d'un mire du nom d'Ambroise… Mais vous-même, vos beaux cheveux et votre barbe ! Et vous aussi, vous avez maigri !

— Là où j'étais, il était difficile de rester coiffé, ma dame ! Et j'avoue avoir hâte de prendre un bon bain.

Elle prit familièrement son bras, se serrant contre lui.

— Je vais vous préparer ça et vous taillerai la barbe. Que c'est bon de vous revoir sain et sauf ! Je suis si contente ! La vie va renaître dans ce palais… Mais vous devez avoir faim.

— Non, non, ne vous inquiétez pas.

— Et votre serviteur ?

Après avoir conduit les chevaux à l'écurie, Ali était revenu, surgissant sans bruit derrière eux.

— Messire, puis-je m'occuper des chevaux ou dois-je rester avec vous ?

— Va, Ali, nous passerons la nuit au palais, si dame Francesca et son époux nous y autorisent.

— Mais bien sûr, fit Francesca qui, une fois Ali sorti, se pencha vers le chevalier et murmura : D'où vient-il ? C'est un Maure ?

— C'est un homme du désert. Un guerrier bédouin. Il se nomme Ali.

La Piémontaise ouvrit de grands yeux effarés.

— Mais n'est-ce pas des gens comme lui qui attaquent nos pèlerins et pillent nos caravanes ?

— Ne vous faites pas de soucis, dame Francesca. Je réponds d'Ali. Si vous me conduisiez à votre mari ?

— Il va être content. Lui si préoccupé ces derniers temps, votre vue va le ravir. Enfin, je l'espère.

— Pourquoi êtes-vous soucieuse, ma dame ? Que se passe-t-il ?

— C'est, mon Dieu, que je ne le comprends plus. Quand j'étais malade, il était si inquiet. Vous savez comme il est ? Attentif et jaloux malgré les années qui passent. Pourtant, depuis que je suis remise, c'est comme s'il m'en voulait, parfois j'ai l'impression qu'il m'aime et d'autres fois qu'il me hait…

Sa bouche esquissa une moue d'incompréhension et, pour la première fois depuis qu'il la connaissait, le chevalier remarqua la trace du temps sur son visage. Pas vraiment courtisane, pas vraiment honnête femme non plus, elle avait, au dire d'Hugues de Tarse, occupé sa vie à séduire, à se vêtir de soie, à se parfumer et à se parer. Dépensant sans compter, ruinant Alvise sans méchanceté, vivant ensuite sur sa splendeur passée sans voir les meubles qui disparaissaient ni l'usure des tentures et des tapis, aimant davantage le fait d'être aimée que d'aimer. Parlant d'elle et de petits riens, toujours, et jamais de l'essentiel. Et soudain, les années semblaient l'avoir rattrapée. Comme si elle n'avait vécu que dans le regard de cet époux qui la désirait aussi ardemment qu'au premier jour et que le fait qu'il la délaisse la vieillisse d'un coup.

— Mais non, vous êtes fatiguée, voilà tout, et cela trouble votre jugement, menez-moi à lui.

Ils traversèrent l'enfilade des pièces vides, leurs pas résonnant sur le dallage de marbre rose, puis la femme frappa à la porte du bureau du Vénitien. Une odeur de poussière et de moisi planait dans les couloirs.

— En plus, maintenant, il s'enferme, murmura-t-elle.

— J'ai dit qu'on ne me dérange sous aucun prétexte, gronda la voix d'Alvise. Je travaille.

— C'est moi, Francesca !

Il y eut un silence.

— Alvise, c'est moi ! plaida-t-elle à nouveau, d'une voix de petite fille.

Tancrède posa un doigt sur ses lèvres, faisant signe à la femme d'Alvise de ne rien dire de sa présence.

— Entre !

Francesca passa la première, Tancrède à sa suite. Face à eux, le vieux marchand était assis devant une table complètement vide. Il regarda sa femme, puis l'homme qui se tenait à ses côtés.

— Non, non ! s'écria-t-il avant de pousser un râle étouffé, de porter la main à son cœur et de s'affaisser sur lui-même, sa tête heurtant le bois de la table dans sa chute.

Tancrède et Francesca se précipitèrent.

— Alvise ! Alvise !

Le chevalier redressa le vieil homme qui respirait faiblement, ouvrit le col de son pourpoint et le souleva pour le porter sur son lit de repos à l'autre bout de la pièce.

— Du vinaigre, Francesca !

Malgré le sang qui coulait abondamment, la blessure au front n'était pas grave. Quand le vieil homme rouvrit les paupières, le Normand crut qu'il allait de nouveau se trouver mal.

— Vous ! Vivant ! C'est un cauchemar ! Vous venez me tuer. Je ne voulais pas... Ne dites pas à Hugues...

Tout en trouvant singulières les paroles du vieux marchand, le Normand essaya de l'apaiser.

— Vous délirez, Alvise ! C'est moi, Tancrède. Je me suis évadé des prisons d'Alep. Tout va bien. Calmez-vous !

— Évadé, évadé, répétait le vieil homme sans paraître comprendre. Évadé ?

Il fallut un long moment avant que le Vénitien ne reprenne ses esprits. Enfin, son regard parut s'éclaircir. Il posa la main sur le bras du chevalier et souffla :

— Vous vivant, ma faute est moins grande…

— Reposez-vous, Alvise. J'ai moi-même besoin d'un somme, on se verra demain matin.

31

Ce soir-là, une vingtaine de solides gaillards, marins pour la plupart, tous originaires de Gênes ou de Savone, s'étaient réunis dans la salle basse d'un palais, propriété de l'armateur Bartolomeo Michelis. L'endroit ressemblait davantage à un casernement militaire qu'à la demeure d'une des fortunes les plus enviées de la « Superbe », la seconde de la principauté après celle des Embriaci. Les pièces de réception servaient de dortoirs, des faisceaux d'armes reposaient contre les parois, des chevaux hennissaient dans les écuries et il y avait suffisamment de vivres dans les réserves pour tenir un siège.

Né dans un bouge de Gênes, Bartolomeo Michelis avait rapidement compris qu'il ne pourrait faire fortune qu'en Orient. Après un temps où la piraterie lui avait permis d'acquérir ses premiers bateaux, il n'avait eu de cesse de se constituer une flotte. C'était un excellent capitaine, un homme de guerre avisé, et son sens des affaires avait fait le reste.

Les barons et même le roi de Jérusalem avaient, en leur temps, supplié pour obtenir son aide. Une aide qu'il avait d'ailleurs généreusement distribuée, certains de ses navires se transformant, pour les besoins des batailles, en machines de siège, ses charpentiers navals et ses marins faisant merveille lors des assauts. On disait même que l'empereur de Byzance en personne avait reçu l'armateur. Bartolomeo avait négocié une *skalai*, une échelle pour l'accostage des navires à Constantinople et, en 1160, avait construit maison et entrepôts dans le tout nouveau quartier génois donnant sur la Corne d'Or.

Aujourd'hui, il vivait à Antioche et ne ressemblait plus à celui qu'il avait été. Le bon vivant de jadis, le conquérant, l'homme à femmes était devenu un être maigre et impatient, dévoré par un feu intérieur. Cependant, malgré ce changement, ses hommes se seraient jetés au feu pour lui et lui obéissaient sans discuter. Grâce à eux, il avait conquis un empire en Méditerranée, grâce à eux, il exterminerait ses ennemis, les Vénitiens.

— Comme jadis, nos ennemis ont encore frappé. Ils ont osé s'en prendre à cette maison, dit-il d'une voix que la colère faisait trembler. Et comme ils n'ont pu y pénétrer, ils ont mis à sac mes terres et détruit les maisons de mes paysans.

Un des Génois s'avança, c'était un homme aussi large que haut, la mine plus couturée qu'une voile de bateau :

— Ils ont payé, maître ! On a envoyé par le fond une de leurs galées au port Saint-Syméon. Elle était pleine de tonneaux de vin, elle a coulé à pic.

— Et tu dis qu'ils ont payé ! s'exclama Bartolomeo en foudroyant l'homme du regard. Tu dis qu'ils ont payé ?

Le marin baissa les yeux.

— Qu'en est-il des nôtres que le prévôt a faits prisonniers ?

— On espère les libérer, mon maître. Mais pour l'heure, le prévôt a l'œil sur eux.

— S'il faut de l'argent pour soudoyer les geôliers, j'en donnerai, vous le savez ! Et quand ils seront libres, il faudra les embarquer sur un bateau à Saint-Syméon. Quant à vous, cette nuit, vous attaquerez le palais des Acontano !

— Bien, maître, firent les marins d'une seule voix.

— Qu'on le brûle ! Qu'il n'en reste rien ! Et qu'on sale la terre des jardins afin que rien n'y repousse jamais !

La voix de l'armateur s'était faite basse et sifflante. Les hommes se regardèrent. En cette saison, manier le feu, c'était risquer d'incendier un quartier, voire la ville entière. Devinant leurs pensées, Michelis partit d'un rire sans joie.

— Regardez ces couleurs !

Il désignait une bannière d'argent à la croix de gueules.

— Avez-vous oublié ce qu'ils ont fait ?

Les hommes baissèrent la tête.

— Croyez-vous que cela me déplairait si le feu prenait ? Même si Antioche brûlait, cela ne serait pas encore assez pour apaiser la haine qui me tient. Cela ne sera jamais assez !

La mine sombre, les hommes s'inclinèrent devant leur maître.

— Allez, et n'oubliez pas que nous sommes en guerre !

UNE LETTRE D'HUGUES DE TARSE

32

Ali avait refusé la paillasse que le vieux Marco lui avait proposée dans les dépendances. Enroulé dans sa djellaba, sa capuche sur le crâne et son sabre sur les genoux, il s'était assis en tailleur dos à la porte de la chambre de Tancrède. Un vent chaud entrait par la fenêtre, soulevant les voilages qui entouraient le lit à baldaquin où était allongé le Normand. Il avait pris un bain dans le baquet de bois garni de molletons qu'avait fait préparer son hôtesse, laissant l'eau chaude et parfumée dénouer ses membres fatigués par ses longues chevauchées. Tout en contemplant son corps amaigri par la prison et ses muscles longilignes, il s'était amusé à parcourir du regard les rudes cicatrices qui le balafraient. Chacune était la marque d'une bataille, d'un duel… Puis, malgré lui, le souvenir de la femme aux yeux verts était revenu. Pour le chasser, il avait sauté hors du cuveau, se frottant énergiquement et enfilant la chemise que lui avait donnée la femme d'Alvise avant de l'appeler.

— Francesca ! Vous m'aviez proposé de me couper les cheveux et la barbe, et par ma foi, je vous en serais reconnaissant.

— J'arrive ! J'arrive, messire !

Aidée d'une vieille servante, la Piémontaise revint bientôt avec tout ce qu'il fallait, lame aiguisée, savon noir et cuveau d'eau chaude propre.

Le Normand laissa vagabonder ses pensées alors que les doigts agiles s'affairaient sur sa chevelure.

La femme du rêve était toujours là et il se surprit à répéter les paroles scandées par Rafik :

Je pris à sa lèvre un nectar si doux
Qu'un vin précieux pour un peu j'aurais cru,
Où miel et neige se mêlaient,
Rafraîchissant le plus meurtri des cœurs.
Puis j'ôtai sa robe et je découvris
Une gracile et parfaite blancheur.

— Que dites-vous, messire ? demanda Francesca en se penchant vers lui.

— Rien, ma dame, rien, un vieux poème.

— Mais on aurait dit de l'arabe ?

— Du persan, mentit le chevalier, du persan.

Une fois la Piémontaise et sa servante sorties, il s'était jeté sur son lit, espérant s'enfoncer dans un sommeil profond, mais en vain. Entièrement nu, il se tournait et se retournait. Après ces longs mois de prison, il n'avait plus l'habitude d'autre chose que du contact dur du sol et croyait encore entendre les plaintes, les râles et les ronflements des autres prisonniers. Et puis, il repensait aux morts dont lui avait parlé le connétable, aux paroles qu'Alvise avait prononcées dans son délire, à Rafik qu'il imaginait endormi sous la *khaima*, là-bas dans le djebel, le ciel vibrant d'étoiles au-dessus de sa tête.

Puis j'ôtai sa robe et je découvris
Une gracile et parfaite blancheur.

Un frôlement à côté de sa couche l'alerta. La porte s'était ouverte sans bruit et une ombre était entrée. Le chevalier simula la respiration lente d'un dormeur et, faisant mine de se retourner, saisit le poignard qu'il dissimulait sous son oreiller. Une silhouette se pencha, une main écarta les voilages. Le Normand s'apprêtait à bondir sur l'intrus quand il reconnut la voix du Bédouin.

— Messire Tancrède, réveillez-vous !

La tension se relâcha d'un coup.

— Je suis réveillé, Ali. Que se passe-t-il ?

— Venez !

Sans demander davantage d'explications, le Normand enfila ses braies et suivit le Bédouin dans le couloir. Le couvre-feu avait sonné depuis longtemps et s'il n'y avait eu la lueur de la lune qui, par endroits, éclairait le marbre du dallage et des murs, tout aurait été d'un noir d'encre.

— Impossible de dormir ailleurs que sous les étoiles, messire. Je suis descendu voir nos chevaux aux écuries et quand je suis remonté, j'ai entendu du bruit dans la ruelle.

Une des fenêtres de l'étage ouvrait sur l'arrière du palais. Le chevalier s'y pencha. En contrebas, une carriole s'était arrêtée et des hommes déchargeaient des fagots de bois qu'ils empilaient le long du mur et dans le renfoncement d'une porte charretière du palais qui faisait face à celui d'Alvise. Ils travaillaient vite et sans bruit, disposant les branchages de façon qu'ils s'enflamment rapidement.

— Va réveiller le Vénitien, c'est la porte au bout du couloir. Dis-lui qu'il y a le feu. Vite ! ordonna Tancrède. Qu'il donne l'alerte au voisinage.

Le Bédouin parti, le jeune homme se précipita dans sa chambre, enfila sa chainse, boucla sa ceinture et prit son épée et un poignard, puis il descendit les escaliers quatre à quatre et ouvrit la poterne donnant sur la ruelle.

Les hommes étaient toujours là. Tancrède remarqua qu'ils portaient le pantalon court et la chainse serrée d'une large ceinture de marin. Ils étaient une quinzaine et avaient fini de vider la carriole. L'un d'eux brandissait une torche.

— Holà, mes beaux sires ! s'écria Tancrède en se plantant en travers de la rue. N'auriez-vous pas entendu sonner le couvre-feu ? Voulez-vous de l'aide ?

Les marins s'entre-regardèrent. Leur chef jeta un ordre en italien et deux d'entre eux s'avancèrent vers le Normand, la mine farouche. Un troisième sauta dans la carriole, cravacha les chevaux et disparut au bout de la ruelle. La torche s'enfonça dans le bois qui s'embrasa aussitôt. Au-dessus de lui, Tancrède entendit Francesca hurler puis sentit la présence d'Ali plus qu'il ne le vit. Le Bédouin avait sorti son sabre et, le tenant à deux mains, s'était placé sans un mot à ses côtés. Les marins, brandissant l'un un crochet, l'autre une hache, se jetèrent sur eux. Les flammes se propageaient déjà de branche en branche quand, d'un large geste, Ali trancha le bras d'un marin, Tancrède enfonçant son épée dans le jarret de l'autre.

— Tuez-les ! À mort ! hurla le chef.

Le Normand et le Bédouin s'étaient redressés en même temps, prêts à affronter ceux qui se précipitaient vers eux. Le son d'une trompe s'éleva, venant de chez les Acontano. Puis bientôt, ce fut le tocsin qui résonna dans tout Antioche. Dans le quartier vénitien, les volets s'ouvraient, des gens sortaient dans les rues et sur les places. Les flammes léchaient la porte charretière et montaient maintenant jusqu'à la toiture.

Tancrède et Ali s'étaient mis dos à dos, encerclés par les Génois. De la demeure des Acontano sortaient des serviteurs, armés de fourches, qui se précipitaient vers les fagots pour les disperser. Puis ce furent des hommes menés par Romano Acontano et des chevaliers tout de noir vêtus encadrant Leonardo Michiel. L'air devenait irrespirable et la chaleur insupportable. Les Génois, en voyant arriver ces nouveaux adversaires, hésitèrent puis, cernés à leur tour par les hommes de Romano et ceux du doge, firent face, brandissant des haches et de longs couteaux d'abordage. Pendant un moment, le temps sembla se suspendre. On n'entendit plus que le craquement du bois qui brûlait et les cris de ceux qui essayaient d'éteindre le feu et de disperser les brandons enflammés.

— Rendez-vous ! ordonna Leonardo. Et vous aurez la vie sauve.

— Plutôt mourir que de se rendre à un Vénitien ! fit le chef des Génois en crachant à ses pieds.

— Alors, mourez ! jeta le jeune homme en dégainant son épée.

Les chevaliers vénitiens et Romano Acontano se lancèrent à l'attaque en même temps que le Normand et le Bédouin. Les haches sifflèrent, le fer heurta le fer. Ce n'étaient plus que cliquetis de métal et cris de guerre mêlés, que hurlements de rage et de douleur. Les lames des Vénitiens tranchaient, les haches décapitaient et, en quelques instants, comme fauchés, tombèrent des corps enlacés dans des étreintes mortelles. Des cadavres ventres ouverts, tripes fumantes à l'air, membres coupés jonchaient le sol. Puis tout se figea et il ne resta plus que les survivants, hébétés par la rapidité et la violence de l'assaut.

Tancrède seul continuait à se battre contre le chef des Génois, un gaillard dont l'habileté à manier la hache et le couteau n'avait d'égale que la fureur qui l'habitait. Les deux hommes s'affrontaient maintenant sur la place voisine. Dans la ruelle, les gens des Acontano, aidés de volontaires, faisaient la chaîne, lançant des seaux d'eau sur les flammes qui attaquaient la porte charretière. Le tocsin continuait à résonner et des patrouilles venues de la citadelle sur le mont Silpius convergeaient au pas de course vers le quartier vénitien.

Romano Acontano et les chevaliers de Leonardo Michiel éloignèrent les curieux et délimitèrent un large cercle où se dressaient les combattants. L'un d'eux allait mourir, tous le savaient. Pour l'heure, les visages et les corps ruisselants de sang et de sueur mêlés, les deux hommes se tournaient autour comme des fauves. Les traits durcis, Ali, son sabre souillé bien en main, suivait Tancrède du regard, évaluant ses chances face à ce Génois massif et lourd, bâti comme une barrique et dont la peau semblait aussi dure que du bois de cèdre.

Le Normand avait pour lui sa haute taille et son agilité. Il avait évité les moulinets de la hache de son adversaire et ses brusques attaques au couteau, mais son souffle était plus court, il fatiguait. Le marin, ancien pirate habitué aux abordages, cherchait à provoquer le corps à corps dans lequel il était passé maître. Il se servait avec autant de force et d'adresse de ses deux armes ce qui, au début, avait désorienté le chevalier. Une plaie en travers de sa cuisse en témoignait, dont le sang dégoulinait jusqu'à ses pieds nus. Pour l'instant, il n'avait réussi à toucher le marin qu'au bras, une profonde entaille qui ne semblait pas le gêner davantage qu'une piqûre d'insecte.

Tancrède fit un soudain écart, évitant la hache du marin, puis se jeta de côté pour passer sous son couteau, plongeant son épée dans son jarret et la retirant tout aussi vite. Cette nouvelle blessure, loin de calmer le marin, le rendit plus hargneux encore. Il repartit aussitôt à l'assaut avec un hurlement, repoussant le Normand tantôt par des moulinets de sa hache tantôt de la pointe de son coutel. Il écumait, éructant des injures comme un forcené. Le jeune homme reculait devant la brutalité de la charge, haletant, cherchant en vain la faille de cet adversaire dont l'énergie et la colère semblaient inépuisables.

D'un coup, il se vit acculé. Il allait mourir, là dans la poussière de cette place d'Antioche qu'éclairait la lune, au milieu de ce cercle d'étrangers. Un calme étrange l'envahit. Il eut l'impression de se détacher de lui-même et se vit foncer en avant, bousculer son adversaire avec une violence telle que sa lame lui échappa. Il la repoussa d'un coup de pied et d'un élan, trancha net le poignet qui maintenait la hache. Le marin regarda d'un air incrédule son moignon d'où jaillissait le sang puis releva les yeux vers le Normand.

Une foule disparate de femmes, d'hommes et d'enfants, bourgeois, artisans, paysans, essayait de franchir le cordon formé par les chevaliers du doge et par les hommes des Acontano. Ils criaient des injures et tendaient le poing.

— Tue ! Tue ! hurlaient les femmes.

— À mort l'incendiaire ! Il voulait nous griller. Tuez-le !

— C'est un Génois ! Mort au Génois !

Indifférent au vacarme, les deux hommes restaient immobiles et se fixaient. Puis le Génois cracha une insulte vers la foule et, heurtant le torse de Tancrède de son crâne, l'entraîna dans sa chute. Ils roulèrent à terre, les doigts puissants de la main du marin serrant sa gorge, ses ongles courts entaillant sa chair. Le souffle commençait à manquer à Tancrède quand il réussit à frapper à l'entrejambe et à se dégager. L'autre essaya de se redresser, mais ses forces le trahirent. Il avait perdu trop de sang, et retomba à genoux dans la poussière, son visage prenant une vilaine teinte grise.

— À mort le Génois ! vociféra Romano Acontano.

— À mort le Génois ! À mort ! reprit la foule.

L'incendie avait été maîtrisé, une épaisse fumée s'élevait maintenant de la ruelle entre les palais. Une des patrouilles, menée par le sergent provençal, essayait de se rapprocher mais les gens leur barraient le passage.

— On s'écarte ! hurlait le sergent, dont les hommes se frayaient un chemin à coups de gourdin.

Dans l'arène, au milieu des chevaliers vénitiens, Tancrède s'était penché pour ramasser son épée. Le marin regarda les visages déformés par la haine, une pierre passa par-dessus les têtes et le heurta à l'épaule. Il grimaça et fit un signe de tête à son adversaire, désignant l'épée.

— Je veux mourir en homme, tuez-moi, chevalier ! souffla-t-il. Tuez-moi !

Tancrède hésita, il jeta un œil vers le fils Acontano, vers Leonardo Michiel et ses hommes, comprit qu'ils ne feraient rien pour empêcher ce qui allait arriver. Que bientôt la foule allait se ruer sur le malheureux. Ce serait la curée ! Il allait mourir déchiqueté, démembré, lapidé, éviscéré.

Le Génois affaibli avait basculé sur le dos. Sous son corps, la tache rouge allait s'élargissant. Il était blême.

— Grâce, messire, tuez-moi ! l'implora-t-il à nouveau.

Le Normand n'hésita plus.

— Dieu me pardonne ! murmura-t-il en posant la pointe de sa lame sur le torse de son adversaire et en pesant de tout son poids dessus.

La lame s'enfonça, l'homme eut un soubresaut puis ses yeux se révulsèrent. Le chevalier retira le fer puis recula en vacillant. On le bouscula, il sentit qu'on l'attrapait par la chainse, il faillit tomber. La foule avait rompu le barrage. Les gens se précipitaient vers le cadavre encore chaud. Ali entraîna le Normand à l'écart. Derrière eux, on s'acharnait sur le corps sans vie, arrachant les cheveux, brisant les dents à coups de talon, piétinant… Tancrède fit quelques pas, puis se pencha en avant et vomit avant de tomber à genoux. Un voile passa devant ses yeux et il perdit connaissance.

33

Quand Tancrède revint à lui, il ne comprit pas tout de suite où il était. La perte de sang l'avait affaibli et tout d'abord, à cause des candélabres qui l'entouraient, il se crut dans une église. Un court instant, la pensée de sa mort l'effleura puis son regard fit le tour de la pièce. Une grande fenêtre aux vitraux cernés de fines baguettes de plomb occupait un côté, puis, cernant le lit où il était allongé le torse soutenu par des coussins, de lourds meubles en bois noir et des sièges recouverts de velours grenat. Au plafond couraient des fresques de couleur représentant des scènes de chasse.

Un raclement de gorge lui fit prendre conscience de la présence d'inconnus à son chevet, le regard soucieux. L'un avec un visage rude aux pommettes hautes, les cheveux blancs et la barbe taillés court comme ceux d'un moine guerrier. Le second, jeune homme aux cheveux prématurément gris, répondait au prénom de Joseph et était aux ordres du premier.

Dans la pièce, la seule silhouette familière était celle d'Ali, l'air farouche, debout près de la porte. Il voulut l'appeler mais ne réussit qu'à murmurer son nom. Sa langue était pâteuse, collée à son palais.

La porte s'ouvrit soudain sur deux nouveaux personnages. Un vieillard habillé d'un pourpoint sombre barré d'une triple chaîne d'or. Avec ses cheveux blancs qui ondulaient sur ses épaules et son nez en bec d'aigle, il avait l'allure fière d'un patriarche habitué à commander et à être obéi. Derrière lui venait son aîné Romano qui avait participé à la bataille.

— Eh bien, maître Ambroise, demanda-t-il. Est-ce qu'il va s'en sortir ?

Le mire se tourna vers le nouveau venu.

— Oui, maître Acontano, je l'ai recousu. Voyez, il revient déjà à lui. Il est solide et n'a rien de cassé. J'ai pansé sa jambe et, dans quelques jours, il n'y paraîtra plus. Il a aussi une plaie récente à l'avant-bras, mais elle est déjà en voie de guérison.

— Alors, laissez-moi seul avec lui ! ordonna-t-il. Toi aussi, mon fils.

Romano s'inclina avec mauvaise grâce et ressortit.

— Et toi, là !

Il avait apostrophé Joseph qui se courba en murmurant :

— Oui, Excellence.

— Cherche le fils du doge et dis-lui qu'il peut nous rejoindre.

Le serviteur d'Ambroise s'inclina et obéit, s'empressant de rattraper Romano et le mire qui gagnaient la sortie. Seul Ali ne bougea pas. Le vieux Vénitien le foudroya du regard.

— Ne comprends-tu pas notre langue ?

— Je ne suis pas à vos ordres mais à ceux du sire Tancrède, répliqua le Bédouin, le visage impassible.

— Tout va bien, maître Acontano ! dit Tancrède d'une voix qui manquait encore d'assurance.

Le rude vieillard se tourna vers lui.

— Jacopo, pour vous, messire, c'est Jacopo ! Enfin, vous reprenez vie ! J'ai fait venir le meilleur mire d'Antioche, tant Leonardo Michiel et moi craignions pour votre vie.

— Et je vous en remercie. Mais j'ai surtout perdu trop de sang et je crois, maître Jacopo, que plutôt que de voir un mire, j'ai besoin d'un solide repas et d'un peu de vin.

— Vous êtes comme moi, messire ! Un civet de chevreuil ou du sanglier valent mieux que toutes les potions ! Vous aurez tout ce que vous désirez et plus encore, déclara le vieil homme. Vous avez sauvé mon palais des flammes et cela, au risque de votre vie. Je ne suis pas un ingrat, messire, et suis dorénavant votre obligé.

Avant que le Normand ait pu répondre, la porte s'ouvrit, livrant passage au fils du doge, tout de noir vêtu, le visage souligné par un mince col de dentelle blanche. Il paraissait toujours aussi jeune et aussi décidé que quand ils s'étaient rencontrés pour la première fois à Palerme.

Leonardo s'approcha du lit et son visage s'éclaira en apercevant Tancrède assis sur sa couche.

— Par Dieu, je vous préfère ainsi, messire ! Ce Génois était un acharné.

— Et un rude combattant ! Paix à son âme.

— Il méritait de mourir comme un chien ! grommela le patriarche.

Comme Tancrède n'ajoutait rien, Leonardo Michiel se tourna vers le vieil homme.

— Jacopo, peut-être pourrions-nous expliquer au sire d'Anaor ce qui nous oppose aux Génois ?

— Ainsi qu'il vous plaira, Votre Honneur.

La question et la réponse étaient de pures formes, Tancrède le sentit. Malgré sa jeunesse, le Vénitien, en tant que fils du doge, était son représentant en ces lieux, un statut unique et d'une puissance telle qu'aucun natif de la Sérénissime ne se serait permis de lui tenir tête ou de lui opposer un refus.

— Nous sommes sûrs qu'un seul homme, un Génois, est derrière tous les drames qui secouent Antioche ces derniers temps, messire. Il s'agit d'un ancien pirate devenu armateur. Un certain Bartolomeo Michelis. Nous pensons qu'il a empoisonné mon ami Titos Grimani et aussi Giovanni Molino, un des clercs employés par maître Acontano.

— Je sais les rivalités qui existent entre les Républiques maritimes à propos de la Terre sainte, mais pourquoi lui plutôt qu'un Pisan ? Je crois savoir qu'il y a eu autant de dégâts chez les uns que chez les autres.

— Mais aucune malemort. Et puis cet homme ne cache pas sa haine. Il nous a déclaré la guerre.

— Si vous êtes sûrs de sa culpabilité, pourquoi ne l'arrêtez-vous pas ?

— C'est un homme puissant en Terre sainte. Il a des appuis et non des moindres. Jusqu'à maintenant, même la protection du patriarche Aymeri de Limoges lui était acquise. Il nous fallait des preuves, nous les avons. L'homme que vous avez tué était des siens. À l'heure qu'il est, s'il n'a pas pris la fuite, Bartolomeo Michelis doit être conduit sous bonne escorte devant le prévôt et le connétable Haguenier.

— Pourquoi me dites-vous tout cela, messire Michiel ?

— Je n'ai pas oublié Palerme, messire, ni le procès qui vous a opposé au grand justicier Buccellato. Mon père a toute confiance en Hugues de Tarse et il ne me déplaît pas qu'un homme de votre qualité me donne son avis.

34

Une fois les Vénitiens sortis, des serviteurs dressèrent une table sur laquelle s'étala bientôt un rôti de mouton aux figues et raisins confits, des civets de lièvre au miel, des perdrix fourrées au citron et aux oignons et plusieurs cruchons de vin.

Le Normand s'assit et invita Ali à partager son repas. Le Bédouin prit place sur une des chaises à haut dossier, dévorant les viandes avec cette voracité qui caractérisait les hommes du désert quand ils n'étaient pas obligés de jeûner ou de se contenter d'une datte et d'un peu d'eau pour survivre. Depuis le duel, Ali n'avait pas ouvert la bouche mais ne quittait pas le chevalier des yeux, le couvant de son regard attentif. Les deux hommes mangèrent, puis Tancrède poussa un soupir de satisfaction et, après s'être essuyé la bouche, contempla son vis-à-vis.

— Le cheikh m'avait prévenu, tu es un solide combattant, Ali. J'ai apprécié de t'avoir à mes côtés, merci.

— Ma lame trempera toujours dans le sang de vos ennemis, messire ! fit le Bédouin en s'inclinant, une main sur le cœur.

Le jour était venu, passant à travers les vitraux, projetant dans la pièce des éclats de lumière rouges et verts. Après s'être lavé les mains dans la bassine d'eau tiède que leur avait présentée un serviteur, Tancrède se renfonça dans son siège. Si Leonardo Michiel requérait son avis, songeait-il, c'est qu'il n'était pas tout à fait sûr que l'affaire soit aussi simple qu'elle le paraissait. Tout semblait accuser ce

Génois, mais justement est-ce que ce « tout » n'était pas trop ?

Il réfléchissait encore en buvant une coupe d'eau glacée où flottait un parfum de fleur d'oranger quand on frappa à la porte. Le Bédouin alla ouvrir et fit entrer le vieux Marco qui s'inclina.

Le serviteur paraissait bouleversé et restait sur le seuil en se tordant les mains.

— Eh bien, que se passe-t-il, Marco ? Parle ! Je t'écoute, jeta le Normand.

— C'est dame Francesca, messire. Elle m'envoie pour vous dire que maître Alvise ne va pas bien, il vous réclame.

Tancrède se mit debout.

— Va, Marco, dis à ton maître et à son épouse que j'arrive.

Le vieil homme tourna les talons.

— Aide-moi, Ali, donne-moi mes armes.

Il glissa son épée dans son baudrier et enfila ses bottes, réprimant une grimace quand sa blessure se rappela à son souvenir.

Quelques instants plus tard, les deux hommes étaient dans le palais du Vénitien et gravissaient l'escalier qui menait à la chambre du marchand.

— Va seller nos chevaux, Ali, ordonna-t-il en frappant au battant. Je te rejoindrai aux écuries et nous irons voir le prévôt et, si possible, rencontrer ce Michelis.

C'est Francesca qui ouvrit, cheveux défaits, le visage hagard et le regard éperdu.

— Ah, messire, vous voilà, il vous réclame, entrez.

Les rideaux de damas étaient tirés et la seule lumière était celle d'une lampe à huile dont la flamme tremblotante éclairait le visage ridé et les yeux clos du Vénitien. Le vieil homme souleva les paupières, le regard plein d'une infinie lassitude, et tendit une main décharnée vers sa femme.

— Laisse-nous, Francesca ! souffla-t-il d'une voix faible.

— Mais… commença à protester son épouse avant de se raviser. Bien, mon ami, si vous avez besoin de moi, je serai dans la pièce à côté.

Elle sortit sans bruit, tirant le vantail.

— Regardez si c'est bien fermé, messire.

Devinant l'hésitation du Normand, il ajouta :

— Vous ne la connaissez pas aussi bien que je la connais.

Le jeune homme se leva et manœuvra la poignée. Des pas furtifs s'éloignèrent dans le couloir, attestant que le marchand avait une idée fort juste de la curiosité de son épouse.

— Prenez le petit coffre sur la table et ouvrez-le, c'est pour vous. Une lettre d'Hugues de Tarse et la bourse qu'il m'a envoyée. Mais avant que vous la lisiez, il faut que je me confesse d'une faute envers lui et envers vous…

Il se tut et il n'y eut plus que le bruit de sa respiration sifflante.

— Je n'ai jamais été un honnête homme, messire. Mais peu de temps avant que vous reveniez à Antioche, j'ai commis l'impardonnable. J'avais un ami, et cet ami, je l'ai trahi.

— Que voulez-vous dire ?

Le vieil homme expliqua la bourse vide, l'argent de la rançon, la maladie de Francesca, le mire Ambroise qui l'avait sauvée d'une mort certaine. Tout en l'écoutant, Tancrède ne put empêcher ses pensées de revenir à cet Ambroise qu'on évoquait si souvent devant lui. Cet homme aux allures de moine guerrier qui l'avait soigné chez les Acontano était le même qui avait examiné le cadavre du Vénitien Titos

Grimani. C'était lui aussi qui avait décelé le *rahj al ghar*. Un poison dont l'utilisation, il le savait par Hugues, requérait un profond savoir et maintes précautions.

— Quand je vous ai vu devant moi, continuait Alvise sans se rendre compte de sa distraction, j'ai cru que vous étiez une apparition, messire ! Que Dieu me punissait de ma faute.

Le silence retomba. Le vieil homme toussa et s'essuya la bouche. L'effort avait été trop grand pour lui. Le Normand l'aida à se redresser et cala son torse avec un coussin supplémentaire.

— Et puis, l'incendie, vous, en si grand danger, le tocsin, cette foule en furie, tout cela était si terrible… Je n'en ai plus pour longtemps, messire.

Le vieil homme paraissait s'affaiblir de seconde en seconde et le Normand s'en alarma. Il posa sa main sur celle du vieux marchand et fit mine de se redresser.

— Je vais aller chercher de l'aide…

Les doigts du vieillard s'agrippèrent à sa chainse. Il paraissait si fragile.

— Non, messire, n'en faites rien ! J'ai vécu mon temps et suis fatigué de me battre. Une seule chose m'importe maintenant, c'est votre pardon.

— Vous l'avez, Alvise ! déclara Tancrède en enfermant les mains du vieillard dans les siennes. Bien sûr, vous l'avez. Et celui d'Hugues aussi. Il ne vous aurait pas condamné pour votre geste. Et puis, après tout, ne suis-je pas vivant et libre ? Francesca a recouvré la santé, et tant mieux si ma rançon sert aujourd'hui à soigner les pauvres d'Ambroise.

La lampe grésilla et une odeur de roussi s'imposa en un instant. Un grand papillon s'était jeté, affolé, dans la flamme, y consumant ses ailes avant de retomber calciné sur le bois de la table.

— Approchez, messire, souffla le vieux.

Le Normand se pencha.

— Soyez prudent. Il se passe de drôles de choses à la cour de Bohémond.

— Expliquez-vous.

— Les Italiens se dressent les uns contre les autres et puis il y a ces empoisonnements.

— Les Vénitiens accusent un certain Michelis, un Génois. Vous le connaissez ?

— Oui, j'ai même fait affaire avec lui à ses débuts… Quand il était pirate. Je l'appréciais, bien que nous soyons plus souvent face à face que du même bord.

— Il aurait mis le feu au palais des Acontano et empoisonné les Vénitiens.

— Michelis… On lui a arraché le cœur, mais ce n'est pas un traître, il n'a jamais planté un couteau dans le dos de quiconque…

— Que voulez-vous dire par « arraché le cœur » ?

— Celui qui dresse Pisans, Génois et Vénitiens les uns contre les autres doit le savoir. C'est lui…

Une mousse rosâtre monta aux lèvres du vieil homme.

— Francesca, souffla le vieil homme. Appelez Francesca, messire… Je… Je veux un prêtre. Il faudra… prendre soin d'elle, messire, c'est une enfant… promettez-moi de la confier aux Acontano, ils s'occuperont d'elle.

— Je promets.

Le chevalier se leva d'un bond, mais déjà la porte s'ouvrait devant la femme d'Alvise. Elle se précipita vers le lit, les larmes ruisselant sur ses joues pâles. Un religieux la suivait, il s'agenouilla près du vieil homme.

Le chevalier sortit et, s'asseyant sur un des rares bancs du couloir à avoir échappé à la ruine du Vénitien, déroula la lettre d'Hugues.

À Tancrède, sire d'Anaor,
aux bons soins de maître Alvise.

J'espère, mon fils, que quand tu liras ces lignes, le souvenir des prisons de Noureddin sera déjà loin derrière toi. Sache que ta tante Kayanée et son mari Bjorn de Karetot ont rassemblé une grande partie de ta rançon en me suppliant de te dire combien ils aimeraient que tu reviennes prendre ta place à Anaor. Je sais que tu n'en feras rien, que ce n'est pas sur tes terres de Sicile que se terminera ta quête.

Ma femme, Eleonor de Fierville, et les enfants m'ont suivi jusqu'à Venise d'où je t'écris ce message. Le doge Vitale Michiel II nous loge dans un palais sur le Canal Grande. Venise est un étrange navire auquel je m'attache chaque jour davantage malgré les difficultés de sa diplomatie. Ici, les case vecchie, les grandes familles comme les Contarini ou les Falier, sont poussées peu à peu de côté par les case nuove, les jeunes familles composées uniquement de marchands. Pour moi, je suis redevenu auprès du doge ce que j'étais avec Maion de Bari, un conseiller secret. Espérons que l'histoire ne me donnera pas tort. Eleonor me dit que tu serais bien ici, à Venise, avec nous, je n'en suis pas si sûr. Mais, en tout cas, nous t'y accueillerions avec bonheur, tu le sais. Nous avons eu un autre garçon, aussi remuant que notre petit Jean. Eleonor a écrit un Manuel du Monde à leur attention et à celle de notre Clara. Elle y raconte nos aventures et les tiennes, mais aussi notre séjour dans la Sérénissime. J'en ferai une copie que je t'enverrai. Nous parlons souvent de toi avec Eleonor et de cette traversée qui nous a réunis, elle et moi[1]. J'ai toujours su qu'il n'y avait pas de hasard, pas plus que dans le fait que ton père, Roger, duc de Pouilles, t'ait confié à moi.

J'ai vendu sans regret notre maison forte et nos vignes, là-bas dans les Éoliennes. Ma femme et moi ne sommes, sans doute, pas encore prêts à nous enraciner quelque part. Écris-nous dès que tu le pourras, que cesse notre inquiétude et celle de ta chère tante.

Une fois libre, il te faudra couper, si ce n'est déjà fait, ce qui te lie encore au passé. Le pays où tu vis t'y aidera, laisse-le entrer en toi. Il vaut toutes les prophéties.

Que Dieu te garde, mon fils,

Hugues de Tarse.

Le bras de Tancrède retomba. Il avait les larmes aux yeux. Il y avait tant de choses entre ces lignes, l'amour de sa tante Kayanée et de son ami Bjorn de Karetot, celui d'Hugues et d'Eleonor de Fierville qui, il en était certain, avaient vendu leurs terres dans les Éoliennes pour se procurer l'énorme somme d'argent que représentait sa rançon. Et aujourd'hui, même si le visage de son « presque » père s'estompait sur les rives

1. Voir *Les Guerriers fauves*, 10/18, n° 3891.

de sa mémoire, personne ne restait si intimement proche de lui et cela malgré la distance. La fin de sa lettre en témoignait tant elle faisait écho à ce que le Normand avait ressenti sous la *khaima* dans le djebel Semaan…

Hugues lui manquait, leur passé commun, son enfance sous la protection de cet homme si singulier qui lui avait tant appris. Il se sentait au bout du monde, y était en fait. Ce bout du monde pourrait-il être la fin de son périple, de sa quête ? Serait-il sa destination ? Un bout du monde qui deviendrait son monde ?

Un long cri interrompit sa rêverie. Alvise devait avoir rendu l'âme et Francesca hurlait de douleur comme un animal blessé. Tancrède glissa la lettre dans la bourse qu'il portait à la ceinture et se leva.

DES YEUX COULEUR DE NIL

35

Quelques heures plus tard, Tancrède et Ali se présentaient à la porte du palais du prince d'Antioche. Des gardes en barraient l'accès, les lances croisées. Un sergent s'approcha :

— Qui va là ?

— Le sire d'Anaor et son écuyer, fit Tancrède en montrant le laissez-passer que lui avait donné le connétable. Je cherche le prévôt Jean.

Ne sachant pas lire, le sergent se contenta de vérifier le sceau de Haguenier avant de s'incliner devant le chevalier.

— Le prévôt est au palais avec notre patriarche, messire.

— Merci, sergent.

— Attendez, messire ! ajouta l'officier. Vous trouverez de la place pour vos chevaux dans les écuries sur votre droite, les autres sont pleines de ceux de la suite de l'Arménien, le prince Thoros II de Cilicie.

Un bruit de cavalcade l'interrompit.

— Tenez, le voilà, justement ! On l'appelle le prince des Montagnes. Il ne tient pas en place et ne semble guère goûter l'accueil de notre Bohémond. Remarquez, je comprends, y sont pas faits du même bois. Et puis, lui qui s'attendait à guerroyer contre Noureddin…

— Que voulez-vous dire ?

Tancrède n'entendit pas la réponse du sergent. Il poussa sa jument sur le côté pour laisser passer une vingtaine de cavaliers, précédés par des lévriers du désert poussant des jappements de joie et courant en tous sens.

Les destriers étaient caparaçonnés de cuir et les chevaliers, des hommes trapus aux visages sévères armés de lances et d'épées, étaient menés par un seigneur de haute et lourde stature, le visage balafré. L'éclat terni d'une cotte de mailles luisait sous la longue tunique de drap rouge serrée à la taille par une ceinture où était glissée une longue épée. Un court instant, le regard du prince arménien croisa celui du Normand, puis la poussière le déroba bientôt à la vue de ce dernier. Quand elle retomba, les Arméniens étaient déjà loin et les aboiements n'étaient plus qu'étouffés.

Le sergent se rapprocha de Tancrède, l'homme était bavard et trop content de trouver une oreille attentive.

— Pour vous répondre, messire, la nouvelle vient juste d'arriver, on a gagné la bataille de la Bocquée ! Le roi de Jérusalem, notre roi Amaury, a battu Noureddin ! Paraît même qu'ils ont failli le capturer. Et il n'y a que l'Arménien que cela ne semble pas réjouir ! Bohémond III va faire une grande fête ce soir pour célébrer notre victoire. Même nous autres, paraît qu'à table on aura supplément de vin et de viande.

— Merci, mon brave, fit Tancrède.

Tout en talonnant sa jument, il essaya d'imaginer cette lointaine bataille à laquelle il n'avait pas participé, se demandant comment Amaury avait réussi à mettre l'immense armée de Noureddin en déroute. Ils gagnèrent les écuries, vaste bâtiment où s'affairaient une foule d'écuyers, de palefreniers et de valets. Ils laissèrent leurs montures aux soins de ces derniers et, après avoir traversé la cour dallée, passèrent sous une arche ouvrant sur les jardins.

Tancrède s'arrêta un moment pour contempler la longue perspective et les bosquets qui se dressaient sous ses yeux. Sans avoir la splendeur de ceux de Palerme, les jardins d'Antioche, irrigués par de nombreux rus et par des canaux de céramique, abrités en certains endroits par des vélums de toile que la brise soulevait, surprenaient l'œil par leurs contrastes. Il s'y était plu lors de son arrivée à Antioche, les arpentant sans se lasser pour en découvrir les charmes. Les allées de sable sinuaient entre d'immenses roseraies dont les couleurs rouges, roses ou safran vibraient sous le soleil. Les feuillages des lauriers, des palmiers, des figuiers et des abricotiers paraissaient d'un vert d'autant plus intense qu'il contrastait avec le sable que chaque matin des serviteurs ratissaient.

Ici et là jouaient de minuscules singes aux oreilles hérissées de toupets de poils clairs, des colliers de grelots autour de la taille. Des paons déployaient l'éventail ocellé de leur queue en poussant leur cri rauque. Au loin fuyaient des autruches. Il y avait là toutes sortes de bêtes amenées à grand prix par bateaux au palais de Bohémond III.

Tancrède et Ali suivaient l'une des allées, ne pouvant s'empêcher d'admirer l'art des jardiniers que l'on voyait travailler, le dos courbé, sur les rosiers.

Les deux hommes croisèrent des barons normands habillés comme des Orientaux de djellabas brodées et chaussés de babouches, des seigneurs provençaux escortés de serviteurs arabes, des dames d'Aquitaine enveloppées de voiles multicolores et de soieries, des bijoux cliquetant à leurs chevilles avec leurs suivantes arméniennes ou sarrasines. Tous ces gens bavardaient, s'esclaffaient, et les mines graves des jours précédents avaient disparu. On n'entendait parler que de cette lointaine victoire qui allait changer le cours de l'histoire.

Près d'un bassin que le soleil faisait scintiller de mille feux, deux jeunes filles riaient aux éclats, effeuillant des roses d'Alexandrie dont les pétales s'ouvraient sur des étamines d'or et un cœur bleuté.

L'une d'elles, vêtue en cavalier, chaussée de longues bottes de cuir, avait défait son opulent chignon, laissant ses boucles noires se répandre sur ses épaules. Abandonnant la fleur dont elle avait semé les pétales sur la robe de son amie, elle se pencha sur la margelle pour boire, effleurant l'eau de ses mains aux doigts fins, sa silhouette mince se ployant comme celle d'un roseau. Sa compagne, une petite femme ronde aux traits enfantins, faisait semblant de la gronder et pouffait de rire entre chaque mot de reproche.

Tancrède se figea, fasciné, manquant se faire bousculer par Ali qui le suivait. Étaient-ce son rire, sa façon de bouger ou bien ce teint si clair, cette grâce d'oiseau ? Plus tard, en y songeant, il ne pourrait jamais répondre à cette question : pourquoi s'était-il arrêté ?

S'appuyant à la pierre du rebord, Naïri s'était soudain redressée, les lèvres humides. Dans le mouvement gracieux qu'elle fit, elle aperçut les deux hommes debout à quelques pas du bassin. Son regard croisa celui du chevalier. Il y eut un moment d'hésitation de part et d'autre. Les rires s'étaient tus. Le Normand ne bougeait toujours pas, le cœur cognant dans sa poitrine. Les yeux d'un vert de Nil pailleté d'or étaient là, devant lui. Il se sentait enlevé à lui-même, sans défense. La femme du rêve, celle qui s'était offerte là-bas sous les étoiles, était à quelques pas.

Gulig prit sa cape et la posa d'autorité sur les épaules de la princesse avant de vouloir l'entraîner de force. Celle-ci résista, fronçant des sourcils à l'arc parfait.

— Non, Gulig ! Pourquoi partirais-je ? Et pourquoi cet homme me dévisage-t-il ainsi ? Qui est-il ? Il ne me semble pas l'avoir vu dans l'entourage du prince, hier au soir.

La sœur de lait de Naïri examina le pourpoint et l'épée, puis la haute stature, les épaules larges et l'épaisse chevelure blonde, trahissant les origines de Tancrède.

— Un chevalier normand, sans doute, je ne sais pas, il a presque les yeux aussi verts que les vôtres. Naïri, allons-nous-en ! Il n'est pas convenable qu'une princesse de votre rang reste ainsi vêtue, tout en cheveux en plus ! Et devant un inconnu !

Tancrède s'était avancé d'un pas. Il aurait voulu parler, s'excuser, se présenter. Mais aucun son ne sortit de ses lèvres. Il avait l'impression que des liens invisibles l'enserraient, qu'un bâillon obstruait sa bouche. Son corps refusait de lui obéir. Les contours du monde s'étaient estompés. Effacés les jardins, le bassin, le palais, les gens qui passaient en murmurant à côté d'eux. Il n'y avait plus que le noir profond des cheveux de Naïri et le vert d'eau de ses yeux en amande. Elle était si fine, si irréelle dans ce halo de lumière qui découpait sa silhouette qu'il doutait même de son existence…

Le son d'une trompe retentit. Monté sur un palefroi, le prince d'Antioche, le jeune Bohémond III, arrivait, accompagné d'une courtisane dont les voiles translucides et les rangs de perles dissimulaient mal la nudité orgueilleuse. Montée sur une jument à la robe isabelle, la femme, une Esclavonne, minaudait aux compliments de son noble compagnon. Des musiciens, des danseuses et des pages les accompagnaient, traversant les jardins au rythme lent du pas de leurs chevaux.

— Holà ! On s'écarte devant le prince d'Antioche ! criaient les gardes, de robustes Soudanais, le torse enduit de graisse, sabre et coutels croisés dans leur ceinture de cuir rouge.

Tancrède se recula pour laisser passer celui qu'il n'avait vu qu'une fois, ce pâle jeune homme qui, pendant si longtemps, avait dû subir la tutelle de Renaud de Châtillon, puis celle de sa mère Constance et d'Aymeri de Limoges, avant d'accéder enfin au pouvoir. Un pouvoir dont on disait déjà qu'il ne savait que faire.

Enfin, une fois le cortège passé, le Normand reporta son attention vers le bassin où flottaient des pétales de roses d'Alexandrie. Il n'y avait plus personne. Et nulle part dans les allées, il ne vit la mince cavalière qu'il cherchait.

— Ai-je donc rêvé ? murmura-t-il. Je ne sais même pas son nom.

— Parfois les gazelles fuient si vite que même le sable humide n'arrive à conserver leurs traces, répondit le Bédouin.

36

Le mire Ambroise allait et venait, le visage soucieux. Toutes ces allées et venues chez Alvise, puis au palais des Acontano, le contrariaient. Comme d'habitude, le sort s'acharnait contre lui, sa vocation, son sacerdoce. Dans toutes les villes où il avait posé ses malles, cela finissait comme ça. Au début, il soignait les pauvres gens, puis sa réputation s'étendait et on venait le trouver pour guérir des barons, des sultans et des princes.

— Que se passe-t-il, mon père ? demanda, d'une voix inquiète, celui qui venait d'entrer.

Long et maigre, les gestes furtifs, Joseph, malgré ses vingt-deux ans, se déplaçait avec l'allure courbée et les mouvements hésitants d'un vieillard. Il était le bâtard d'une servante syrienne qu'Ambroise avait engrossée un soir de désespoir. Le mire n'avait jamais voulu d'épouse, encore moins d'un fils à la peau mate que tous montreraient du doigt. Pourtant il n'abandonna ni la mère ni l'enfant. Ils prirent la route, changeant de ville. Mais Jérusalem ne leur avait pas davantage porté chance que Le Caire. Joseph avait dix ans quand des soldats en maraude violèrent et tuèrent sa mère. Cette nuit-là, ses cheveux grisonnèrent et son regard s'éteignit. Il servait son père, faisait le ménage, cherchait les herbes à guérir. Sa seule compagnie était un corbeau blessé qu'il avait apprivoisé et qui nichait dans les combles.

— Que se passe-t-il ? Que se passe-t-il, tu me le demandes ? gronda le mire en tapant sur la table.

Joseph se mit à trembler, ses dents s'entrechoquant comme à chaque fois que la voix de son père tonnait.

— Tu me le demandes, continua Ambroise sans prêter attention à la terreur qu'il inspirait à son fils. Ne le vois-tu pas ? Ce n'est plus possible d'exercer mon art à Antioche.

— Alors, nous allons repartir ?

Le mire évita le regard de son fils. Il n'aimait pas ses yeux, d'ailleurs il n'aimait rien de lui. Ni ses cheveux trop noirs, ni sa chair trop foncée, ni cette souffrance muette et ce blâme constant qu'il lisait dans son regard. Joseph lui rappelait la seule chose qu'il se reprochait vraiment, avoir forcé cette malheureuse Syrienne et n'avoir pas su se le pardonner et encore moins lui demander pardon.

— Oui, j'y songe. Mais nous sommes si peu à Antioche. Que va dire mon ami Nicétas si je l'abandonne ? Et où irais-je ?

Une fois de plus, il se parlait davantage à lui-même qu'à Joseph qui se détourna avec une grimace douloureuse.

— Vous n'avez plus besoin de moi pour aujourd'hui ? finit-il par articuler sourdement.

— Non, non. (Il releva la tête.) D'ailleurs, qui a dit que j'avais jamais eu besoin de toi ?

La porte se referma et Ambroise s'en voulut de sa rudesse. Mais que faire ? Il n'aimait pas le bâtard et n'arrivait pas à le masquer. Mais pourquoi l'aimerait-il ? Qui a dit que l'amour ou l'affection était une chose évidente ? Lui qui aidait tant de gens. Qu'on disait bon et généreux. S'ils savaient… Il n'était rien de tout cela. N'aimait-il pas plus que tout l'ascendant qu'il avait sur eux ? Leur admiration sans borne et cette façon qu'ils avaient de le saluer ? À certains moments, il se sentait l'égal d'un dieu ! Avec un pouvoir de vie et de mort. Mais n'était-ce pas là la marque d'un orgueil démesuré ? Il se signa. La marque du diable qui l'habitait malgré ses suppliques ? Il repensa à son enfance perdue, à sa jeunesse passée à étudier les grimoires. Alors que ses compagnons couraient les putains et se soûlaient dans les tavernes, lui étudiait sans relâche. Bien sûr, il s'était dit qu'en se mettant au service des plus pauvres, Dieu lui pardonnerait d'avoir tant d'orgueil. Mais Dieu ne lui pardonnait rien et toutes ses bonnes actions ne le sauveraient pas de l'enfer.

Il se laissa tomber sur une chaise, se prenant la tête entre les mains. Il ne se redressa qu'en entendant des pas dans la pièce voisine.

— Nicétas ? C'est toi ?

37

La voix d'Aymeri de Limoges grondait, furieuse. Les gens s'écartaient sur le passage du petit religieux vêtu de sa robe pourpre galonnée d'or et sur celui du prévôt. Ils le saluaient sans obtenir de réponse tant le vieil homme était tout à ses griefs contre la principauté et surtout contre le jeune prince.

— Qu'il s'affiche avec des putains, passe encore, ce ne serait pas le premier, mais qu'il règne ! Il ne pense plus qu'à préparer le banquet de ce soir ! Au nombre de danseuses qu'il lui faut trouver et comment les vêtir ! Vous le savez, vous, prévôt, la victoire de la Bocquée n'efface pas tout ! On dirait que plus personne ne se soucie de ce qui se passe entre nos murs.

Le prévôt hocha la tête, le vieil homme reprenait déjà :

— Je veux tirer cette histoire d'Italiens au clair, vous m'entendez ? Nous avons trop besoin de l'aide des Républiques maritimes. Leurs querelles nous font perdre un temps précieux. Et s'ils s'entretuent, que deviendront les accords que nous avons passés avec eux ?

— Nous avons fait prisonnier le sire Michelis, monseigneur, remarqua l'officier.

— Justement. Le sire Michelis reste de mes amis, prévôt, et même si cela déplaît à certains, dont le fils du doge, je n'ai pas oublié les services qu'il m'a rendus en temps de guerre. Je veux le voir et l'entendre avant qu'on ne le conduise sur le banc de justice.

— Bien sûr, monseigneur, acquiesça le prévôt qui savait que rien ne servait de s'opposer au patriarche. Je l'ai fait conduire à la citadelle et si vous le désirez, nous pouvons nous y rendre dès maintenant.

Le patriarche regarda autour de lui.

— Où est passé Godefroy ?

Le chevalier picard apparut soudain à leurs côtés. Il surgissait toujours quand on s'y attendait le moins et même son maître ne put s'empêcher de sursauter.

— Je suis là, Votre Honneur. J'ai trouvé quelqu'un que, je crois, vous verrez avec plaisir.

— Si c'est le cas, parle au lieu de me faire attendre ! ordonna l'irascible vieillard. Et comment pourrais-tu savoir ce qui me plaît…

Sa voix se fit soudain moqueuse.

— Mais je me trompe, tu sais tout. Même mes pensées les plus intimes, n'est-ce pas ?

Habitué aux sautes d'humeur de son maître, le chevalier ne broncha pas sous le sarcasme.

— Le sire d'Anaor, le protégé d'Hugues de Tarse, est là, Votre Honneur. Il s'est enfui des geôles d'Alep.

Le visage d'Aymeri s'éclaira :

— Tancrède ! Ce diable d'homme a réussi à échapper à Noureddin ! Il est bien le premier. Que ne le disais-tu ? Enfin, une bonne nouvelle.

Le prévôt essaya d'attirer à nouveau l'attention du religieux.

— Je n'ai guère eu le temps de vous en informer, monseigneur, mais j'ai demandé au sire Tancrède de m'aider dans cette affaire d'empoisonnement, déclara-t-il.

— Il se passe des choses ici et personne ne m'informe, grommela le prélat, simulant le mécontentement. Vous avez bien fait. Godefroy, va le chercher et retrouvons-nous à la citadelle. Je veux d'abord voir Michelis.

38

À peine arrivé dans la chambre du prévôt au cœur de la forteresse du mont Silpius, le religieux en chassa d'autorité le gros chat noir et blanc qui y siégeait comme un sultan, étalé de tout son long sur le tapis.

— Toi, trouve-nous deux fauteuils dignes de ce nom, ordonna-t-il à l'un des gardes avant que le prévôt n'ait pu ouvrir la bouche.

Il se tourna ensuite vers celui-ci.

— Je veux voir Bartolomeo en tête à tête !

— Bien, monseigneur.

Le garde revint, portant deux fauteuils que le prévôt épousseta avant de permettre à Aymeri de s'y asseoir.

— Nous nous connaissons depuis longtemps, vous et moi, mon cher Jean, fit-il soudain.

— Depuis cette année 1149 où, seul maître d'Antioche, vous avez tenu tête aux Turcs, sauvant la ville, monseigneur, répondit l'officier d'une voix émue. Un fier souvenir.

Le regard du patriarche d'Antioche parcourut la pauvre pièce, allant de la paillasse au tapis élimé puis au coffre.

— Le prince récompense bien mal ses vaillants sujets. J'ai appris à apprécier vos qualités d'homme et de militaire. Que diriez-vous de venir chez moi à Cursat ? Vous dirigeriez ma garde personnelle et je vous donnerai une solde bien plus confortable que celle que vous avez ici, ainsi qu'une maison et même une parcelle de terre.

Le prévôt s'inclina. Il préférait ce que le patriarche, avec tout son argent, ne pourrait jamais lui offrir : sa drôle de vie de soldat et ses promenades à l'aube sur les remparts de la citadelle du mont Silpius. De là-haut, par-dessus les pics, les gorges, la campagne, les torrents d'eau vive, les cascades, il voyait jusqu'à près de dix lieues. Il était chez lui, plus que partout ailleurs, entre ces pierres énormes que soudait ensemble un ciment inconnu qui était, comme la fraternité qui le liait au connétable et à ses hommes, inaltérable.

— L'offre est trop belle pour le pauvre soldat que je suis, dit-il simplement.

— Prenez le temps de réfléchir, rétorqua le patriarche tout en comprenant que la réponse serait négative.

Dans la basse-cour en contrebas de la haute fenêtre, les destriers qu'on harnachait hennissaient d'impatience. Aymeri de Limoges entendit des pas dans les couloirs, puis on frappa à la porte.

Un garde poussa devant lui celui que le patriarche avait longtemps surnommé le « Pirate », Bartolomeo Michelis. Un homme qu'il n'avait pas revu depuis bientôt cinq ans et que, tout d'abord, il ne reconnut pas, tant il avait maigri et tant dans ses yeux brûlait un feu de damné.

— Asseyez-vous, mon fils, demanda-t-il d'une voix étonnamment douce.

Bartolomeo le regarda puis, désignant d'un coup de tête les soldats qui le maintenaient, se secoua comme un ours enchaîné.

— Dites-leur de nous laisser seuls, monseigneur, et je vous obéirai avec plaisir.

— Sortez, vous autres ! ordonna le prévôt aux gardes qui relâchèrent le détenu.

— Si vous avez besoin de moi, patriarche, je serai derrière la porte, prévint le prévôt en refermant derrière lui.

Michelis se laissa tomber sur le fauteuil en face d'Aymeri.

— Cela fait combien de temps, Bartolomeo, que nous ne nous sommes vus ?

Les traits du Génois se tordirent.

— C'était dans une autre vie, monseigneur. Je ne suis plus celui que vous avez connu.

— Je le vois bien, Bartolomeo.

Le Génois s'était refermé sur lui-même, la bouche serrée en un mince pli. Aymeri chercha comment apaiser la tension qu'il sentait monter entre eux.

— Nombre de gens ici, à Antioche, voudraient que j'oublie le passé, mais je suis un homme du passé, Bartolomeo. Un vieil homme auquel ses membres ne répondent plus et qui s'efforce de masquer le tremblement de ses mains.

L'Italien ne disait mot, mais son expression s'était faite moins dure.

— J'ai de la mémoire et vous m'avez aidé, je n'ai rien oublié, conclut Aymeri.

— Je ne suis plus le même, monseigneur.

Aymeri eut l'impression qu'il y avait là un appel au secours. Que le fier Génois l'implorait. Il se pencha.

— Puis-je vous aider, Bartolomeo ?

— C'est le religieux qui parle ou le maître de Cursat ?

— Ce serait mentir de vous dire que les deux mènent une existence indépendante, mais l'un peut prendre le pas sur l'autre et l'influencer. C'est déjà le cas puisque nous sommes ici tous deux.

— J'ai du respect pour vous, mais je n'ai besoin que de l'aide de Dieu, monseigneur.

— Je vous écoute, mon fils.

— À quoi bon ? Je suis damné ! J'ai perdu tout ce en quoi je croyais et cela a fait de moi une bête enragée.

— C'est vous qui avez voulu mettre le feu à la maison des Acontano ?

— Oui, et moi aussi qui ai fait couler leur bateau.

— Pourquoi Bartolomeo ? Pourquoi ?

— La haine, monseigneur, la haine ! Cette bête qui vous ronge les entrailles et le cœur pire qu'un ver dans du bois tendre.

— On m'a pourtant dit que vous aviez fait fortune à Constantinople ? Que même l'empereur de Byzance vous avait reçu avec une délégation génoise ?

— C'est vrai. Mais à quoi bon l'argent et les honneurs ?

— Et les empoisonnements ?

Le Génois parut sincèrement surpris.

— Quels empoisonnements ?

— Des Vénitiens ici à Antioche.

— Je préfère le fer ou le feu au poison, monseigneur, vous le savez.

— C'est pourtant à cause de la mort de ceux-là que vous risquez de perdre la vie. Le reste peut se dédommager en bel et bon argent, mais le fils du doge ne vous pardonnera pas d'avoir attenté à la vie d'un de ses amis.

— Peu importe, monseigneur. Que ce maraud fasse ce qu'il veut. Je suis déjà mort !

Le Génois parut soudain s'impatienter, il se leva.

— Dites qu'on me ramène dans ma cellule, monseigneur.

— Du calme, Bartolomeo, du calme ! Le vieil homme que je suis n'aime guère qu'on le bouscule.

— Je veux retourner dans ma…

— Asseyez-vous !

La voix du patriarche avait claqué comme un fouet. Son front était crispé sous l'effort de la réflexion. Dompté, le Génois se laissa retomber sur son siège.

— Prévôt !

La porte se rouvrit aussitôt et le vieil officier entra.

— Nous allons attendre sire Tancrède et Godefroi, ensuite vous raccompagnerez le sire Michelis à sa cellule. Je vais demander au connétable son transfert à mon château de Cursat. Je me porte garant de sa personne jusqu'à son jugement.

LE SECRET
DE BARTOLOMEO MICHELIS

39

Suivis d'Ali, Godefroy et Tancrède remontaient au pas de leurs chevaux vers la citadelle. Partout dans les rues d'Antioche, c'était la joie. Une joie brutale, violente, qui se traduisait par des hurlements, des chants et des rires. Les marchands du souk avaient pavoisé leurs magasins et décoré leurs étals, les bourgeois faisaient de même avec leurs maisons. Sur les remparts flottaient des oriflammes et les drapeaux de la principauté. On faisait des guirlandes de feuillages, on jonchait les rues de pétales de rose et de fleurs de jasmin que soulevait la brise marine qui s'était levée. La nouvelle de la victoire du roi Amaury de Jérusalem avait fait le tour de tous les quartiers, et jusqu'au port Saint-Syméon, il n'était plus personne maintenant qui ignorait les détails de la défaite de Noureddin. Le fier sultan qui avait réussi à fuir avec quelques-uns de ses officiers échappant de justesse à la mort ou à la captivité.

Les gens s'embrassaient à pleine bouche, s'esclaffaient, les filles dansaient, levant leurs jupons pour montrer leurs chevilles où sonnaient des grelots. Déjà, les taverniers mettaient les tonneaux en perce et le vin coulait à flots.

Alors que les cavaliers se frayaient un passage entre les groupes de badauds, les portefaix, les colporteurs, les carrioles chargées de grains et les troupeaux de moutons qui se bousculaient dans les ruelles et sur les places, le Picard informa le Normand que son maître lui avait donné ordre de répondre à toutes ses questions.

— Mais tout d'abord, nous allons prendre un autre chemin pour rejoindre le mont Silpius. Par ici, messire.

D'un claquement de langue, il encouragea son cheval à avancer. C'était une bête de prix, un hongre à la robe pommelée, à la crinière et à la queue soigneusement tressées. Le Normand qui allait le suivre se fit apostropher par une fillette déboulant d'une venelle voisine et qui, sans se laisser intimider par le brusque écart de la jument, leva au-dessus d'elle un panier décoré de fleurs de jasmin et empli de beignets dégoulinant de miel qu'environnait un nuage de mouches. Vêtue d'une mauvaise chainse de toile si élimée qu'on voyait son corps nu et maigre à travers, elle ne devait guère avoir plus de cinq ans et ses yeux noirs brillaient d'un éclat fiévreux.

— Qui veut mes oublies toutes chaudes ? Toutes chaudes ! Fleur d'oranger et cannelle. Qui veut mes beignets tout chauds ? Fleur d'oranger et cannelle. Messire, messire, prenez-m'en un. Fleur d'oranger et cannelle.

Le chevalier lui lança une piécette dans laquelle elle mordit d'un coup de dent avant de la dissimuler sous les fleurs, soudain vieillie par ce geste trivial. Tancrède rattrapa le Picard dans une allée plus calme où ils purent de nouveau marcher côte à côte. Ali, telle une ombre protectrice, les suivait toujours en silence.

— Le patriarche veut en finir avec cette affaire d'empoisonnement, messire d'Anaor. Et il a toute confiance en vous, comme jadis il a eu confiance en messire Hugues de Tarse.

— Sa confiance m'honore, chevalier Godefroy, répondit le chevalier en se disant que ces temps-ci tout le monde voulait se débarrasser de l'encombrante affaire. Mais racontez-moi tout depuis le début.

Le Picard obtempéra. Son récit était précis et davantage détaillé que celui du vieil officier de la citadelle. Une fois qu'il eut terminé, Tancrède reprit :

— À la mort de Grimani, votre maître vous a donc chargé de chercher plus avant. Pourquoi ? Alors qu'il savait que le prévôt, sur l'ordre du connétable, menait sa propre enquête ?

— Mon maître vous expliquera cela mieux que moi.

— N'y a-t-il pas derrière tout ça quelques accords secrets ? demanda Tancrède à qui ses longs mois de prison avaient servi à mieux comprendre la complexité politique de l'Orient.

Un Orient que se disputaient des puissances rivales dont les moindres n'étaient pas Venise et Byzance.

— Peut-être que ce qui se passe ici n'est que la suite de la guerre acharnée que se livrent les Républiques marchandes ?

— Peut-être, messire, éluda Godefroy d'une voix neutre.

Voyant qu'il ne tirerait rien d'autre du Picard sur ce sujet, le Normand demanda :

— Et les morts, qui sont-ils ?

— Un marin, un grand marchand ami d'enfance de Leonardo Michiel, un clerc employé chez les Acontano. Trois hommes que rien ne liait, sauf le fait qu'ils étaient citoyens de la Sérénissime.

— Et qu'on les a empoisonnés ! Ce ne sont pas des liens négligeables. Le premier était un marin, dites-vous ?

— Oui, un certain Pietro dit le « Borgne », un ancien capitaine qui a jadis loué ses services autant aux émirs qu'aux Byzantins ou aux Génois. J'ai rencontré un homme qui le connaissait, un pilote du nom de Pique la Lune[1]...

— Qu'avez-vous dit ? le coupa Tancrède. Pique la Lune ? J'ai bien entendu ?

— Oui, c'est ce que j'ai dit. Vous le connaissez ?

— C'est avec lui que j'ai fait la traversée de Normandie jusqu'en Sicile. Et Pique la Lune connaissait le « Borgne » ?

— Oui, ils auraient navigué ensemble. Il m'a assuré que ce Pietro vivait avec son cadet, Angelo, que ces deux-là étaient inséparables, mais je n'ai pas réussi à trouver trace du frère. Pas encore.

— Où vivaient-ils ?

— L'histoire est amusante. Alors que l'homme continuait à s'habiller comme un marin, il vivait comme un roi dans une somptueuse demeure, à l'embouchure de l'Oronte, non loin du port Saint-Syméon.

— J'aimerais que nous allions là-bas tous les deux. Je veux rencontrer Pique la Lune.

— Comme il vous plaira, messire.

Devant eux se dressait la silhouette farouche de la citadelle. Construite par les Séleucides en 300 avant J.-C., maintes fois détruite, rebâtie à plusieurs reprises par les Romains, les Byzantins et les Turcs danichmendites, agrandie par les croisés, elle surplombait les trois lieues de remparts et les centaines de tours qui assuraient la défense de la cité.

Ils encouragèrent les chevaux à attaquer la montée menant à la première enceinte. L'appel rauque des trompes salua leur arrivée. La première herse se leva.

1. Voir *Les Guerriers fauves*, *op. cit.*, et *La Nef des damnés*, 10/18, n° 4008.

Godefroy donna à l'un des officiers le nom d'Aymeri de Limoges et cela suffit à ce que les lances s'écartent.

Passant au trot sous la herse de fer, les cavaliers se dirigèrent vers le pont-levis de la seconde muraille, les chevaux ralentissant sur la passerelle aux planches disjointes sous laquelle s'ouvrait un profond fossé. Ils débouchèrent enfin dans la basse-cour où des soldats s'entraînaient à la quintaine et mirent pied à terre devant les écuries, abandonnant les montures aux mains d'un palefrenier.

Ils contournèrent des meules de foin, passèrent devant des charrois vides et obliquèrent vers la bâtisse longue et basse aux fenêtres en meurtrière qui occupait le centre de l'enceinte. Une lourde porte de chêne s'y ouvrait, des officiers en sortaient qui hochèrent affirmativement la tête quand le Picard leur demanda si le patriarche était là. Un garde s'offrit à les conduire chez le prévôt.

— On peut comprendre plus aisément le meurtre du sieur Grimani, reprit Godefroy en se tournant vers le Normand. C'était un haut dignitaire.

— Pourquoi, dans ce cas, ne pas s'en être pris directement au fils du doge ?

— C'est ma foi vrai. Quant au troisième, le clerc, il travaillait pour la famille Acontano.

— Rien ne me paraît évident dans tout cela. Et s'il s'agissait de retarder un accord avec les Vénitiens, pourquoi s'attaque-t-on aussi aux Pisans ? Nous ne voyons que la surface des choses et non ce qui se cache dans les profondeurs.

Tancrède s'était arrêté, le front plissé. Le garde s'était retourné, l'œil interrogateur, mais les trois hommes semblaient l'avoir oublié. Il haussa les épaules et s'appuya contre la paroi, attendant que le petit groupe se remette en branle.

— Pour le poison, on m'a dit que c'était de la poudre des cavernes, fit Tancrède. Il nous faut chercher celui qui l'a fabriqué et celui qui l'a administré et, à mon sens, ce ne sont pas les mêmes personnes.

— J'ai cherché à savoir qui, dans cette ville, aurait pu se servir du *rahj al ghar*. Il n'y a que quatre mires : Ambroise, le Grec Nicétas, Théophile et Marie d'Arras. Sinon, un vieux sorcier vit non loin des anciens fossés d'Antioche, ce dénommé Barnabé a la réputation de s'y connaître en philtres de toutes sortes.

— Vous êtes un homme efficace, chevalier. Et que pensez-vous de ce Michelis ?

— C'est lui qui a ordonné l'incendie des Acontano, c'est sûr. L'homme qui a failli vous tuer était son second. Un ancien pirate qu'il avait recruté à ses débuts en Méditerranée. Mais il ne faut pas oublier qu'avant qu'il attaque, on a détruit des maisons et une chaloupe lui appartenant.

— On l'a donc provoqué ?

— On peut dire cela comme ça.

— Et qui l'a provoqué ?

— Je ne sais pas, messire.

— Michelis serait-il capable d'utiliser le poison ?

— Il me semble davantage capable de tailler en pièces ses ennemis !

Les deux hommes cherchèrent du regard le soldat qui les attendait et ils repartirent. Sous la voûte sombre flottaient des relents d'urine et de sueur. Enfin, le garde s'arrêta devant une porte au vantail clouté de fer et y frappa.

Elle s'ouvrit à la volée devant le prévôt qui gueula :

— J'ai dit qu'on ne nous dérange pas…

Puis apercevant ses visiteurs, il se radoucit, ajoutant :

— Le patriarche vous attend, messire, entrez, vous aussi Godefroy, et vous Ali.

40

Dès le seuil, le regard du Normand s'attarda sur le seul homme qu'il ne connaissait pas. Grand et maigre, le visage creusé, le Génois toujours assis sur l'un des fauteuils paraissait se désintéresser de ce qui l'entourait. Il ne daigna même pas se tourner vers les nouveaux venus ni ne prêta attention à l'échange de salutations entre le chevalier et le patriarche. Ce dernier s'était levé pour étreindre le Normand, manifestant une grande joie à le revoir.

— Vous tombez bien, mon ami.

Il se recula pour contempler à loisir la haute stature du jeune homme.

— On m'avait bien dit que Noureddin n'était pas si dur avec ses prisonniers.

— Il est vrai que nous n'étions pas maltraités.

— Vous me raconterez votre évasion ce soir, mon ami. Je veux que vous veniez à la fête donnée par le prince Bohémond III. Nous trouverons bien un endroit pour nous isoler, mais voyons d'abord ce qui me préoccupe. J'aimerais vous présenter le sire Michelis.

En cet instant seulement, l'ancien pirate daigna relever la tête.

— On vous accuse de bien des maux, sire Michelis, mais j'ai cru comprendre qu'auparavant on s'en était pris à vous et à vos gens ? fit Tancrède.

— C'est vrai, acquiesça la voix rauque du Génois. Des maisons, ma chaloupe et des vignes ont été détruites.

— Mais je ne savais pas cela ! s'exclama le patriarche en jetant un regard mécontent à Godefroy. Pourquoi ne pas me l'avoir dit ?

— Et vous pensez que ce sont les Vénitiens qui vous ont attaqué ? poursuivit le Normand.

— Depuis mon retour ici, je n'ai pas bougé. J'ai essayé de recommencer à vivre. Tellement de gens dépendaient encore de moi et tout ce qui me restait, c'était leur amitié. Ce sont les Acontano qui ont attiré le feu ! Nous avons de vieux comptes à régler, Jacopo, Romano et moi.

— Quels comptes ?

— C'est de l'histoire ancienne, messire, répondit le Génois qui ne semblait pas décidé à aller plus avant dans ce domaine.

— Pas si ancienne que ça à en juger par votre réaction. Qu'y a-t-il entre eux et vous ?

— Constantinople ! lâcha le Génois comme s'il avait tout dit. Ils y étaient, je les ai vus. J'ai vu les torches que brandissaient leurs sbires. Et s'ils n'avaient eu que des torches !

Le visage d'Aymeri de Limoges s'était plissé.

— Bartolomeo ! Pourquoi n'y ai-je pas pensé plus tôt ! s'exclama-t-il soudain. Vous viviez là-bas quand le quartier génois a été saccagé par les Pisans et les Vénitiens, c'est cela ?

— Saccagé est un mot bien faible, patriarche, s'insurgea Michelis qui était devenu livide. On a tué des enfants, violé des femmes, pillé des entrepôts, brûlé des maisons…

Il s'interrompit. Des larmes roulaient sur ses joues sans qu'il cherche à les cacher. Il semblait loin, très loin de cette pièce où le silence était soudain devenu plus dense. Loin de ces hommes qui le regardaient sans mot dire. Il voyait ce que nul autre que lui ne pouvait voir. Il revivait l'horreur de cette terrible journée où il avait tout perdu, famille, amis, biens.

Le patriarche fit signe au prévôt qui s'approcha de l'armateur.

— Venez, maître Michelis, fit celui-ci avec une douceur surprenante de la part d'un vieux soldat.

— Je vais m'arranger avec les Acontano, Bartolomeo, déclara le religieux sans que le Génois paraisse entendre ni l'un ni l'autre.

Bartolomeo se leva et suivit le prévôt. Ses épaules s'étaient voûtées, sa démarche était celle d'un vieillard. La porte se referma et il fallut un moment avant qu'Aymeri ne reprenne la parole. Godefroy et Ali se taisaient. Le Normand demanda :

— Que s'est-il vraiment passé à Constantinople ?

— Il faut remonter dans le temps, messire. Alors que les Vénitiens et les Amalfitains étaient installés à Constantinople dès le Xe siècle, les Génois, eux, se sont davantage intéressés à Alexandrie et au Caire. Il aura fallu la première croisade pour qu'ils regardent vers la Syrie et la Palestine et vers Byzance. En 1155, une alliance défensive est conclue entre l'empereur et Gênes. Byzance promet des échelles pour les navires dans Constantinople, un *embolos*, un quartier portuaire, et une réduction du taux des taxes. Bien plus tard, après moult démarches, le traité devint enfin une réalité. En 1160, les Génois bâtirent église, fondouks, maisons… Deux ans après, le quartier était attaqué par les Pisans et les Vénitiens. Bartolomeo avait fait venir son vieux père, il avait une jeune femme et deux garçonnets…

Le patriarche se tut.

— Puis-je vous poser une question directe ? Leonardo Michiel ne se déplace pas pour autre chose que les affaires de la Sérénissime et de son père, le doge. Il est venu vous voir, quelle sorte de traité a-t-il conclu avec vous ?

Aymeri hésita, surpris par l'aplomb du Normand.

— Peut-être n'aurais-je pas dû vous demander de vous occuper de cette affaire ? fit-il d'un ton amusé avant de poursuivre : C'était plutôt un traité militaire qu'un traité marchand. Un rééquilibrage des forces entre les trois cités marchandes. Vous le savez, ici les Génois, et notamment les Embriaci plus que Michelis, sont puissants, trop puissants. Les Pisans aussi, il fallait réintroduire Venise.

— Est-ce qu'à ce sujet, la position du sire Grimani différait de celle de Leonardo Michiel ?

— Leonardo est le maître, Titos Grimani devait m'apporter ses remarques de façon à gagner du temps, le fils du doge continuant ensuite son voyage vers Jérusalem et ne s'arrêtant guère que deux jours chez nous.

Le Normand hocha la tête. Une soudaine lassitude voila le regard du religieux.

— Je ferais mieux de me retirer en mon château, remarqua-t-il. J'y songe souvent, vous savez. J'ai fait mon temps et plus que mon temps. Mais tout cela me maintient en vie.

Tancrède attendit la suite sans mot dire.

— Je sais que Haguenier compte sur vous et il a raison. Seulement sachez que malgré les intérêts en jeu, messire Tancrède, y compris les miens propres, je désire que vous fassiez toute la lumière sur ce qui s'est passé. Je veux la vérité, même si elle m'est désagréable à entendre. Quant à Godefroy, il vous aidera en tout, et les gens de ma garde aussi, si vous le désirez.

— Merci, monseigneur.

— Et n'oubliez pas que je vous attends ce soir à la réception du prince.

41

La première visite du Normand, du Picard et d'Ali fut pour la guérisseuse, Marie d'Arras. Elle les reçut sur le pas de sa porte, les faisant asseoir sur des billots de bois avant de prendre place en face d'eux. Venue toute jeune du nord de la France, elle s'était éprise d'un chevalier qui était mort au combat, leur expliqua-t-elle. Pour élever son fils qui, depuis, était parti vers Jérusalem avec une Esclavonne, elle avait décidé d'exercer le métier que sa mère lui avait appris, là-bas dans les brumes du Nord.

Tancrède l'observait alors qu'elle se racontait, doutant qu'une telle femme ait pu confectionner le poison qui avait tué les malheureux Vénitiens. C'était une robuste matrone aux bras d'accoucheuse, les pieds nus aux ongles noirs dans des sandales de cuir. Le visage tanné, ses cheveux blonds décolorés par le soleil, elle avait le sourire facile de celle qui sait se réjouir de petits riens.

— Voudriez pas un peu de mon vin, mes beaux sires ? Du vin d'orange.

— Avec plaisir, ma dame, accepta le Normand.

Elle disparut à l'intérieur de sa maison et revint avec un cruchon de terre et deux bols.

— J'en ai point d'autres, vous vous les passerez, expliqua-t-elle en versant la boisson rousse jusqu'à ras bord. Comprenez, messire, ma mère, elle soignait les bêtes aussi bien que les gens. L'était même meilleure avec le bétail.

— Utilisez-vous parfois de la poudre des cavernes ?

— La poudre des cavernes ?

Elle fronça ses épais sourcils.

— Non, messire, je sais même point ce que c'est. J'ai pas les connaissances du vieux Nicétas ou de l'Ambroise. Moi je connais que ce que ma mère m'a enseigné : l'herbe du Saint-Esprit, le cierge de Notre-Dame, le piment des abeilles, l'arbre de Judas, la laitue des chiens, le gratte-cul, la couleuvrée n'ont pas de secrets pour moi. Ici, c'est Nicétas qui m'a aidée, c'est un brave homme et avisé avec ça. Voyez, même le jasmin…

Elle désigna les fleurs qui embaumaient sur le mur voisin.

— En arrivant en Terre sainte, j'savais pas ses propriétés ni celles des pois de pigeon ou des feuilles de séné…

— Et Théophile ?

— Oh, lui !

Elle haussa ses larges épaules et vida son bol d'un coup.

— C'est un ladre ! Il vend plus de philtres d'amour qu'autre chose et ses potions, sauf à vous laisser ivre mort sur votre paillasse, elles marchent pas ! J'peux vous le dire. Croix de bois, croix de fer, si je mens, je vais en enfer !

Apparemment, à entendre la virulence du ton, Théophile ne soignait pas plus le cœur que le corps. Il demanda :

— Et le vieux Barnabé ?

— Le sorcier ? Celui qui vit près des vieux fossés ?

Elle avait baissé la voix.

— Oui.

— Lui…

Elle regarda craintivement autour d'elle.

— Il fait peur, celui-là. On va le voir pour le mal, pas pour le bien, messire. Mais faut pas en parler trop fort. Il a l'ouïe fine comme les chauves-souris qui lui tournent toujours autour !

— Bien le merci, dame Marie, déclara Tancrède, donnant le signal du départ à ses compagnons. Votre vin d'orange était fort bon.

Godefroy reposa le bol après l'avoir vidé. Ali n'avait rien dit, ne goûtant même pas à la boisson de la miresse. Ils remontèrent en selle, se dirigeant vers le quartier grec où, après quelques questions aux passants, ils trouvèrent le vieux Nicétas devant sa maison, au soleil. Assis sur un tabouret, le menton enfoncé dans sa chainse, il ronflait.

Godefroy sauta à terre et alla le réveiller.

— Le bonjour, dit-il une fois que le bonhomme eut ouvert les yeux. Nous voudrions vous parler.

— Oui-da, je vous écoute, mes beaux sires. Prenez place. Je me doutais bien qu'on viendrait me voir. Que puis-je pour vous ?

Nicétas, entièrement vêtu de noir, un petit bonnet sur son crâne chauve, s'était redressé. En quelques secondes, son regard était passé des brumes de la sieste à l'éveil.

Tancrède s'était assis sans façon à côté de lui. Ali était resté à tenir les chevaux.

— Et pourquoi attendiez-vous notre visite, magister ?

— Ma foi, messire, je connais plantes et pierres. Et en ce moment, il se passe des choses étranges.

— Utilisez-vous la poudre des cavernes ? demanda le Normand sans plus de détour.

— Et pourquoi, mon bon sire ? Pour tuer les ennemis que je n'ai pas ?

— Vous la connaissez donc ?

— Je suis un mire, pas un charlatan ! Je sais ce qui soigne et ce qui tue et ce sont souvent les mêmes choses. Tout est question de mesure, messire, de mesure.

Le Normand hocha la tête.

— Combien de gens connaissent le *rahj al ghar* à Antioche ?

— Hormis votre serviteur, le vieux Barnabé et Ambroise, personne, messire.

Le visage de Nicétas s'était durci.

— C'est à propos du Vénitien, n'est-ce pas ? N'ayez pas l'air surpris, les bruits courent vite ici. Je me suis posé les mêmes questions que vous, sans doute.

— Et quelles réponses avez-vous trouvées ? demanda Godefroy.

— Aucune, je devais m'éliminer de la liste des coupables et éliminer aussi mon ami Ambroise, auquel cas il ne restait que Barnabé, ce qui ne me satisfaisait pas non plus.

— Pourtant, Marie d'Arras en a fort peur de ce Barnabé, reprit le Picard.

— Marie d'Arras est bonne fille et ma foi, meilleure guérisseuse que beaucoup, mais elle croit trop de choses en lesquelles je ne crois plus. Elle a encore peur de mourir, pas moi. Barnabé est un sorcier. Voilà tout.

— On dirait presque que vous l'aimez bien, remarqua soudain Tancrède.

— En tout cas, je le plains. Allez le voir et vous comprendrez.

— Reste Ambroise… ajouta le Normand. Ambroise qui sait ce qu'est le *rahj al ghar.*

— Ambroise est un ami, messire. Je ne vous aiderai pas davantage.

— Mais vous avez déjà fait beaucoup, Nicétas, et je vous en remercie.

Comme s'il avait compris que l'entretien était terminé, le vieux Grec s'adossa à nouveau au mur que chauffait le soleil et ferma les yeux.

LE SORCIER DE L'*AGER SANGUINIS*

42

La première chose que les trois cavaliers perçurent fut l'odeur. Elle venait à eux par vagues. Fade, écœurante, insoutenable. Puis il y eut les appels plaintifs des chacals et par-dessus tout ces cris rauques, discordants, que jamais l'on n'oublie quand on a connu l'Orient, ceux des vautours, ces grands rapaces au cou chauve.

Devant eux se dressait un haut remblai, sorte de colline de sable, de terre et de cailloux que les chevaux escaladèrent en renâclant. La vision qui les y attendait les laissa stupéfaits. Les anciens fossés d'Antioche, immense charnier à ciel ouvert que frappait la lumière blanche et dure du soleil, s'étendaient là. Vaste chaudron de sorcier où achevaient de se décomposer des cadavres de toutes sortes : chevaux, moutons, bœufs, chiens, chats… Certains nettoyés, squelettes blafards émergeant des immondices, d'autres plus récents, encore recouverts de chair noircie, les entrailles gonflées, grouillants de vers et de mouches.

— C'est ici que les équarrisseurs se débarrassent des dépouilles, fit Godefroy en chassant les mouches qui l'assaillaient.

Tancrède hocha la tête. Il maintenait devant son nez l'écharpe indigo que lui avait offerte le neveu de Rafik avant son départ. Ils aperçurent des chacals qui s'enfuyaient, l'échine courbée, le regard craintif. Des vautours s'envolèrent, leurs grandes ailes déployées, planant en cercle ou se posant sur les arbres alentour. Les destriers regimbaient, hennissaient de frayeur, les yeux roulant dans les orbites.

— Pourquoi ne les brûlent-ils pas ? reprit le Normand en tournant bride.

Le souffle coupé tant l'odeur était forte, ils redescendirent le remblai et repartirent, longeant les anciens fossés, chassant comme ils pouvaient les mouches et les taons qui les harcelaient. Dans un grand bruit d'ailes, les vautours plongèrent à nouveau dans le charnier.

— En hiver, il arrive que les soldats nettoient tout ça, mais le reste du temps, les charognards et les insectes vont aussi vite que le feu et sont moins dangereux pour la cité.

— Et ce Barnabé vivrait là ? ajouta le Normand, qui cherchait en vain où pouvait se cacher celui qu'ils étaient venus rencontrer.

— Au moins, il est sûr que nul ne viendra le déranger, remarqua le Picard en esquissant une grimace.

Tancrède ne répondit pas, ses yeux fouillaient l'étendue vide. Il essuya son visage en sueur. Il avait la nausée tant l'odeur était terrible. Ils avaient fait le tour des anciens fossés et allaient renoncer quand le Bédouin appela. Ici et là, à côté de yuccas, d'épineux et de figuiers aux troncs torturés, se dressaient des bosquets aux feuillages recouverts d'un linceul de poussière blanche. Près de l'un d'eux était tapie une masure, assemblage malhabile de bois morts, de planches mal équarries et de morceaux de toile goudronnée. La cachette était si basse et longue qu'elle était presque invisible.

— Regardez, messire ! fit Ali. Il y a quelque chose là-bas qui a remué, dans l'arbre au-dessus.

Ils étaient trop loin pour discerner vraiment celui qui les observait, assis sur une branche, mais quand ils se dirigèrent vers lui, l'homme en haillons se laissa tomber à terre et disparut.

Les cavaliers prirent le galop, rejoignant le bosquet. Tancrède et Godefroy sautèrent à terre, attachant leurs montures à une souche. Ali resta en selle, essayant de débarrasser son cheval des insectes qui le piquaient.

— Il est rentré là-dedans, déclara-t-il. Je l'ai vu s'y glisser.

— Cela tient davantage du terrier que de la maison ! remarqua le Picard en s'approchant. Holà, Barnabé ! Nous voulons te parler !

Pas de réponse. Un tissu maculé de taches brunâtres comme du sang séché fermait l'entrée. Sur le seuil, la terre était creusée par le passage répété de l'étrange habitant. Le Normand écarta l'étoffe.

— Nous ne te voulons pas de mal, Barnabé. Sors de là ! Ne nous oblige pas à venir te chercher.

Toujours rien. Pas le moindre bruit, pas même celui d'une respiration. Tancrède fronça les sourcils. De ce côté des fossés, l'odeur était moins forte, mais elle était remplacée par des relents d'urine, de sueur et de crasse. Ali qui, soudain, s'était dressé sur ses étriers, poussa un sifflement d'alerte et partit au galop.

Les deux hommes grimpèrent sur le remblai qui dominait l'abri et aperçurent le Bédouin qui, couché sur l'encolure de sa monture, saisissait au collet un homme qui essayait vainement de lui échapper en zigzaguant. D'un coup, le fuyard fut soulevé de terre et traîné par le cavalier qui fit faire volte-face à sa monture et ne le relâcha qu'aux pieds de Tancrède.

— C'était vraiment un terrier, il y avait une sortie à l'autre bout ! conclut le Picard.

L'homme s'affala à terre puis se redressa, époussetant avec soin ses haillons noirs et raides de crasse. C'était un vieillard ridé. Vêtu d'une cotte de toile, les braies déchirées, les pieds nus, le visage et le crâne chauve tannés par le soleil, Barnabé en imposait à la fois par la façon qu'il avait de se tenir droit et de vous regarder sans ciller. Pourtant, quelque chose dans ses yeux pâles, presque aussi blancs que ceux d'un aveugle, troubla le Normand. Cet homme-là ne les regardait pas, il voyait à travers eux.

— Le bonjour à toi, Barnabé. Mon nom est Tancrède d'Anaor. J'ai besoin de ton aide.

— Un Normand, un Bédouin et un Picard, voilà qui est inhabituel, répliqua l'homme d'une voix enrouée.

Il se gratta la gorge.

— C'est que je n'ai plus trop l'habitude de causer. Que me voulez-vous ?

Tancrède désigna les troncs couchés devant l'abri.

Le vieux opina du chef en prenant place sur l'un des sièges improvisés, les deux chevaliers s'asseyant en face de lui.

— Pourquoi t'es-tu enfui ? demanda le Picard.

— Hélas, je n'ai pas que des amis. Des cavaliers par ici, c'est pas courant.

— On m'a dit que tu étais sorcier, reprit le Normand.

— C'est vrai, messire… mais je suis bien davantage que cela.

Il redressa le menton.

— Je suis la vie et la mort.

Alors qu'il prononçait ces mots, son regard vacilla. Cela ne dura qu'une seconde à peine puis il regarda par terre, observant un scarabée qui avançait vers lui.

— Sais-tu ce qu'est la poudre des cavernes ? poursuivit Tancrède.

— Oui-da, et je l'ai déjà employée. Mais ce n'est pas mon poison préféré. Trop douloureux. À quoi bon faire tant souffrir ? La vie est déjà si douloureuse que je préfère des morts plus douces.

— Tu reconnais l'avoir utilisé ? s'écria Godefroy. Tu reconnais avoir empoisonné des gens ?

— C'est ce que j'ai dit.

— Il y a combien de temps ?

— Le temps ? Qu'est-ce que le temps pour quelqu'un qui vit ici ? Il y a dix ans, deux minutes, hier, aujourd'hui…

Le Picard s'empourpra.

— Tu te moques de moi ?

— Non, messire, mais qu'est-ce que le temps pour quelqu'un qui est né dans le « Champ du sang » ?

— L'*Ager Sanguinis* ? fit Tancrède en posant une main apaisante sur le bras de Godefroy. Tu veux dire la bataille de l'*Ager Sanguinis* ?

Barnabé se pencha, et c'est sur le ton de la confidence qu'il murmura :

— C'est là que je suis né, messire. Dans la douleur, comme il est écrit. J'avais dix-neuf ans. Un bel âge pour s'enrôler dans l'armée du prince Roger de Salerne. Mon père était mire à Antioche et moi, je voulais courir le monde. Nous sommes partis quelque trois mille fantassins précédés de sept cents hommes de fer, tous de vaillants chevaliers, montés sur des chevaux caparaçonnés de cuir… Devant nous, des frères portaient la grande croix de pierreries qu'on vénérait dans la basilique d'Antioche.

Ses yeux s'étaient révulsés. Ni Tancrède ni Godefroy ne bougèrent, seul Ali recula, croisant les doigts pour se protéger du mauvais sort.

— Continue ! fit le Normand.

— J'ai vu le prince, « Sirojâl », sir Roger, comme on l'appelait, tomber au pied de la grande croix et se faire couper la tête… Les Turcomans d'Il Ghazi – ils étaient si nombreux qu'on aurait dit des sauterelles sur un champ de blé – ont massacré tant et tant qu'on aurait pu penser qu'après la bataille ils s'arrêteraient. Mais non, ils ont continué à tailler en pièces les désarmés, les blessés, les mourants… Même… Savez, il y avait longtemps qu'on n'avait pas bu. Ils plaçaient devant nous des jarres pleines d'eau et ceux qui s'avançaient, parfois en rampant tant leurs forces les avaient quittés, ils les égorgeaient… On n'était plus que deux cents quand on nous a conduits à Alep, nus et sanglants. Et le martyr a continué, la foule s'est déchaînée, lapidant et lynchant. Des hommes attachés à des poteaux servaient de cibles aux archers, d'autres ont été décapités par dizaines… Je ne sais plus ce qui m'est arrivé…

Il se tut d'un coup, sa chair avait viré au gris, il paraissait soudain infiniment vieux et faible. Tancrède imaginait le jeune homme qu'il avait dû être… L'enfer de l'*Ager Sanguinis* gravé dans la mémoire des croisés. Il se souvenait des pyramides d'ossements, de la plaine où, longtemps après, on confondait encore les crânes et les os avec les cailloux du désert… Il comprenait la pitié qu'éprouvait le vieux Nicétas. Cet homme-là n'était jamais revenu de là-bas.

— Il parle de tout ça parce qu'il en a trop dit, messire, souffla Godefroy. Il connaît la poudre, admet l'avoir utilisée. Nous devons le ramener au prévôt.

Tancrède fit signe que non.

— Il a perdu le sens, Godefroy. C'est un pauvre fou et, même s'il a tué, je ne crois pas qu'il soit celui que nous cherchons.

— Peu de gens savent utiliser le *rahj al ghar*, messire, déclara soudain Barnabé d'une voix claire.

— Qui alors, à Antioche ?

— Le Grec, messire, mais c'est un homme de bien, après, il y a l'homme qui court les collines, l'homme aux cheveux gris… Lui…

Ses yeux se révulsèrent une nouvelle fois. Ses membres se mirent à trembler, il désigna Godefroy de son doigt maigre.

— La mort est proche de toi. Toute proche, fit-il d'une voix atone. Tu l'as souvent bravée mais, attention, ton heure est venue.

Le Picard haussa les épaules mais pâlit malgré lui. Le visage du vieillard était redevenu normal. Il s'était remis debout.

— Pouvons-nous t'aider ? proposa Tancrède en se levant à son tour.

Barnabé se retourna et son regard pâle transperça celui du chevalier.

— Croyez-vous que je sois encore humain, messire ? Que votre compassion puisse encore quelque chose pour celui que je suis devenu ?

Le Normand ne sut que répondre.

— Nicétas aussi a voulu m'aider. Mais je ne mérite que de vivre dans ces fossés où un jour je m'allongerai à côté des animaux, mes frères. Vous avez entendu parler des Tafurs ?

Godefroy devint blême.

— J'ai été avec eux là-bas dans la vallée de Josaphat. J'étais un fauve parmi les fauves, j'ai mangé les cœurs et les cervelles de mes ennemis…

Tancrède ne put soutenir le terrible regard du vieillard quand il assena une nouvelle fois :

— Je suis mort. Mort !

Le vieux se mit à genoux et rampa jusqu'à sa tanière. Nul, parmi les trois hommes, ne songea à le retenir.

43

Ils retraversèrent Antioche, en silence, chacun muré dans de mornes pensées. Enfin, Tancrède demanda :

— Qui étaient ces Tafurs ?

— On ne sait trop, messire. Une légende ou bien des pèlerins, soldats ou mercenaires que la guerre a transformés en bêtes sauvages… Ils avaient à leur tête une sorte de roi et étaient si féroces au combat que tous les craignaient, les chrétiens comme les Turcs. Ils ne connaissaient pas la pitié et, sur les champs de bataille, se nourrissaient de cadavres. On disait qu'ils ressemblaient à une armée de morts vivants…

Il se tut. Ils arrivaient dans la rue aux Chartrains où le Picard héla une robuste lavandière qui marchait devant eux, son panier coincé sur sa hanche.

— Bonjour, la femme. Sais-tu où se trouve la demeure du mire Ambroise ?

— Oui-da, mon beau. Vous y êtes presque. C'est celle là-bas, répondit la matrone en désignant du doigt une maison basse.

— Pourquoi cet attroupement ?

— C'est que l'Ambroise, y soigne gratuitement et vu que la porte reste close, les gens l'attendent.

Les cavaliers mirent pied à terre devant la maison, laissant les chevaux à la garde d'Ali. La foule s'écarta en murmurant.

— Des chevaliers ! s'exclama un gamin en lorgnant au passage les épées qui pendaient aux baudriers.

— Vous croyez qu'Ambroise a des ennuis ? murmura une femme, vaguement effrayée.

— Que se passe-t-il ? demanda un vieux en tendant l'oreille.

— Il est arrivé quelque chose ? disait une autre.

— Eh bien, braves gens, laissez passer ! fit le Picard aux derniers badauds qui leur barraient le passage.

Il s'approcha et posa la main sur la poignée de fer. Le vantail s'ouvrit sans effort. La maison était tout en longueur. De part et d'autre d'un couloir sans lumière s'ouvraient deux portes, une échelle de meunier menait à une trappe et, au fond, ils apercevaient une troisième porte. Ils ouvrirent celle de droite, une chambre presque monacale avec une paillasse et un coffre à vêtements, puis celle de gauche, quasiment vide elle aussi, hormis une table, une chaise, une peau de lion élimée et deux tabourets. Le Picard monta à l'échelle menant au grenier tandis que le Normand allait vers le fond du couloir. Il se retrouva dans une courette, avec un puits, qu'il traversa pour rejoindre une bâtisse sans fenêtre. Un frisson annonciateur de danger le prit au moment où il poussa le vantail, ce sixième sens qui le prévenait toujours dans les moments les plus incongrus.

Le battant grinça, dévoilant une pièce en longueur où pendaient au plafond des plantes séchées, des lanières d'écorce, des oignons de toutes tailles et couleurs, des racines aux formes étranges, des rhizomes… En guise de lumière, une lampe à huile dont la minuscule flammèche risquait de s'éteindre d'un instant à l'autre et, sous une porte, le jour qui filtrait. Il traversa la pièce à tâtons, souleva la barre de fer et laissa le soleil entrer. Pourtant, la sensation de péril ne disparut pas et il sursauta en sentant quelque chose frôler sa jambe. Une bête maigre et sans poil, la chair rose, fila dans la venelle déserte. Il soupira et se retourna, laissant ses yeux s'habituer à la pénombre.

Une silhouette menaçante se dressait dans le coin le plus reculé de la pièce. Le temps parut se suspendre, il laissa glisser sa main vers la garde de son épée. L'autre, un géant, ne bougeait toujours pas.

Il fit un pas puis un autre… et reconnut, pendus à un clou, un large tablier comme en utilisaient les forgerons et un masque de cuir. Il secoua la tête, se moquant de lui-même. Sur une table étaient entassées des racines de mandragore et des mains de gingembre. Sur des étagères s'alignaient des jarres, des mortiers, des pots…

C'est alors qu'il le vit.

D'épais cheveux blancs dépassaient du dossier d'un fauteuil. Un homme était assis là, les bras pendant en dehors des accoudoirs.

— Maître Ambroise ! appela-t-il en contournant le siège. Magister…

Le mire ne répondrait plus jamais à aucune question. Déjà froid. Tancrède s'en assura en posant ses doigts sur sa main. Devant le cadavre à la bouche déformée par une terrible grimace était posé un grand panier d'abricots et à ses pieds avait roulé la moitié d'un de ces fruits.

Une foule de questions surgirent dans l'esprit du Normand. La mort d'Ambroise le prenait de court. Si l'on éliminait Barnabé et Nicétas, il était le dernier à connaître la poudre des cavernes. L'empoisonneur s'était-il empoisonné ou bien, hypothèse plus vraisemblable, l'avait-on tué pour qu'il ne parle pas ?

Quelque chose dérangeait le chevalier. Quelque chose qu'on lui avait dit et qu'il n'arrivait à se rappeler… Il entendit du bruit dans la cour, des chocs sourds comme une lutte. Alors qu'il se précipitait, il vit arriver Godefroy tenant par le collet un jeune homme au visage meurtri.

— À l'aide ! criait ce dernier. À l'aide ! À l'assassin !

— Du calme ! fit le Normand. Lâchez-le, Godefroy. Et vous, silence !

Le Picard obéit, quant au jeune gars, il ferma la bouche.

— L'animal a bien failli me tuer, grommela Godefroy. La prédiction du vieux Barnabé allait se réaliser. Il m'attendait dans le grenier avec un gourdin pour me fracasser le crâne.

— Je suis chez moi ! protesta le jeune homme. On montait à l'échelle, j'ai pris peur !

— Qui êtes-vous ?

— Joseph, le… fils de maître Ambroise. Mais vous allez voir ce qu'il va vous dire ! Il est pas commode, mon père. C'est pas un moulin, ici !

Tancrède posa la main sur son épaule, mais Joseph se rétracta comme si le contact le répugnait.

— Me touchez pas !

— Alors suivez-moi ! ordonna le Normand.

Godefroy fermait la marche, il manqua se cogner à Joseph qui s'était arrêté brusquement.

— Pourquoi ne vous a-t-il rien… commença-t-il quand il aperçut la silhouette de son père dans le fauteuil.

Il avança encore puis, soudain, recula d'un bond, une mimique horrifiée sur le visage.

— Ne me dites pas… Que lui avez-vous fait ? Qui êtes-vous ? Assassins ! À l'assassin ! Au secours ! À l'aide. On a tué mon père !

Paniqué, il faillit leur échapper. Bousculant Tancrède, il se rua vers la sortie, se trouvant nez à nez avec Ali qui le maintint d'une main ferme jusqu'à ce que le Normand l'ait rejoint. Alertée par les cris, la foule avait grossi devant la porte, elle enflait, grondait, murmurait comme un animal rétif et il fallut toute l'autorité du Picard pour la contenir.

— Dehors, vous tous ! gueula Godefroy. On se calme ! Je suis de la suite d'Aymeri de Limoges, votre patriarche. Que l'un de vous aille immédiatement chercher le prévôt !

44

Une fois Joseph dans les mains du prévôt Jean et le cadavre envoyé à la citadelle où le Grec Nicétas l'examinerait en attendant leur retour, Tancrède, Ali et Godefroy partirent au galop vers le port Saint-Syméon.

— Le temps joue contre nous ! avait dit le Normand au vieil officier. Je veux retrouver le frère du marin avant qu'il ne finisse comme les autres ! Pouvez-vous fouiller la maison de fond en comble ? Nous y trouverons certainement la poudre des cavernes et d'autres poisons tout aussi redoutables. Faites-vous aider par Nicétas.

Il y avait une assurance nouvelle dans la voix du Normand. Les éléments de cette singulière partie d'échecs s'étaient mis en place dans son esprit. Les adversaires n'en faisaient plus qu'un. Il allait résoudre l'énigme qu'on lui avait posée et il ne lui manquait plus que le temps pour le faire. Le prévôt avait acquiescé. Pas sûr de comprendre où il voulait en venir mais certain, en revanche, de lui faire confiance.

— Et méfiez-vous de ce Joseph, sire prévôt ! ajouta Tancrède. Même s'il proteste de son innocence, laissez-le sous surveillance.

Puis il avait sauté en selle et, suivi de ses compagnons, était passé par la porte de la Mer qui, jadis, menait à Séleucie de Piérie, l'ancien port macédonien tant de fois reconstruit par les Romains et les Grecs. Non loin du port antique, ensablé depuis longtemps, s'était établi celui des croisés, le port Saint-Syméon où il espérait revoir Pique la Lune, son compagnon de traversée, le pilote qui les avait menés de Barfleur à Gibraltar, puis à travers la Méditerranée.

Sur la voie romaine qui reliait Antioche à la côte circulait une foule de chariots, de charrettes et de cavaliers. Dans la plaine, elle longeait l'Oronte et un chemin de halage où des mulets remontaient quelques barques à fond plat lourdement chargées.

Les cavaliers savaient pouvoir être rendus à destination en un peu moins d'une heure. Tancrède avait pris la tête, laissant sa jument se lancer au triple galop. Déjà, un vent chargé de senteurs marines lui fouettait le visage, lui rappelant l'époque où, debout à la proue des esnèques de combat de Guillaume Ier de Sicile, il parcourait la Méditerranée, l'époque où il avait cru pouvoir devenir un amiral de la flotte à l'égal de Georges d'Antioche… Mais tout cela avait été sans compter sur l'omniprésence du chancelier Maion de Bari qui avait donné cette haute distinction à son frère Étienne.

Tancrède reporta son attention sur le paysage qui l'entourait. Les montagnes aux flancs recouverts de plantations de figuiers, d'oliviers, de vignes, de mûriers alignés en quinconce. Les cèdres, pins, sapins ou cyprès se dressant au milieu d'énormes blocs de pierre et par-dessus tout ce ciel d'un bleu dur, sans nuages… Ils débouchèrent près d'un lac où foisonnaient des anguilles puis redescendirent vers la mer. Il n'y avait plus que des arbustes et de la rocaille. Ils approchaient de l'embouchure de l'Oronte, *El Magloub*, celui qui coule à l'envers.

Au sud-ouest, entourée par les ravines de deux torrents, accrochée à flanc de montagne, se dressait l'enceinte de l'antique Séleucie de Piérie. En contrebas, l'ancien port artificiel, au bassin envahi de roseaux, les quais désormais trop loin de la mer, les anneaux pendant dans le vide, où plus jamais ne mouillerait aucun navire.

Le mont Cassius dominait la mer, ce mont si élevé que Pline disait qu'« à la quatrième voile de la nuit, on voyait lever le soleil du côté de l'Orient et lorsque l'on regardait vers le couchant, on voyait tout à la fois le jour et la nuit ».

Le regard du Normand parcourut la plage immense où battaient les flots, puis remonta vers les hautes montagnes au nord et le cap du Sanglier avant de se reporter vers le sud, les jetées et le bassin artificiel du port Saint-Syméon.

— Si vous voulez, messire, à partir de maintenant, je vais vous guider, fit Godefroy qui s'était porté à sa hauteur.

Ils repartirent, filant vers le chenal menant au bassin artificiel où se balançaient des galées. Il y avait là des bateaux et des esnèques venant d'Égypte, de Tripoli, de Gênes et de Venise. L'un de ces navires, à la coque renflée, le pont astiqué, les voiles neuves, gardé par des marins vêtus d'un pantalon bleu serré d'une ceinture jaune, arborait les couleurs de Venise : rouge au léopard ailé d'or tenant dans ses pattes un livre ouvert d'argent.

— La galée du fils du doge, remarqua le Picard en voyant les chevaliers noirs qui arpentaient le pont.

Ils longèrent les quais où se croisaient une foule de gens, marins et marchands, armateurs et Bédouins. Une palissade de bois protégeait un hameau de pêcheurs reconnaissable à ses filets et à ses barques retournées. Plus loin, en retrait, se dressait une enceinte fortifiée d'où dépassait la tourelle d'une église servant d'amer aux bateaux.

— C'est là que vit la communauté génoise. La plupart des maisons, le four à pain et les entrepôts appartiennent aux Embriaci, le reste à Bartolomeo Michelis et à quelques marchands de la Superbe.

Ils dépassèrent des huttes abritant le sel qui venait par bateau de Tripoli.

— Et les Vénitiens ?

— Ils possèdent un caravansérail un peu plus loin sur la côte où ils stockent ce qui doit être embarqué, déclara Godefroy. Ils ont aussi quelques cahutes et une sorte d'auberge près des quais. Quant à votre ami Pique la Lune, il est souvent sur le môle, là-bas. C'est un drôle d'homme qui ne ressemble pas aux autres.

Le Normand scruta la longue jetée faite de pierres récupérées à Séleucie de Piérie et aperçut une petite silhouette tout au bout.

Sans bien savoir pourquoi, il fut soudain sûr que c'était le Breton qui se tenait là.

— Attendez-moi ici, voulez-vous ? fit-il en posant pied à terre et en confiant ses rênes à Ali qui le regarda s'éloigner vers le quai.

Alors qu'il marchait d'un bon pas vers celui qui se tenait face à la mer, Tancrède se sentait bizarrement remué à l'idée de revoir le Breton.

Plus il s'approchait, ralentissant son pas, plus les souvenirs affluaient. Qu'était devenu le jeune pilote pendant toutes ces années ? Et quel étrange rebond faisait la vie qui, à nouveau, les mettait face à face !

L'homme, là-bas, de petite taille, pieds nus, portait le pantalon large des marins et une cotte de toile serrée à la taille par une large ceinture. Immobile, il fixait l'horizon comme un guetteur, quelqu'un qui attend le retour de l'aimée.

Tancrède s'arrêta à quelques pas de lui et soudain – avait-il senti sa présence dans son dos ? – le marin se retourna.

Le visage rond au nez pointu avait à peine changé. Quelques rides aux coins des lèvres et entre les sourcils, quelques fils d'argent dans ses cheveux noirs et toujours cette figure d'enfançon aux yeux rêveurs.

Pique la Lune porta la main à la médaille de la Vierge qu'il avait au cou et écarquilla les yeux.

— Par la Madone, s'écria-t-il. Messire Tancrède !

PIQUE LA LUNE

45

Les deux hommes, après quelques instants durant lesquels chacun était comme embarrassé par l'émotion de retrouver l'autre, avaient longuement parlé. De la mer, qui était le seul sujet qui intéressât vraiment le Breton, de leurs souvenirs de traversée, d'Hugues et d'Eleonor et de ce qu'ils appelaient la « Nef des damnés »… et enfin du Vénitien.

— J'ai navigué avec le Borgne et son frère, Angelo, dit le Breton. Nous étions à Constantinople l'an dernier au moment où le quartier génois a été réduit en cendres. Pietro était un bon marin, Angelo aussi. Mais il se louait à n'importe qui ! Même à des « seigneurs de la mer » comme ceux qui nous ont attaqués en Méditerranée[1] ! Et cela se savait. Alors forcément, les frères avaient de l'argent et ça porte malheur l'argent ! Et plus on en a, plus le malheur arrive vite.

Tancrède se souvenait de ces avis péremptoires qu'avait souvent le pilote. Cette sagesse ancienne qui le tenait éloigné la plupart du temps du monde des hommes et de leurs faiblesses.

1. Voir *La Nef des damnés*, *op. cit.*

— Que veux-tu dire ?

— Il s'est passé quelque chose à Constantinople, car le Borgne est revenu avec des pièces d'or. Après, il a plus jamais été pareil. Il a fait construire sa maison, il mangeait dans de la vaisselle d'argent, avait des serviteurs…

— Quelle sorte d'or ? Des dinars ?

— Non, des pièces comme j'en avais jamais vu, messire, pas blanches comme les hyperpères, non, plus lourdes, une dizaine.

— Des *nomisma* byzantins, déclara Tancrède. Il a été payé en *nomisma*. C'est une monnaie qu'on n'utilise plus. De l'or presque pur.

— Il me les a montrés un jour où il avait trop bu. Je crois que mon indifférence à l'égard de l'argent l'agaçait.

Tancrède commençait à voir se dessiner la partie d'eschets qu'il était en train de jouer et à se dire que l'adversaire risquait d'être plus coriace qu'il ne l'avait pensé tout d'abord.

— Où est son frère ? Je veux le rencontrer. Comment s'appelle-t-il déjà… Angelo. Peux-tu me conduire à lui ?

— C'est impossible, messire, fit le pilote d'un air grave. Il est mort, le pauvre, et sans doute à cause de moi…

— Explique-toi !

— Leur maison était sens dessus dessous et, lui, il était en plein milieu, par terre, un poignard entre les omoplates.

— N'as-tu pas dit à Godefroy qu'il se cachait et se méfiait de tout ? Et pourquoi penses-tu que c'est ta faute ?

— La veille, j'ai vu un Esclavon qui demandait après lui.

— Un Esclavon ?

— Oui, un grand gars, bâti comme un colosse avec des bras comme mes cuisses et des mains comme des battoirs de lavandière ! L'air pas commode, une mâchoire à couper une corde d'amarrage. Comme je lui demandais ce qu'il voulait à Angelo, il m'a répondu qu'il était en affaires avec lui et qu'il avait de l'argent à lui remettre.

— Qu'as-tu répondu ?

— J'ai point mordu à l'hameçon, il était un peu gros ! Une fois que j'ai été sûr qu'il avait quitté Saint-Syméon, j'ai été rejoindre Angelo. Il se cachait dans une grotte, une ancienne tombe creusée dans les falaises de Séleucie de Piérie. Quand je lui ai décrit le gars qui cherchait après lui, il a paru terrifié.

— Il ne t'a pas dit pourquoi ?

— Non. J'ai bien essayé de le faire parler, mais Angelo était un simple. Un type costaud, mais le plus intelligent des deux, c'était le Borgne. Ce qui n'a pas empêché qu'il se fasse tuer, d'ailleurs ! Angelo a dû vouloir récupérer l'or des Byzantins dans leur maison et l'autre l'y attendait. Je vous ai dit que cela portait malheur ! De toute façon, on meurt plus dans les ports que partout ailleurs. Que ce soit en Terre sainte ou par chez nous, y a tant de gens qui s'y croisent qui devraient pas. Regardez ici : les Génois, les Vénitiens, les Juifs, les Pisans, les Arméniens… sans parler des Provençaux qu'aiment pas les Normands, des Lombards qui s'entendent pas avec les Arabes…

— Mais toi ?

— Moi, je me mêle de rien, messire. Y a que la mer qui m'intéresse.

Les deux hommes se turent un moment, Tancrède prenant la mesure de ce que son ami venait de lui raconter, ce dernier semblant revivre mentalement ces événements.

— N'as-tu point fondé une famille ? demanda enfin le Normand, se souvenant combien les manières douces du Breton et son visage enfantin plaisaient aux filles.

— Ben, y a bien eu une femme, elle avait les yeux bleus changeants comme la mer de chez nous et des cheveux aussi noirs que la nuit ! Mais ç'aurait pas été honnête de la marier ni de lui faire des petits.

— Pourquoi donc ? Ne l'aimais-tu pas ?

— Oh que si, je l'aimais ! Mais c'est que je ne suis pas un homme libre !

Tancrède n'y comprenait plus rien.

— Mes noces sont déjà faites… avec la mer.

Tancrède sourit, non pour se moquer de la formule employée par son ami mais, au contraire, parce qu'il en appréciait la justesse, sachant combien la mer était une amante qui ne souffrait aucun partage.

— Je comprends, dit-il.

Le Breton hésita, puis il se pencha et, sur le ton de la confidence, déclara :

— D'ailleurs, faut que je vous dise, je vais aller plus loin encore. Je veux trouver le Paradis dont parlait l'évêque de Paris, Pierre Lombard. C'est un capitaine qui me l'a raconté. Un homme qu'avait beaucoup lu. Le Paradis est dans la partie orientale du monde, séparé des régions qu'habitent les hommes par une vaste mer… Au milieu, il y a l'arbre de vie dont partent le Tigre, l'Euphrate, le Nil et le Gange. J'errerai sept ans sur les mers s'il le faut, comme saint Brendan, et puis je verrai le mur blanc se dresser devant moi. Le mur qui monte jusqu'aux nuages, sans créneaux ni tours ni chemin de ronde. Plus blanc que la plus blanche des neiges…

Les yeux de Pique la Lune s'étaient écarquillés comme s'il voyait déjà devant lui la muraille du Paradis.

— Et qu'attendais-tu sur le môle ?

— Le bateau qui m'emmènera vers l'Égypte et Le Caire. De là, je descendrai le Nil puis rejoindrai des mers que ni vous ni moi ne connaissons : la mer des Indes et celle de Chine. Leurs bateaux, on les appelle des jonques, ils ont des voiles comme les ailes des anges. Là-bas, il paraît qu'il y a des poissons d'un bleu plus intense que celui du ciel, qu'il en existe même qui volent. Je sais, messire, cela semble incroyable, mais ils ont des ailes, de vraies ailes comme les oiseaux de par chez nous ! Et sous la mer vivent des monstres dont les cent bras peuvent broyer une galée d'une seule étreinte ! Ensuite, c'est sûr, je finirai par trouver le Paradis.

— Alors me voilà rassuré, Pique la Lune, même si la vie nous sépare encore, je sais où nous nous reverrons. Tu iras au Paradis en bateau et moi je t'y rejoindrai en esprit.

Ils restèrent un moment silencieux, perdus dans leurs pensées, Pique la Lune voguant vers son Paradis marin, Tancrède repensant malgré lui aux yeux verts pailletés d'or, ne sachant plus s'ils appartenaient à la femme de son rêve ou à la jeune fille qui effeuillait des roses d'Alexandrie dans les jardins du palais d'Antioche. Puis le Normand ramena le Breton vers l'histoire du Borgne et de son frère.

— Parle-moi de Constantinople, que s'y est-il passé ?

— Que puis-je vous dire, messire ? Il y a eu cet incendie dans le quartier génois. Si vous aviez vu ça, on a été obligés d'éloigner certains bateaux de leur mouillage pour éviter que des braises ne les touchent. Ça sifflait et ça ronflait mieux qu'un feu de la Saint-Jean ! Avec des flammes plus hautes que les maisons. Des gens se jetaient des quais pour leur échapper. Ils ne savaient pas nager et coulaient tout droit comme des pierres, lestés par leurs vêtements pleins d'eau et tout ce qu'ils avaient mis à la hâte dans leurs poches. Des femmes avec des enfançons, des fillettes, des vieillards… On en a sauvé quelques-uns… Mais si peu.

La voix du Breton était pleine d'une incommensurable tristesse, il semblait revivre ces effroyables visions.

— Et le Borgne ?

— Il était pas à bord, messire. Il était à terre avec son frère. Je ne les ai revus que deux jours plus tard.

— Et avant tout cela, quand vous avez accosté à l'échelle à Constantinople ? Fouille ta mémoire.

— Oh, mais oui ! Maintenant que vous me le dites. Il a eu de la visite, même qu'avec les autres, on en a parlé longtemps. Une voiture bâchée. Personne n'a vu le visage de l'homme qui était dedans, sauf moi. J'étais grimpé dans la mâture et quand je suis redescendu, il a levé le rideau de cuir pour laisser sortir Pietro et j'ai vu ses traits.

— Pourrais-tu le reconnaître ?

— Les visages, ce n'est pas comme les amers, les récifs ou la forme que prennent les rochers sur les côtes, fit Pique la Lune, l'air rêveur. Ça, je m'en souviens toujours. Les visages, ça bouge trop et puis ça vieillit vite. Mais pas celui-là. Il était maigre et sans mouvement. Comme un granit que les vagues n'arrivent pas à creuser. Encore qu'un rocher, ça dise des choses, ça sonne, ça gémisse… Lui, j'étais content qu'il ne m'ait pas vu.

— J'ai besoin de toi, Pique la Lune, fit le Normand.

— Je veux bien, messire. Mais qu'est-ce que je peux faire pour vous ?

— M'accompagner à Antioche.

Le Breton soupira.

— Quand donc arrivera ton bateau pour Le Caire ? demanda le Normand, devinant que c'était là ce qui souciait le petit Breton.

Le pilote haussa les épaules.

— Bah, peut-être demain ou dans dix jours… Vous savez, les navires, ça suit les vents et l'humeur de la mer.

— Je te jure que si, par ma faute, tu manques ton embarquement, je t'en trouverai un autre pour aller au Caire.

— Oh, jurez pas, messire ! De toute façon, je serais venu.

46

Quand ils retrouvèrent le prévôt Jean à la citadelle, celui-ci, très excité, leur expliqua qu'il avait découvert de drôles de choses en fouillant la maison d'Ambroise et que le Grec Nicétas voulait leur parler.

— J'ai trouvé de l'argent, beaucoup d'argent, annonça le vieux soldat en montrant des bourses de cuir empilées sur la table. Il y a de tout là-dedans, des monnaies de Byzance, du Caire, de Venise…

— C'est cet Ambroise qui a tout manigancé et il s'est suicidé pour échapper à son châtiment, déclara Godefroy qui était resté silencieux jusque-là.

— Je ne crois pas que ce soit si simple, rétorqua le Normand. Pique la Lune, tu restes ici ?

— Ben, messire, hésita le pilote qui, depuis qu'il était à la citadelle, paraissait mal à l'aise. Pour dire le vrai, j'aime point trop être enserré entre des murs si épais. Croyez-vous que je pourrais retourner dans la cour ?

— Ali va t'y accompagner, fit le Normand.

Il y eut une lueur de connivence entre le chevalier et le Bédouin, Tancrède lui ayant expliqué alors qu'ils chevauchaient vers Antioche, le pilote à califourchon sur le large hongre de Godefroy, combien la vie de celui-ci était précieuse et risquait d'être en danger dans les heures à venir.

— Point n'est besoin, messire, protesta le Breton, vous oubliez que je sais toujours où je suis, même sous terre.

— C'est un honneur de vous accompagner, sire pilote, déclara le Bédouin en s'inclinant.

Pique la Lune eut une moue étonnée avant de déclarer :

— Ma foi, je ne dédaigne pas une compagnie comme la vôtre, la mer et le désert ont les vagues en commun, paraît-il.

Le Bédouin hocha la tête en signe d'assentiment.

— Il est même des endroits, affirma-t-il, où les dunes chantent comme l'océan.

Les deux hommes sortirent, le Breton marchant d'un pas pressé vers la lumière du jour au bout du long couloir.

— Avant que nous rejoignions frère Anselme et le mire grec, je voulais vous montrer cela. C'était dans une cachette sous une dalle.

Il tendit un parchemin roulé à Tancrède qui le déplia. Il y figurait des descriptions de gens et une liste de prénoms masculins et féminins, le dernier étant celui d'un animal. Les encres utilisées étaient toutes différentes, celles du haut vieillies par le temps.

— Voilà qui promet d'être intéressant, puis-je le garder ?

— Bien sûr, messire.

— Je l'étudierai plus tard. Allons rejoindre Nicétas.

— Il nous attend à l'infirmerie avec le cadavre. On commence à avoir de drôles de coutumes dans cette prévôté. Faudrait qu'on trouve le fin mot de cette histoire, messire.

— Nous y sommes presque, je vous en fais promesse, répondit Tancrède, mais je ne suis point sûr que le dénouement soit du goût de tout le monde.

— Il sera du mien quoi que vous trouviez ! Et c'est bien si vous y voyez clair, parce que le vieux soldat que je suis n'y voit goutte. Et que va-t-on faire de ce Joseph ? Je l'ai laissé à la garde du Provençal et de Sven. Paraît qu'après avoir protesté, il s'est affalé comme un tas de chiffons sur son banc et n'a plus rien dit. C'est un drôle de gars. Un jeune à tête de vieillard. Me plaît pas beaucoup, faut avouer, même s'il faut le plaindre d'avoir perdu son père.

— Avant de nous occuper de lui, voyons d'abord ce qu'a à nous dire Nicétas ! dit le chevalier en poussant la porte de l'infirmerie.

Le Grec Nicétas, son petit bonnet noir sur son crâne chauve, se tenait debout près du cadavre d'Ambroise, le frère infirmier à ses côtés. Il se tourna pour voir qui venait le déranger et son visage s'éclaira en reconnaissant le Normand.

— Ah, messire, je suis heureux que vous soyez là. Il faut que je vous parle.

— Au sujet d'Ambroise ? s'enquit Tancrède en jetant un œil vers la table où était allongé celui qu'il n'avait guère eu le temps d'examiner.

Seuls le torse nu et le visage défiguré par la souffrance émergeaient du linceul.

— Le voir comme ça ! marmonna Nicétas, sa voix s'étranglant malgré lui sous le coup de l'émotion.

Ambroise était un frère pour moi, messire, cela faisait des années que nous nous connaissions. Il était encore avec la mère de Joseph à l'époque, à Jérusalem. C'est moi qui l'ai fait venir ici, je ne croyais pas qu'il y trouverait une mort si atroce.

Tancrède posa une main réconfortante sur l'épaule du vieil homme.

— Tout cela n'est point votre faute, Nicétas.

— Tout de même, protesta le Grec. Ambroise n'était pas un homme simple, loin de là. Mais qui peut se vanter de l'être ? La complexité fait partie de notre nature… Il aimait le pouvoir de vie et de mort que détiennent les mires. Pour se punir de son orgueil, il soignait les pauvres. Mais à chaque fois, où qu'il aille, sa renommée s'étendait et il finissait par guérir les princes de ce monde.

Nicétas se tut et se mura dans un silence distant. Le chevalier sentit que sa loyauté envers son ami défunt l'empêchait d'aller plus loin.

— Laissons Ambroise de côté pour l'instant, je ne l'attaque pas ni n'en veux à sa mémoire. De quoi vouliez-vous me parler ?

— De poisons, messire ! Je vous avais dit que nous autres, mires, les utilisions parfois.

Il s'arrêta de nouveau, peinant à parler, tant tout cela lui semblait douloureux.

— Mais que tout était question de mesures ! l'encouragea le chevalier, lui rappelant ses paroles.

— Oui, une infime quantité de ce qui tue peut parfois guérir ! Mais ce que j'ai trouvé chez Ambroise n'obéit pas à cette règle. Il y avait suffisamment de poisons chez lui pour tuer tous les habitants du quartier !

— Expliquez-vous !

— En fouillant, je suis tombé sur une cachette avec des fioles toutes prêtes. Des mélanges que je ne connaissais même pas, certains que je ne suis même pas sûr de pouvoir identifier. Et puis des provisions de jusquiame noire, de mandragore, de *Hyoscyamus faleslez*, de la ciguë, de la bryone, du *rahj al ghar,* de la belladone, des baies de bois-gentil… Un vrai arsenal d'empoisonneur. Je ne puis croire que…

Il semblait bouleversé par sa découverte et ne trouvant sans doute que des réponses accablantes pour son vieil ami.

— Trois solutions s'offrent à nous, Nicétas : soit Ambroise était innocent et on l'a tué, soit il était coupable et on l'a tué, soit, voyant le filet se refermer, il s'est donné la mort.

— Je ne veux croire qu'à la première solution, messire. Mais dans ce cas, d'où viennent toutes ces plantes…

Le Grec s'arrêta net, il avait blêmi, murmurant :

— Ce serait affreux, mais…

Tancrède leva la main.

— Vos pensées ont certainement rejoint les miennes, mais procédons par ordre, voulez-vous ? Tout d'abord, pensez-vous qu'Ambroise aurait pu mettre fin à ses jours ?

— Depuis peu, il voulait quitter Antioche et s'en était ouvert à moi, nous devions nous voir à ce sujet. Je crois que l'histoire se reproduisait, sa réputation arrivait chez les grands de la cité, mais de là à se tuer… Non, il n'aurait jamais fait ça. Il était sévère avec lui-même mais profondément croyant, alors se damner en se suicidant, risquer d'être enterré comme un maudit…

Il secoua la tête.

— Non, messire, je suis sûr qu'on l'a tué !

— Avec quoi ?

— Je ne sais pas. Mais j'ai ramassé le fruit qu'il a mangé.

Le Grec posa sur la table une moitié d'abricot enveloppée dans un voile de batiste. Il le désigna sans y toucher.

— Il n'en manquait qu'un petit morceau. J'en ai coupé une parcelle et l'ai donnée à l'un des rats que je garde pour mes expériences. Il est mort avant même d'avoir fini de mâcher. Une quantité infime. Mais voyez-vous, messire, ce fruit a été proprement coupé, or je n'ai retrouvé ni le coutel ni l'autre moitié…

Tancrède hocha la tête.

— Et les autres abricots dans la corbeille ?

— Non, juste celui qu'il a mangé. Et rien sur la table ni sur l'établi derrière qui permette de penser qu'il a mis lui-même le poison, pas de fiole, de cuillère, d'aiguille…

— Reprenons les choix qui nous restent, bien que je partage votre avis. On a tué Ambroise. Mais était-il innocent ou coupable ?

— Innocent, messire, j'en suis sûr.

— Était-il riche ?

— Non, messire, et pourtant il aurait pu. Mais quand on lui donnait de l'argent, il le distribuait aux pauvres !

— Pourtant, le prévôt a trouvé de l'argent dans une cachette.

— C'est impossible, messire, je l'ai toujours vu tout distribuer. Vous avez observé sa maison ?

— Il aurait pu vous tromper ?

— Et pourquoi ?

Le Normand déplia la liste sous les yeux du Grec.

— Cela vous dit-il quelque chose ?

Le vieil homme se pencha, approchant le papier de la lumière d'une torche.

— Des noms de personnes et d'animaux. Non, je ne vois pas, où l'avez-vous trouvé ?

— Est-ce que c'est l'écriture d'Ambroise ?

— Non, il s'était brûlé la main et tenait sa plume d'une façon étrange, ce n'est pas lui qui a écrit ça. Tenez, à propos de la richesse, un Vénitien du nom d'Alvise, je crois, a donné à Ambroise une pleine bourse de pièces d'or. Nous sommes allés la distribuer dans les quartiers les plus pauvres d'Antioche. Si vous ne me croyez pas, demandez aux pauvres.

La voix du Grec s'était affermie.

— Je vous crois, fit Tancrède en songeant au destin singulier de sa rançon.

— Ce n'est pas lui qui a assassiné les Vénitiens. D'ailleurs, pourquoi l'aurait-il fait ?

— Admettons, mais s'il n'est pas mêlé à tout cela, qui l'a tué alors et pourquoi ? demanda Tancrède qui voulait savoir si le vieil homme pensait la même chose que lui.

— C'est peut-être tout autre chose…

Nicétas se pencha vers lui et lui murmura un nom à l'oreille. Le Normand acquiesça, la mine grave, puis quitta la pièce non sans avoir jeté un dernier coup d'œil au cadavre.

47

Une fois assis en face de Joseph, Tancrède fit signe à Godefroy de les laisser seuls. Le jeune homme, prostré, ne releva même pas la tête à son entrée.

— Je suis désolé de ce qui vous arrive, commença le Normand d'une voix douce.

Joseph se redressa un peu, lui jetant un coup d'œil en biais.

— Non seulement, vous avez eu le grand malheur de perdre votre père, mais en plus on vous a conduit à la citadelle comme un ladre, continua le chevalier d'une voix égale. C'est ce que j'essayais d'expliquer au prévôt qui, lui, ne veut pas vous relâcher.

Cette fois, le jeune homme se redressa tout à fait. Son regard était désespéré. Les meurtrissures dues à sa bagarre avec le Picard avaient viré au bleu. Ses cheveux étaient en bataille, sa chainse déchirée. Il avait l'air pitoyable.

— Oh, oui, messire, faites-moi libérer ! supplia-t-il, en se tordant les mains. Je n'en peux plus de cet endroit. Je veux rentrer chez moi.

Il regarda autour de lui, une expression angoissée sur les traits. Dans les couloirs, on entendait les rires des soldats et les protestations d'un homme qu'on jetait en geôle.

— Je veux bien vous aider, Joseph. Mais avant, je voudrais vous poser quelques questions. Ainsi, j'aurai plus d'arguments auprès du prévôt.

La voix du chevalier était ferme et persuasive. Il attendit un moment, laissant le temps à ses paroles de se graver dans l'esprit de son interlocuteur, puis reprit :

— J'essaye de savoir qui est le meurtrier de votre père. Car il a été empoisonné, n'est-ce pas ?

— Je ne sais, messire… hésita Joseph.

Il dissimula son visage dans ses mains, étouffant un sanglot sec.

— Parlez-moi, Joseph.

— Mon père voulait quitter Antioche, cela ne se passait pas comme il voulait. Il était désespéré. Vraiment désespéré.

— Vous essayez de me dire qu'il s'est empoisonné lui-même ? Car c'est bien de poison qu'il s'agit ?

— Oui.

La voix du jeune homme était étouffée.

— C'est quelque chose qu'on avoue difficilement, le suicide. Votre père était croyant, je crois ?

— Oui.

— En disant qu'il s'est suicidé, vous le condamnez à être jeté à la fosse commune ou même à être enterré à la croisée des chemins comme un meurtrier.

Une expression étrange passa sur le visage de Joseph, mais il ne répondit pas.

— J'imagine qu'Ambroise a dû vous enseigner son art et que vous êtes capable de tirer l'enseignement de l'examen d'un mort ?

— Oui… Euh, non, se troubla Joseph. Maître Ambroise… Mon… père ne m'a rien appris.

— Pourquoi cela ?

— Je ne sais pas. Il n'avait pas le temps, sans doute.

La voix était soudain plus sèche.

— Mais j'ai étudié et un frère moine à Jérusalem m'a appris à lire et à écrire, ajouta-t-il non sans fierté.

Il y eut des chocs sourds et des cris de douleur dans le couloir, Joseph sursauta et se mit à trembler.

— Faites-moi libérer, messire, supplia-t-il, le visage de plus en plus crispé.

— On m'a pourtant dit que c'est vous qui alliez chercher les herbes, Joseph, fit le chevalier comme s'il n'avait rien entendu. Des gens vous voyaient partir tôt le matin et revenir avec des plantes, des écorces…

— Oui, oui, jeta-t-il de plus en plus nerveux.

— Je suis sûr que vous allez pouvoir m'aider.

L'autre leva vers lui un regard pitoyable.

— Je voudrais que vous me rendiez un service, j'aimerais que vous fassiez l'examen du cadavre.

— Moi ?

Le jeune homme était devenu blême.

— Mais non, c'est impossible, messire. Je ne pourrai jamais, je croyais que vous aviez demandé au Grec de le faire.

— Nicétas, ce vieux bonhomme ! se moqua Tancrède. Je ne lui fais pas autant confiance qu'à vous. Vous avez dû observer comment travaillait votre père, les potions qu'il employait, peut-être même êtes-vous devenu meilleur mire que lui ?

Le garçon se prit la tête dans les mains.

— Oui, sans doute, mais je ne peux pas. Je ne veux pas le revoir, pas comme ça.

— Allons, assez d'enfantillages, Joseph, fit le Normand en se levant. Cela ne sera pas long, je vous le promets. Et ensuite, vous serez libre.

Le fils d'Ambroise se balançait maintenant d'avant en arrière. Dans le couloir, on entendait toujours des cris et des bruits de coups.

— Venez ! Le corps est prêt. Ils l'ont déshabillé, lavé, il est nu sur une table, raide et froid, la chair grise.

Des taches rouges étaient apparues sur le visage livide du jeune homme.

— Je ne sais le poison qui a été employé, continua Tancrède, mais cela a dû être douloureux. Vous avez vu la grimace d'atroce souffrance sur son visage ?

Plus il parlait, plus les traits de Joseph s'affaissaient. Il semblait proche du malaise. Comme s'il n'avait rien vu, le Normand alla à la porte et l'ouvrit en grand.

— Gardes ! appela-t-il.

— Pitié, messire !

Joseph s'était jeté à genoux. Les larmes coulaient sur ses joues.

Alors, Tancrède se retourna et sa voix cingla le malheureux :

— C'est vous, n'est-ce pas, Joseph ? C'est vous qui avez tué votre père ?

Était-ce le contraste entre la douceur de son ton quelques instants plus tôt et sa soudaine brutalité ou cette terrible accusation ? Les yeux de l'autre s'agrandirent et il bascula sur le sol, évanoui.

Godefroy entra dans la pièce.

— C'est là l'effet du vacarme que vous m'avez demandé de faire, messire ?

— Un peu de cela et l'accusation aussi. Mais aidez-moi à le porter jusqu'à l'infirmerie. Il est plus coriace qu'il n'y paraît. Il tremble, il a peur, mais il n'a pas encore avoué.

— Et si ce n'était pas lui ?

— C'est une possibilité, mais de plus en plus infime.

— Pourquoi a-t-il tué Ambroise ? fit le Picard en saisissant Joseph sous les aisselles.

— Nicétas m'a raconté son histoire, le mire n'a jamais voulu d'enfant ni de femme. Il s'en voulait mais était incapable d'aimer le bâtard qu'il avait eu avec une de ses servantes. Il le faisait vivre sur un galetas dans le grenier et le traitait comme un serviteur.

— Même s'il avait de la rancœur…

— Si c'est bien un parricide, ce n'était pas de la rancœur mais de la haine qui a dû l'emplir quand il a tendu ce fruit à son père.

— Et c'est lui qui aurait fabriqué tous les poisons que le Grec a trouvés ?

— Qui d'autre ? Rappelez-vous les paroles de Barnabé. Peu de gens à Antioche connaissent le *rahj al ghar*…

— Il a dit que le Grec était un homme de bien… ensuite je ne me souviens pas.

Ils arrivèrent à l'infirmerie où, sous les regards stupéfaits de Nicétas, du prévôt et du moine, ils déposèrent le corps en position assise sur un banc.

— C'était cela qui m'échappait quand j'ai vu le cadavre d'Ambroise, ajouta Tancrède. Et cela m'est revenu quand je me suis trouvé face à face avec Joseph tout à l'heure. Barnabé parlait d'un homme qui courait les collines… Un homme aux cheveux gris.

Le Normand, aidé du prévôt, avait dressé le corps d'Ambroise, l'appuyant contre la table, de façon qu'il ne tombe pas. L'impression était terrible, ce corps rigide et si blafard qu'il avait l'air de cire, ce masque de souffrance qui tordait ses traits. Le Grec se détourna, mal à l'aise.

Joseph soupirait, revenant de son évanouissement. Il battit des paupières… puis ses yeux s'agrandirent en voyant le cadavre dressé devant lui.

Il hurla de terreur et un moment, le Normand crut qu'il allait s'écrouler. Au lieu de cela, il se jeta aux pieds d'Ambroise.

— Pardon, père, pardon ! criait-il en frappant si fort son front sur le dallage que le sang en jaillissait.

Sur un signe du prévôt, les gardes le relevèrent, le soutenant à moitié. Il vacillait.

— Emmenez-le ! ordonna le prévôt.

— Non, attendez ! s'écria Tancrède qui s'était approché du jeune homme. C'est toi qui as fabriqué le poison qui a tué ton père ?

— Oui, jeta Joseph, c'est moi. Mais laissez-moi sortir, messire, n'avez-vous pas pitié ?

Comme s'il n'avait pas entendu, le Normand insista :

— À qui vendais-tu tes poisons ?

Silence.

— Est-ce qu'Ambroise savait ce que tu faisais dans son officine ?

Une expression d'intense amertume se peignit sur les traits de Joseph.

— Non, il l'ignorait. Je travaillais la nuit pendant qu'il dormait ou quand il allait visiter les pauvres. Il ne m'a jamais prêté attention, comment voulez-vous qu'il ait su ?

— Qui est derrière tout ça ? À qui as-tu vendu les poisons qui ont tué les Vénitiens ?

— Je veux revoir la lumière du jour. Faites-moi sortir d'ici et je vous le dirai.

Tancrède hocha la tête et les gardes entraînèrent le jeune homme. Ils remontèrent le couloir en silence puis débouchèrent dans la basse-cour. Le soleil inondait les pavés. La chaleur était intense et pas un souffle de vent ne soulevait la bannière d'Antioche.

— Lâchez-le ! ordonna le prévôt. Il ne va pas se sauver.

Tout se passa très vite.

Le jeune homme saisit quelque chose dans les replis de sa ceinture de tissu et le porta à sa bouche. Tancrède se jeta sur lui pour le faire cracher. Une odeur de fiel montait des lèvres de Joseph, une terrible grimace tordait ses traits.

— La jusquiame noire ! fit le Normand en se reculant.

L'autre hurlait déjà comme un damné. Il tomba à genoux puis face contre terre, agitant jambes et bras en proie à d'atroces convulsions. Il se mit ensuite à hoqueter, porta les mains à sa gorge, suffoquant et râlant.

— Il a choisi le pire des poisons, souffla Tancrède, très pâle, en se détournant.

Le corps de Joseph s'arqua dans un dernier soubresaut, puis il retomba mort.

— La plante des ruines, celle qui donne une mort rapide mais ô combien abominable, ajouta le Grec en manière d'épitaphe.

UNE NUIT AU PALAIS D'ANTIOCHE

48

Le décès de Joseph avait laissé Tancrède en colère contre lui-même. Il sortit de la citadelle sans voir ce qui l'entourait, sans remarquer la présence discrète du Bédouin qui le suivait avec Pique la Lune et leurs chevaux. Il se trouvait maladroit, s'en voulait de ne pas avoir fait fouiller le prisonnier. N'aimait pas ce qu'il avait été obligé de faire et de dire, cette sinistre mascarade qu'il avait mise en place pour le faire avouer. Il avait l'impression d'avoir échoué. Que son maître et ami Hugues de Tarse l'aurait désavoué, qu'il aurait fait mieux que lui, évidemment. Même s'il savait que Joseph n'avait emporté dans la tombe qu'une partie de son monstrueux secret et qu'il en connaissait l'autre, il avait peur que la bataille ne soit plus rude qu'il ne l'avait envisagé. Il avait peur surtout de ne pas être à la hauteur. Il leva les yeux vers le ciel où planaient des vautours en lents cercles silencieux et soupira, prenant le chemin du palais du patriarche où ce dernier devait l'attendre avec Godefroy. Ce soir, à la réception de Bohémond III, il lancerait les dés en espérant qu'ils ne soient pas pipés.

On avait frappé à la porte des somptueux appartements. Tancrède s'efforça une fois de plus de chasser de son esprit les images de la mystérieuse jeune femme aux yeux couleur du Nil. Il achevait d'enfiler des bottes en cuir de Cordoue, cadeau d'Aymeri de Limoges tout comme les magnifiques vêtements de brocart qu'il avait trouvés sur sa couche, et cria d'entrer.

Le Bédouin passa la tête par la porte.

— Messire, les voitures sont prêtes, les destriers sellés. Le patriarche va descendre. Votre ami Pique la Lune est là qui voudrait vous voir avant de partir vers le palais.

— Sire Godefroy m'a trouvé un costume, dit la voix du Breton.

Tout en agrafant la fibule de sa cape, Tancrède se retourna et demeura saisi tant le pilote était méconnaissable.

Les servantes du patriarche l'avaient lavé et parfumé avant de le vêtir à l'orientale. Ses cheveux noirs soigneusement coiffés, dont les boucles retombaient sur ses épaules, encadraient son visage hâlé, mettant en valeur le bleu de mer de ses yeux. Il portait une tunique de soie jaune pâle serrée à la taille par une ceinture d'étoffe orfraisée et un sarouel noir.

— Par ma foi, l'ami, tu es superbe ! s'exclama le Normand avec sincérité.

Le marin se dandina. Habitué à marcher pieds nus depuis l'enfance, il était mal à l'aise avec ses babouches dont les pointes recourbées et les talons s'ornaient de perles de couleur.

— Je n'en suis pas si sûr. Le pantalon encore ça va, mais le reste… déclara-t-il avec une mimique malheureuse.

— Tu ne pouvais aller habillé en marin au banquet du prince d'Antioche ! le consola Tancrède en refrénant son envie de rire. Si l'on nous questionne, je te présenterai comme un capitaine de mes amis, arrivé depuis peu de Sicile.

— Bien, messire.

— Si l'on te parle de mer ou de pays lointains, tu seras plus à l'aise que quiconque au palais, pour le reste, regarde autour de toi sans en avoir l'air et dis-moi si tu reconnais des gens.

— Vous voulez que je cherche l'Esclavon ?

— Oui. Mais il faudra faire attention que lui ne te remarque pas. Si nous sommes séparés, tâche qu'Ali reste avec toi.

— On ne risque pas de me reconnaître, messire, je suis un autre, répliqua le marin en jetant un coup d'œil désolé vers ses babouches. De toute façon, si l'Esclavon est là, je servirai d'appât et vous lèverez la ligne.

— Je n'y tiens pas, mon ami. Ces gens-là sont dangereux et point n'est besoin que tu ailles au Paradis sans ton navire !

49

Arrivés dans une des voitures bâchées du patriarche, Tancrède et ses amis s'étaient rapidement fondus dans la foule qui gravissait les marches du palais d'Antioche.

Des guirlandes de jasmin s'enroulaient autour des escaliers et des colonnes de marbre. Les jonchées qui recouvraient le dallage étaient d'herbes fraîches, de pétales de rose, de fleurs de jasmin et de menthe.

Au long des corridors, les valets avaient allumé des flambeaux et le palais tout entier résonnait du son de l'oud, des vièles, des cymbales, des tambourins et des flûtes. Dans la grande salle du banquet, c'était un éblouissement de bijoux et de riches costumes. Les caftans brodés d'or, de perles et de pierreries et les djellabas de soie des sultans, les gandouras des poulains et des Arméniens se mêlaient aux pourpoints et bliauds multicolores des barons normands et des seigneurs provençaux. Les dames étaient vêtues de longues robes de samit, de capes d'*ispahanis* attachées aux épaules. Des parures de topazes, de grenats, d'aigues-marines et de perles accrochaient la lumière des bougies.

L'allégresse qui avait suivi la victoire de la Bocquée n'était pas retombée et partout, il n'était question que de cela. Les noms des Taillefer, des Lusignan et même celui du gouverneur byzantin, Constantin Coloman, revenaient autant que celui du roi Amaury Ier et du grand maître hospitalier d'Assailly.

Dans la salle et les couloirs, des enfants se poursuivaient en criant, se jetant dans les jambes des serviteurs qui allaient et venaient avec des plateaux d'argent, agaçant les lévriers des princes en leur jouant mille tours. Des bruits circulaient selon lesquels Bohémond III avait, pour l'occasion, fait tuer cent bœufs, cent trente moutons, deux cents chevreaux, deux cents agneaux et quelque deux mille volailles, poulets, poules, pigeons, faisans, perdrix, cygnes, grues…

On murmurait que le banquet durerait plusieurs jours.

Très vite, tout le monde passa derrière les longues tables disposées en étrier.

Sur les nappes de drap fin, parsemées de pétales de rose, scintillaient une vaisselle d'or et d'argent, de fines aiguières de cristal de roche taillé, des hanaps de vermeil rehaussés de pierreries, des couteaux, des cuillères d'argent, des cruches de verre bleu de Venise.

Les musiciens s'installèrent face au public, laissant un grand espace vide entre eux et les tables. Des écuyers et des serviteurs s'affairaient autour des invités qu'on plaçait par rang de noblesse au fur et à mesure de leur arrivée.

Bohémond III s'installa au centre, sur sa chaise cathèdre et, sur son invitation, Thoros s'assit à sa droite et le patriarche Aymeri de Limoges à sa gauche. Sur un signe du prince, tout le monde prit place et le silence se fit. L'écuyer de Bohémond, debout derrière son maître, prit la parole, sa voix résonnant haute et claire sous la voûte.

— Le prince est heureux de vous recevoir tous aujourd'hui, messires princes, barons, seigneurs, sultans et vaillants chevaliers. Il est honoré de la présence à ses côtés à la fois du valeureux prince Thoros II d'Arménie et de notre estimé patriarche, Aymeri de Limoges. Il remercie le fils du doge de Venise, Leonardo Michiel, et le vicomte Embriaci d'avoir bien voulu se joindre à eux ainsi que toute la noble assemblée.

L'écuyer se tut, attendant que les vivats cessent.

— Vous le savez, nous sommes tous ici ce soir pour célébrer la victoire de la Bocquée, reprit-il. Longue vie au roi Amaury Ier de Jérusalem ! Il a vaincu Noureddin !

Le sol vibra du martèlement des pieds, les tables de celui des poings, les gens hurlaient le nom du roi et celui du prince.

— Vive le roi ! Longue vie au roi ! Vive notre prince !

Quand le calme fut revenu, le son de l'oud s'éleva de nouveau, accompagné de celui de la flûte. Les conversations reprirent. Tancrède, qui s'était retrouvé en bout de table avec Godefroy et Pique la Lune, s'était figé en apercevant la femme assise au côté de Thoros II.

— Qui observez-vous ainsi ? fit le Picard qui avait remarqué la fixité du regard de son voisin.

Tancrède mit un temps à répondre, enfin il demanda d'une voix blanche :

— Savez-vous quel est le nom de l'épouse du prince Thoros ?

— La dame de Raban, messire. Une grande dame… Mais elle n'est point ici. Elle est restée à la forteresse de Vahga.

— Mais alors, qui est…

Le Picard répondit avant que Tancrède n'ait fini de formuler sa question.

— Celle vers qui tous les regards se tournent ? La princesse Naïri, sa nièce.

Le Normand hocha la tête.

— Naïri, répéta-t-il.

Il était devenu très pâle et ne remarqua pas les allées et venues des goûteurs, des échansons, des sommeliers ni des écuyers tranchants qui avaient posé du pain devant lui. Ni le ballet des serviteurs qui amenaient les bassines d'argent et les linges pour se laver les mains. Il n'arrivait plus à détacher ses yeux de la jeune Arménienne à laquelle il n'avait cessé de songer ces derniers jours. Comment pouvait-il s'empêcher de voir dans sa présence ici un nouveau signe du destin ?

Naïri, sans imaginer la tempête qu'elle avait fait lever dans le cœur du Normand, ni prêter attention aux regards qui se posaient sur elle, souriait, gracieuse, et répondait aux questions de leur hôte, Bohémond III, et du patriarche. Le jeune prince la dévorait des yeux. Grand amateur de femmes, il lui avait déjà fait maints compliments sans toutefois oser davantage, la lourde stature de Thoros empêchant toute autre tentative.

Vêtue de soie verte, ses cheveux noirs serrés par une fine résille d'or et de perles fines, Naïri rayonnait et ses yeux verts pailletés d'or scintillaient autant que les émeraudes que lui avait offertes son promis, Roger de Saône.

Le temps du premier service était venu, avec les vins d'orange et de palme et le vin de Bordeaux accompagnés de dattes, de figues et de rôties.

Les joueurs d'oud et de flûte avaient été remplacés par des viellators.

Puis vint le deuxième service où, tour à tour, furent servis potages, civets de lièvre et soringues d'anguilles.

Pique la Lune, qui ne mangeait pas toujours à sa faim et n'avait, de sa vie, participé à un banquet princier, en resta bouche bée. Il n'avait jamais vu une telle abondance et ne comprenait pas le rôle de tous ces serviteurs. L'un d'eux particulièrement l'intriguait. C'était un petit homme rond qui restait derrière le prince Bohémond, plongeant d'autorité sa cuillère dans ses potages, mangeant des morceaux de sa viande, buvant ses vins avant de les lui présenter… Le Breton observait son manège avec curiosité se demandant quand le prince le tancerait pour son insolence, mais au contraire, celui-ci semblait trouver cela normal. C'était peut-être un fou, même s'il n'en portait pas l'habit, songea Pique la Lune en dégustant sa soringue d'anguilles, content de n'avoir personne pour lui en soustraire une parcelle.

Tancrède mangeait à peine, saisissant entre trois doigts des morceaux qu'il reposait sur son pain tranchant sans les manger. Ne touchant pas au vin qu'on lui avait versé.

— Regardez, messire ! s'exclama le Breton en voyant arriver, portés par des cuisiniers sur d'immenses plateaux d'argent, des cygnes, ailes dressées, la peau recouverte de feuilles d'or et d'argent.

Tancrède hocha la tête. Il ne quittait pas des yeux Naïri qui s'était tournée vers le patriarche et riait aux éclats de ses bons mots. Des jongleurs et des acrobates vêtus de costumes multicolores entrèrent.

La foule applaudit.

Et le troisième service arriva : rôt de perdrix, chapons au jus de grenade, faisans, rôtis de bœuf et de mouton, blanc de Syrie, coings en confit et potage écartelé.

Les os étaient jetés aux lévriers qui les emmenaient dehors pour les dévorer ou les mangeaient cachés sous les longues nappes. Sur les tables couraient des singes apprivoisés et des gerboises, vêtus de costumes de soie.

50

Pique la Lune poussa un profond soupir. Il sentait son ventre se distendre sous la tunique de soie et, sous la table, avait discrètement desserré sa ceinture. C'est au moment où les écuyers entraient portant des tourtes dressées en forme de châteaux, avec plantées dessus les couleurs des invités de Bohémond, qu'il sursauta. Il lui semblait avoir reconnu une silhouette. Cela avait été rapide, l'homme s'était penché sur un seigneur de l'entourage du prince puis avait disparu.

— Messire ! fit-il.

Tancrède sortit de sa rêverie et se tourna vers lui.

— Je crois l'avoir vu passer.

— Qui ?

— L'Esclavon, il s'est approché et il est reparti.

— Tu es sûr ? s'enquit le Normand, étouffant un juron.

Le Breton haussa les épaules, passant en revue les gens qui se croisaient dans la salle, sans y retrouver son homme.

— Non, convint-il, cela a été trop rapide et avec tout ce va-et-vient… Il aurait fallu que je me lève pour mieux voir. Mais j'ai pas osé.

— Et à qui a-t-il parlé ?

— À quelqu'un qui est assis du même côté que nous.

— Mais nous sommes une centaine de ce côté-là.

— Je le sais bien, messire, et à cette distance, avec tous ces riches costumes…

— Continue à regarder, l'encouragea le Normand. Peut-être le verras-tu de nouveau.

— Oui, messire, acquiesça le marin en se demandant comment il allait pouvoir honorer le quatrième service avec son riz engoulé et ses oiseaux de rivière au verjus de cédrats tout en ne quittant pas des yeux la table des seigneurs.

Le Normand, furieux contre lui-même, força ses yeux à se détourner de la princesse arménienne et regarda l'assemblée sans vraiment savoir ce qu'il cherchait. Il aperçut le fils du doge non loin du vieux Jacopo Acontano et de Romano qui le salua. Leonardo Michiel toujours vêtu de noir, très droit, mangeait peu et parlait encore moins. Sur la table en face d'eux, le Picard montra un homme somptueusement vêtu de brocart vert, des bagues à chaque doigt.

— C'est le vicomte Embriaco, le Génois. La plus grosse fortune d'Antioche. Et celui-là, fit-il en désignant un homme maigre à l'élégance discrète qui s'était levé pour quitter la salle, c'est Xiphilin, le conseiller du prince Bohémond, un Byzantin.

Un montreur d'ours, torse nu, en braies de cuir, entra alors, traînant par une chaîne une énorme bête noire qui poussait des grognements sauvages. Les dames se mirent à pousser des cris, seule Naïri resta impassible quand l'animal s'approcha en se balançant de la table du prince.

— Regardez la bête fauve ! disait le montreur en tirant sur l'anneau fixé dans le nez. Elle arrache la tête d'un honnête homme d'un coup de patte.

Il fit se dresser l'animal sur les pattes arrière, la foule applaudit. Il montra les cicatrices qui sillonnaient son buste et balafraient son visage.

— Un coup de griffe et il vous défigure, un coup de dents sur la nuque, il vous tue. Qui veut le nourrir ? Qui, parmi vous, mes seigneurs et mes dames, veut lui donner à manger ?

Le dresseur sortit de sa sacoche une boulette qu'il enfonça sur une baguette de bois.

— Vous mettez le bâton entre vos dents comme cela. (Il fit le geste.) L'ours va le prendre délicatement. Venez, mes beaux seigneurs, mes belles dames, qui va nourrir mon ours ?

Les gens s'esclaffaient.

— Nourris-le toi-même ! s'exclamaient des barons.

Soudain Naïri se dressa :

— Moi ! s'écria-t-elle.

Un grand silence se fit. Le dresseur resta sans mot dire, peu habitué à voir des dames se proposer.

— Non, damoiselle, jeta Thoros en saisissant la main de sa nièce. S'il faut quelqu'un, ce sera moi.

Elle se tourna fièrement vers lui et lui répondit en arménien :

— Ne m'avez-vous pas appris qu'il ne faut avoir peur de rien si ce n'est de la colère de Dieu, mon prince ?

Une lueur de fierté brilla dans les yeux de Thoros quand il relâcha son étreinte. Il hocha la tête et la regarda contourner la table pour rejoindre le montreur.

Les conversations s'étaient tues. Un silence de mort planait maintenant. Les gens fixaient la mince silhouette qui se dirigeait sans peur vers l'animal.

— Si ta bête touche ne serait-ce qu'un cheveu de ma nièce, je t'écorche vivant et l'ours aussi ! lança l'Arménien au dresseur qui pâlit.

La jeune princesse paraissait toute petite devant l'énorme animal qui se dandinait, debout sur ses pattes arrière. Tancrède, la main sur son coutel, ne la quittait plus des yeux. L'homme lui donna le bâton où était fixée la boulette, elle le prit et le glissa entre ses lèvres.

— Approchez-vous, damoiselle, euh… s'il vous plaît, princesse.

Les minuscules yeux noirs de l'ours s'étaient posés sur la jeune fille et elle ne put empêcher un frisson de parcourir sa nuque. Elle releva pourtant fièrement le menton, tendant la viande devant elle.

La bête s'approcha à la toucher, sa lourde patte glissant derrière la taille de la princesse pour l'attirer à lui.

La foule retint son souffle. Le dresseur parlait à l'animal, l'apaisant.

— Allez la bête, allez ! Doucement. Va. Doucement.

Soufflant son haleine fétide au visage de la princesse, l'animal ouvrit la bouche découvrant d'énormes dents jaunes en un large bâillement qui fit frémir l'assemblée, puis il se baissa vers Naïri, saisit délicatement la viande et recula aussitôt, entraîné par le dresseur qui le récompensa d'un quartier de viande.

La jeune fille resta un moment saisie. Immobile. Tancrède sentit son cœur se remettre à battre. Il y eut un déferlement de cris et d'encouragements. Les seigneurs s'étaient levés et l'ovationnaient. Naïri parcourut la salle de son regard étincelant et elle regagna sa place où son oncle lui caressa la joue avant de lancer une bourse pleine au dresseur qui ressortit, traînant l'ours derrière lui.

Vint le temps de la desserte.

On avait débarrassé les tables pour y poser l'hypocras et les abricots, les dragées teintées de jaune et de rouge, les noix pelées, les dattes et les figues, les rissoles, le lait lardé, les flans au miel, les oublies et les supplications…

Des gens tapaient sur les tables. La foule scandait un nom que le Normand ne parvenait pas à comprendre. Un sourire se dessina sur les traits du prince d'Antioche qui frappa dans ses mains pour obtenir le silence.

Aussitôt, une toute jeune femme entra, presque une enfant. Grande et fine, elle était pieds nus et pour seul vêtement portait des voiles si fins qu'ils ne cachaient rien de sa nudité.

Les seigneurs applaudirent à tout rompre.

— C'est Orgueilleuse ! fit le Picard en se penchant vers Tancrède. Une Éthiopienne que le prince a achetée à prix d'or à un sultan.

La chair de la jeune fille était d'un brun très pâle et autour de ses chevilles s'enroulaient des bracelets d'or en forme de serpents. Des grelots tintaient à sa taille qu'une cordelette soulignait. Ses boucles brunes étaient retenues en chignon et piquées de perles. Elle s'avança vers Bohémond III, s'inclinant brièvement devant lui avant d'aller baiser la main d'Aymeri de Limoges et de saluer les seigneurs.

Enfin, quand le calme fut revenu, elle se plaça au milieu du demi-cercle formé par les tables.

Jamais le Normand n'avait vu une démarche si légère. Elle semblait à peine toucher le sol, plutôt l'effleurer. Un viellator s'assit sur un coussin et commença à jouer une mélodie lente et douce, mélancolique. Insensiblement, le corps de l'Éthiopienne s'anima. Un lent balancement montait de ses reins, gagnant ses hanches, sa taille puis le cou qu'elle avait long et mince. Ses bras s'arrondirent. Elle ondulait, et à chaque mouvement, les voiles qui l'enveloppaient, s'écartaient puis se refermaient… comme des ailes d'un papillon cherchant la chaleur du soleil. La danse était sensuelle et lente, si lente que chaque mouvement mettait un temps infini à s'achever. Comme soulevée par des vagues qui venaient de l'intérieur d'elle-même, l'Éthiopienne était en transe.

Un joueur de tambourin remplaça le viellator.

Le balancement des hanches s'amplifia, la danseuse tendait les bras vers le ciel, s'arquait, dévoilant ses longues jambes. La sueur plaquait les voilages contre son corps frissonnant, soulignant des seins menus et dressés. Les grelots s'entrechoquaient. Elle ne voyait plus ce qui l'entourait. Les yeux clos, elle tournait sur elle-même, un sourire d'extase aux lèvres. Enfin, sur un dernier battement de tambourin, elle se figea et ouvrit les yeux, sa poitrine se soulevant en saccades, ses longs cheveux défaits ruisselant jusqu'à ses chevilles. Elle se courba pour une dernière révérence.

— D'après ce qu'on dit, reprit le Picard, elle est pucelle et doit le rester si elle ne veut pas perdre son art. Enfançon, elle a fait le serment de ne jamais appartenir à un homme.

— Vu comment le prince la regarde… remarqua Pique la Lune qui était resté la bouche ouverte à contempler la danseuse.

— Il n'osera pas la toucher. Depuis qu'elle est convertie, elle est sous la protection de mon maître, le patriarche d'Antioche.

Quand les applaudissements des seigneurs eurent pris fin vint le temps du « boute-hors », des épices, de la cardamome, de la zédoaire, des graines de Paradis, du gingembre, de la fleur de cannelle… qu'on croquait en buvant du vin coupé d'eau pour digérer.

Puis tout le monde se leva pour aller aux jardins et, en quelques instants, la grande salle du banquet se vida. Une nuée de serviteurs entra, on enleva les draps, démonta les tables à tréteaux, nettoya le dallage, jeta des jonchées fraîches sur le sol, on installa la chaise haute du prince, des fauteuils et des bancs.

Dehors, la musique résonnait à travers les taillis, attirant les seigneurs vers le bassin où se reflétait la lueur de centaines de candélabres. Aux branches des arbres étaient suspendus des lumignons et des lustres garnis de centaines de lampes à huile diffusant une douce clarté qu'environnaient des papillons affolés.

Tancrède et Pique la Lune, suivis d'Ali et de Godefroy, fendaient la foule pour se rapprocher du patriarche…

LA MORT DU LÉVRIER

51

Alors que Tancrède abordait enfin le patriarche, la princesse arménienne et son amie Gulig s'enfonçaient dans les jardins du palais d'Antioche.

La lune avait disparu derrière les nuages, plongeant palmeraie, bosquets et vergers dans des ténèbres tièdes où flottait l'odeur capiteuse des jasmins et des roses.

Des couples enlacés y disparaissaient tandis que le flot des invités de Bohémond se regroupait près des pièces d'eau où étaient dressées des tentes rayées de rouge, de vert, de jaune et de bleu… Illuminés par des myriades de flambeaux, les fontaines et les bassins où nageaient d'énormes carpes étincelaient comme des joyaux. Des serviteurs passaient entre les dames, les barons, les sultans, les chevaliers et les prélats, portant des plateaux de rafraîchissements. Coupes d'eau aromatisées à la fleur d'oranger ou à la rose, décorées de feuilles de menthe poivrée et de jasmin, *zamù* sicilien et graines d'anis à croquer… Bohémond avait fait venir de la glace des montagnes qu'on servait pilée avec des pistaches et de l'eau de rose. Les invitées poussaient de petits cris étonnés devant la sensation surprenante du froid sur leurs langues. Les hommes complimentaient le prince d'Antioche sur le talent de ses maîtres-queux. On parlait arménien, persan, arabe, français de France, mais aussi provençal, scandinave, allemand...

Le sable crissant sous leurs souliers de daim à boucles d'argent, bras dessus, bras dessous, Gulig et Naïri suivaient les allées que soulignaient de loin en loin d'énormes lanternes de fer ajourées, posées à même le sol. Des lucioles dansaient dans les rosiers et près des rus, fragiles lumières que la peur soufflait comme des bougies.

La princesse et son amie commentaient la fête et l'interminable banquet, pouffant parfois comme des fillettes et s'extasiant sur la magnificence de la réception, les charmes d'Orgueilleuse et la qualité de la musique.

— Le patriarche est un homme étonnant, remarqua Naïri, reprenant difficilement son sérieux. Malgré son âge, on sent qu'il se veut le vrai maître d'Antioche, un maître de l'ombre, mais un maître quand même. Te rends-tu compte qu'il est resté plus de cinquante ans au pouvoir ? Qu'à la mort de Raymond de Poitiers, il s'est retrouvé seul contre les hommes de Noureddin et qu'il a réussi à sauvegarder la cité jusqu'à l'arrivée de l'ost du roi de Jérusalem ?

— Non, je ne savais pas tout cela, mais j'ai vu que ton oncle le tenait en haute estime. Au fait, te souviens-tu de ce beau chevalier normand qui ne te quittait pas des yeux, près du bassin ? Il était là et t'a observée toute la soirée.

— Ah ! Je ne l'avais point remarqué.

— Tu mens ! s'indigna aussitôt Gulig que son amie arrivait rarement à tromper.

Un sourire se dessina sur les lèvres pleines de l'Arménienne.

— C'était juste pour voir si tu étais aussi perspicace qu'avant, malgré tout ce que tu as bu ! dit-elle en pinçant gentiment le bras de sa sœur de lait. Mais oui, il faut reconnaître qu'il est beau. J'aime surtout ses yeux verts comme les miens. D'habitude, les Normands n'ont pas des yeux comme cela.

— Je me suis renseignée auprès de l'intendant du patriarche. Il vient de Sicile et s'appelle Tancrède d'Anaor.

— Pourquoi me dis-tu tout cela ?

Naïri regarda plus attentivement sa compagne.

— Mais il te plaît ! C'est cela, n'est-ce pas ? Suis-je bête !

Elle éclata d'un rire joyeux. Gulig avait rougi. Elle protesta :

— Ne va pas si vite en besogne ! protesta-t-elle. Et à qui un homme comme cela ne plairait-il pas ?

— À moi, par exemple ?

— Uniquement parce que tes pensées sont prises par Roger de Sa…

Naïri posa sa main sur la bouche de son amie.

— Tais-toi ! Je ne veux pas entendre son nom.

Elle soupira.

— Crois-tu qu'il a gardé mon écharpe ?

Sentant l'inquiétude de la princesse, Gulig la prit dans ses bras comme quand elles étaient gamines et la serra contre elle.

— Je crois même qu'il a dormi avec, murmura-t-elle.

La belle Arménienne posa sa tête dans le creux du cou de sa compagne pour masquer le rose qui montait à ses pommettes hautes.

— Revenons à ton beau Normand, déclara-t-elle enfin en se redressant.

— Ne dis pas « ton », c'est ridicule ! De toute façon, il n'a d'yeux que pour toi et quand tu étais avec l'ours, j'ai cru qu'il allait sauter par-dessus la table pour faire barrage de son corps.

Naïri haussa les épaules et se tourna vers Gulig qu'elle détailla. Plus petite que la moyenne, la taille bien prise dans une tunique de drap fin, ses pieds menus dans ses souliers à boucles d'argent, ses mèches noires encadrant un visage enfantin à la peau laiteuse où brillait un regard candide et doux, son amie n'était pas belle. Mais elle avait du charme, et tant de joie et de vitalité qu'elle plaisait aux garçons plus qu'une autre.

— Il sera bientôt convaincu de ta beauté, ma toute petite, dit-elle avec gravité. Imagine, cela serait si bien si tu te mariais en même temps que moi. Nous qui avons toujours fait comme des sœurs.

Une expression mélancolique passa sur les traits de la petite Gulig et s'évanouit tout aussitôt. Bien qu'elles aient été élevées ensemble, Naïri, malgré la sincère affection qu'elle lui portait, ne se rendait pas compte à quel point il était difficile d'être celle qu'elle appelait sa « sœur ». La princesse était de rang si élevé, elle était si belle, si forte, si intelligente qu'à ses côtés, la jeune fille, issue d'une famille de petite noblesse, n'avait plus l'impression d'exister. Elle était l'ombre et la princesse, le soleil…

— Tu ne m'écoutes pas, finit-elle par dire. Il ne regarde que toi. Il ne fait attention à aucune autre.

Naïri fronça les sourcils. Le Normand l'intriguait.

— Tu dis qu'il vient de Sicile ? Que sais-tu d'autre ?

— Ce serait un bâtard d'un fils de Roger II de Sicile. Du sang royal coule dans ses veines. Il est très ami avec le patriarche et aussi avec le fils du doge.

— Oh oui, je l'ai remarqué, Leonardo Michiel, ce beau jeune homme si sévère, tout de noir vêtu.

— On le dit valeureux, il paraît même qu'il s'est échappé des geôles d'Alep.

— Il était prisonnier de Noureddin ?

— Oui.

Naïri allait poser une autre question quand un homme apparut à l'improviste devant elles, au détour de l'allée, les faisant sursauter. C'était un Esclavon à la longue chevelure, le visage rude, le nez camus, vêtu d'une stricte djellaba de soie. Il s'inclina très bas devant elles.

— Princesse Naïri ? demanda-t-il. Pardonnez-moi. Mon maître vous cherchait.

— Votre maître ? interrogea l'Arménienne.

La jeune princesse, qui avait trouvé pénibles les avances du prince d'Antioche et sa soudaine familiarité à leur sortie de table, espérait que ce n'était pas un de ses messagers. Mais l'homme avait déjà fait demi-tour, leur faisant signe de le suivre.

— Par ici, gente princesse. Il ne pourra rester très longtemps et il se languit de vous.

— Il n'a pas dit qui était son maître, remarqua Gulig qui hésitait à aller plus avant dans l'allée.

Naïri haussa ses jolies épaules.

— Et si c'était un écuyer de Roger de Saône ? s'exclama-t-elle soudain.

Elle qui avait secrètement espéré que son promis serait présent sentait son cœur s'envoler à l'idée qu'il était là quelque part à l'attendre.

— Je n'ai pas remarqué d'Esclavon dans sa suite, s'obstina Gulig. Encore moins de gens vêtus à l'orientale. Et puis, tu as vu son visage ? Il fait peur.

— Ne t'a-t-on pas appris qu'il ne fallait pas juger sur la mine ! Si Roger avait voulu me surprendre ? Ô Gulig, viens, je t'en prie ! Il est déjà loin, nous allons le perdre de vue.

Et la princesse, saisissant le bas de sa robe, la releva et se mit à courir. Gulig se décida enfin. Naïri filait devant elle, comme une gazelle, ses longs cheveux noirs se défaisant dans la course, un de ses peignes de corne, incrusté d'éclats de pierre de lune et de perles, tombant sur le sol sans que ni l'une ni l'autre s'en rendent compte. Bientôt à bout de souffle, elles aperçurent l'Esclavon qui les attendait non loin d'un petit bois où se mêlaient abricotiers et lauriers roses. Ils étaient à la limite des jardins princiers près du mur d'enceinte. Naïri allait reprendre sa course, mais sa compagne posa sa main sur son bras.

— Attends, souffla-t-elle, j'ai un point de côté. Je ne sais pas courir. Tu le sais bien. Et puis, il ne sied pas à une princesse de se présenter ainsi à son futur époux. En sueur et les cheveux défaits.

Naïri s'immobilisa. Mais ce n'était pas à cause des paroles de Gulig. Elle avait entendu bouger dans la pénombre. Il lui semblait qu'une brise soudaine agitait les feuillages. Pourtant, il n'y avait pas de vent. Derrière le mur, des chevaux hennissaient. Et soudain, une inquiétude la prit. Et si ce n'était pas son promis qui se tenait là ?

Alors qu'elle marchait lentement vers la haute silhouette de l'Esclavon, elle trouvait son idée ridicule. Un sixième sens lui criait de faire demi-tour. Pourquoi son promis se serait-il caché ?

Elles n'eurent pas même le temps de crier. Des Bédouins, vêtus de noir, les visages masqués par les plis de leurs turbans, jaillirent des ténèbres et se saisirent d'elles. En quelques secondes, elles se retrouvèrent bâillonnées, ligotées et, une fois le mur passé, jetées en travers des selles.

52

Après ce banquet qui l'avait laissé nauséeux et un peu ivre – les échansons remplissaient les coupes dès qu'elles étaient vides – Pique la Lune s'éloigna discrètement. Une furieuse envie de dormir l'avait pris et il se disait qu'une courte sieste le remettrait d'aplomb. La démarche mal assurée, le marin rôda d'abord sans but autour des barons et des dames, puis quitta les bassins et avisa un recoin sombre où, sous les lauriers roses, était enfoui un banc de pierre. Il écarta les branches pour s'y glisser, nettoya les feuilles sèches et s'allongea, les mains sous la tête, sombrant aussitôt dans un sommeil sans rêve.

Tout d'abord, il ne comprit pas ce qui l'avait réveillé, puis il entendit des voix toutes proches. Des voix d'hommes qui parlaient grec. Il faillit se rendormir. Il avait la bouche pâteuse et un vague mal de tête lui serrait les tempes, quand deux noms éveillèrent son attention. Celui du fils du doge et de Thoros de Cilicie. Mais ce n'était pas tant le fait qu'on les prononçât que l'intonation menaçante qui le réveilla tout à fait. Il écarta sans bruit le feuillage.

Un de ceux qui parlaient était de dos mais l'autre, dont il ne voyait que le visage, lui parut familier. Le brouillard dans lequel il planait se dissipa d'un coup, il manqua se redresser d'un bond, ses yeux s'écarquillèrent. C'était l'homme que Tancrède lui avait demandé de chercher : celui du port habillé comme un serviteur de prince d'une longue djellaba de soie.

53

Après un bref conciliabule à propos de l'enquête qu'il menait et de la fin de Joseph, Tancrède demanda au patriarche qu'il l'introduise auprès des personnes qu'il ne connaissait pas. Le vieil homme l'entraîna aussitôt vers la tente dorée où était plantée la bannière de Bohémond.

Alors qu'ils allaient entrer, un homme vêtu d'une riche tunique de brocart vert, des bagues à chaque doigt, leur barra le chemin. Le Normand reconnut le Génois possédant la plus grosse fortune de la principauté.

— Aymeri, peut-être pourriez-vous me présenter au sire d'Anaor ? demanda ce dernier d'une voix puissante.

— Volontiers. Messire Tancrède, voici mon ami, le vicomte Embriaco, un des représentants de la Superbe à Antioche.

— On m'a parlé de vous, vicomte, et je m'étonnais de ne pas vous avoir croisé plus tôt, remarqua le chevalier.

— C'est chose faite, messire. Je suis comme le patriarche, je vis peu à Antioche mais la rumeur m'y a fait revenir. Une rumeur déplaisante. Qui nous met en cause, nous autres Génois.

C'était à l'évidence un homme direct, qui n'usait pas de chemins de traverse dans ses propos et dont il émanait une profonde assurance, ce qui ne déplut pas au Normand.

— Je sais que vous cherchez la vérité, poursuivit Embriaco. Je vais donc vous aider. Et aider Michelis à sortir de la citadelle. Et croyez bien que je n'approuve pas tout ce qu'il a fait par le passé ! Demandez au sire Acontano où était son fils Romano pendant le sac de nos quartiers à Constantinople. Jacopo a l'arrogance des Vénitiens, mais il en a aussi les qualités. S'il est une chose qu'il sait tenir, c'est un livre de comptes. À l'époque, une cargaison de poivre a dû arriver dans ses réserves à Antioche et elle ne voyageait pas dans le bon sens. Elle venait de Constantinople, des entrepôts des Michelis... Vous êtes un homme intelligent, messire. Le renseignement vous sera utile. À vous revoir, à bientôt Aymeri.

Et il s'éloigna. Tancrède resta un moment songeur.

— Eh bien, voilà quelque chose qu'aurait dû nous dire Michelis, fit le patriarche.

Puis il ajouta comme s'il répondait à une interrogation muette de son compagnon :

— Le vicomte sait ce qu'il dit. Et en affaires, il est connu pour aller droit au but. Je suis sûr que le renseignement est exact.

Tancrède allait répliquer, quand des éclats de voix parvinrent de la tente princière.

Thoros y discutait avec le prince et un homme vêtu d'une longue chasuble brodée d'or. La discussion paraissait animée, voire houleuse.

— Venez ! ordonna le patriarche, soudain inquiet.

— Qui est l'homme avec Bohémond ? Je l'ai vu au banquet, mais je ne le reconnais pas.

— C'est normal, il est arrivé juste après votre emprisonnement, voici un an que l'empereur Manuel Comnène l'a envoyé chez nous.

— Un Byzantin.

— Oui, et l'un des plus redoutables, à mon sens !

— Que voulez-vous dire ?

— Il existe des diplomates de toutes sortes, mais Constantin Xiphilin ne vit que pour son ouvrage. Il n'a aucune faiblesse, rien.

En sentant le dépit dans la voix du patriarche, Tancrède songea que le vieil homme n'avait toujours pas renoncé à l'exercice d'un pouvoir quasi absolu sur la principauté. Seulement, le jeune Bohémond, avec ses dix-sept ans, préférait la tutelle discrète de Byzance à celle d'un religieux plus connu et acclamé que lui lors des processions.

— Il procure au prince tout ce qu'il aime, grommela Aymeri. Des puterelles, des Esclavonnes, de belles captives… et en échange, il est en train de reprendre en main la politique du prince. En un an, il s'est rendu incontournable… et il est à craindre qu'il ne s'arrête pas là.

— Qu'est-ce qui l'oppose au prince arménien ? Je croyais que l'empereur avait signé un traité avec Thoros de Cilicie ?

— C'est donc plutôt dans le sens inverse qu'il faut poser la question, mon ami. Qu'est-ce qui oppose l'Arménien à Byzance, aujourd'hui ? Tout simplement un crime de sang.

Comme Tancrède fronçait les sourcils, le patriarche poursuivit :

— Il y a entre eux l'assassinat du prince Stéphane, le frère préféré de Thoros, le père de la jolie princesse Naïri, tué par un des cousins de Manuel Comnène, le duc Andronic Euphorbenos. Crime impuni puisque ledit cousin a simplement été rappelé à Constantinople.

Ils arrivèrent à temps pour entendre Thoros jeter :

— Si ce n'était une injure à votre hospitalité, prince, et à celle de votre honoré patriarche, je repartirais aussitôt.

Bohémond paraissait stupéfait par la tournure que prenaient les choses. Il serrait nerveusement les accoudoirs de sa chaise cathèdre et jetait des regards désespérés vers son conseiller, espérant que celui-ci calmerait leur invité. La politique l'ennuyait et quand elle débordait sur ses plaisirs, plus encore. Il ne comprenait pas la colère de l'Arménien devant lequel il se sentait, malgré son rang, en infériorité. L'homme lui en imposait avec ses manières d'homme de guerre. Les lévriers de Bohémond qui somnolaient à ses pieds s'étaient dressés, frémissants. Xiphilin restait très calme, le visage lisse.

— C'est un malentendu, sire prince, fit-il en s'inclinant devant le prince de Cilicie. Je voulais juste vous saluer de la part de notre divin *Autokratôr*. Je ne pensais pas qu'un simple geste de courtoisie vous poserait problème.

— Le problème, ce n'est pas votre geste, c'est le sang versé ! Le sang des miens, de tous les miens ! gronda Thoros qui essayait de recouvrer son calme.

Il était venu ici pour faire la guerre aux Turcs, non pour parader à des banquets et s'en voulait de n'être pas déjà reparti sur ses terres.

— Ne faisons pas davantage injure au prince d'Antioche, proposa le Byzantin. Faisons la paix, voulez-vous ?

Il saisit un abricot sur la table du prince, sortit son coutel pour le couper en deux et tendit l'une des moitiés à l'Arménien.

Était-ce le fait que le fruit soit coupé comme dans l'atelier du mire ou quelque instinct secret ? Tancrède, qui avait franchi d'un pas la distance qui le séparait encore des deux hommes, heurta la main de l'Arménien qui venait de saisir le fruit. Le morceau roula jusqu'à l'un des lévriers qui le saisit dans la gueule et se redressa pour jouer. Quelques infimes secondes plus tard, il s'affaissait sur le sol où, après quelques soubresauts, plaintes sourdes et râles, il mourut.

Un grand silence se fit. Tous les regards étaient tournés vers le cadavre du chien. Une dame poussa un cri perçant.

Le regard de Thoros croisa celui du Normand. Xiphilin n'avait pas bougé. Il prit l'autre moitié de l'abricot et la porta à sa bouche avant que quiconque puisse l'en empêcher et la mangea tranquillement devant tous.

— Pauvre bête, fit-il. Sans doute a-t-elle mangé quelque viande avariée ?

Il y avait tant d'aplomb dans le geste, tant de naturel que Tancrède en resta muet, cherchant désespérément la sorcellerie pratiquée par le Byzantin, car il était sûr qu'il y avait bien eu là, au vu de tous, une tentative d'empoisonner le prince des Montagnes.

Le conseiller de Byzance attrapa un autre abricot et le tendit au prince arménien.

— Ne nous laissons pas impressionner, voulez-vous, par la fin de cet animal fragile. En désirez-vous un autre ? Ils sont excellents et mûrs à point.

— Goûteur ! appela le patriarche, reprenant ses esprits.

Un petit homme, le même qui était resté au côté du prince d'Antioche durant tout le banquet, essayant chaque mets et chaque vin avant de les lui présenter, se précipita vers le groupe et pâlit en voyant le cadavre de l'animal aux pieds de son maître. Thoros lui tendit l'abricot qu'il avait choisi. Livide, l'homme déglutit avant de prendre un lobe du fruit et d'y planter les dents. Le temps parut se ralentir, tous les regards étaient tournés vers lui. Un mince sourire s'esquissa sur ses lèvres.

— Vous pouvez le finir, goûteur, fit Thoros en se détournant. Je crois que je me passerai des abricots d'Antioche ce soir. Bien le salut, prince Bohémond, et merci pour cette soirée inhabituelle, je vais regagner mes appartements.

— Sis… ssi tôt ? bégaya le jeune homme.

— J'irai chasser le lion sur vos terres, demain à l'aube, si vous m'y autorisez.

— Bien sûr, dit Bohémond.

La large silhouette de l'Arménien s'éloigna, suivie de ses hommes. Il y eut une sorte de flottement. Seul le Byzantin paraissait à l'aise. Il remit en place les plis de sa longue robe et demanda :

— Si nous rentrions, mon prince ? Je crois que quelqu'un vous attend dans vos appartements.

Une lueur égrillarde s'alluma dans les yeux de Bohémond qui, du coup, en oublia l'incident et se leva d'un bond. Le conseiller s'était tourné vers les gardes qui se tenaient à l'entrée de la tente.

— Vous autres, plutôt que de bayer aux corneilles, jetez-moi ça au charnier ! ordonna-t-il, en désignant le cadavre du chien.

Tancrède se pencha vers Godefroy et lui murmura quelques mots à l'oreille. Le Picard hocha la tête et sortit, rattrapant les soldats qui s'éloignaient. Alors que le Normand quittait la tente avec le patriarche, un des chevaliers de la suite de Thoros revint vers lui.

— Mon maître désire vous voir, messire.

54

Les luxueux appartements que Bohémond avait offerts à l'Arménien avaient été quelque peu transformés par ses gens. Ils ressemblaient davantage à un campement de guerre qu'à la suite d'un haut personnage. Le lit de Thoros trônait au milieu d'une pièce où ses chevaliers jouaient aux dés en s'esclaffant, assis sur les luxueux tapis persans.

Contre le mur étaient alignés les armes, les harnais et les selles. Les lévriers au poil roux sautaient en tous sens. Le prince, qui se tenait devant la fenêtre aux vitres de plomb donnant sur les jardins, se tourna dès qu'il entendit son homme annoncer le Normand. Grand et lourd, ses pas faisant vibrer le parquet, Thoros revint vers les fauteuils qu'il avait fait placer au centre de la pièce.

— Tancrède d'Anaor, messire prince, déclara ce dernier en s'inclinant. Vous vouliez me voir ?

— Point de ça entre nous, messire, relevez-vous. Je vous dois la vie…

L'Arménien marqua une pause, son regard perçant fouillant celui du Normand.

— Alors que je me demandais si j'allais vous l'ôter quelques instants plus tôt…

— Que voulez-vous dire ? s'exclama Tancrède, interloqué.

— Vos regards sur ma nièce, messire, étaient fort appuyés.

Le chevalier se troubla.

— Pardonnez-moi, mon prince, si je vous ai offensé. Il n'y avait de ma part nulle pensée…

Thoros leva la main, l'anneau d'or de son sceau brillant à son doigt. Un sourire détendit son visage balafré.

— Il suffit, messire, d'ailleurs, je vous comprends. Asseyez-vous, je vous en prie. La fille de mon défunt frère est très belle. Chez nous, les poètes vantent déjà sa beauté. Parlez-moi de vous. Vous êtes un ami d'Aymeri ?

— Non, pas un ami, répondit le Normand, heureux de changer de sujet. Mais j'ai un grand respect pour le patriarche.

Une fois assis, les deux hommes restèrent un moment silencieux.

— Je ne sais rien de vous, mais vous me plaisez. D'où venez-vous ? Cet accent ?

— De Sicile, mon prince.

— Et ce regard ? Vos yeux sont davantage ceux d'un Oriental que d'un homme du Nord.

— Je les tiens de ma mère. Elle était arménienne, messire prince, elle vivait à Amalfi quand les Normands l'ont razziée. Elle s'appelait Anouche.

Cette fois, un large sourire s'épanouit sur le visage du prince des Montagnes.

— La douce, la lumineuse, la parfumée ! Vous avez du sang arménien ! Appelez-moi Thoros, mon ami ! Dorénavant, vous êtes des nôtres et ce qui est à moi est à vous. Demain, j'aimerais vous avoir auprès de moi pour la chasse. Mes hommes ont repéré un lion, un solitaire qui vit près d'une gorge dans la montagne. Qu'en dites-vous ?

— C'est une chasse que je n'ai pas encore pratiquée. J'accepte avec joie.

— Alors, c'est entendu. À l'aube, devant les écuries.

— Prince !

— Oui.

— Puis-je vous poser une question ?

— Faites.

— J'étais trop loin pour bien voir ce qui s'est passé sous la tente. Quand le Byzantin vous a tendu ce fruit, avez-vous observé quelque chose d'étrange ?

Une ombre passa sur le visage de l'Arménien.

— Je vois que vous ne croyez pas plus à la viande avariée que moi ! Mais je n'ai rien remarqué, le Byzantin a sorti son couteau, a calmement coupé le fruit en deux et m'a offert l'une des moitiés, c'est tout…

LA SALLE DU CHAPITRE

55

Caché par les buissons qui le protégeaient, Pique la Lune avait vu les deux hommes s'écarter. Pendant un bref instant, il avait cru à une hallucination ! Le plus maigre des deux, vêtu d'une riche tunique de brocart doré, s'était tourné vers le colosse, lui donnant un dernier ordre. Et il avait cru reconnaître l'homme de Constantinople, celui qui était dans la voiture bâchée sur le quai avec le Borgne !

Mais tout cela avait été si rapide ! Et maintenant tous deux s'éloignaient dans les jardins, l'un vers les tentes princières, l'autre parmi les serviteurs vers la sortie... Un bref instant, le pilote hésita, devait-il chercher Tancrède au risque de perdre son homme ou bien le suivre ? Finalement, il choisit la seconde solution et fila à la suite du géant. Ce faisant, alors qu'il allait passer le portique d'entrée du palais, il heurta un petit homme habillé avec recherche, une collection d'amulettes reposant sur son plastron. Tout d'abord fâché d'avoir été bousculé, celui-ci s'agrippa à la djellaba du pilote puis le relâcha en s'exclamant :

— Pique la Lune ! Je te savais à Antioche et j'espérais bien t'y revoir, mais si je m'attendais à te trouver au palais et habillé comme un Oriental… Tu as presque l'air d'un Grec !

L'homme baissa les yeux vers les pieds du marin et ajouta :

— Et en babouches en plus !

À un autre moment, la plaisanterie du capitaine Corato[1] aurait fait rire Pique la Lune qui avait souvent revendiqué les qualités propres aux Bretons. Pour l'heure, il eut juste l'air angoissé.

— Silence ! jeta-t-il, voyant s'éloigner la haute silhouette de celui qu'il suivait.

— Puis-je t'aider ? fit le Grec, comprenant qu'il se passait quelque chose d'insolite.

— Ma foi… hésita le pilote, oui. Suivez-moi, je vous expliquerai dès que je le pourrai.

Et ils se glissèrent dans la foule, Pique la Lune remerciant la Madone que l'étrange serviteur soit d'une carrure aussi imposante. L'homme contourna l'enceinte des jardins et entra bientôt dans un luxueux palais à la façade de marbre rose. Les deux amis se dissimulèrent dans une venelle, surveillant la ruelle déserte qu'éclairait la lune.

— Que se passe-t-il à la fin ? souffla Corato. Vas-tu m'expliquer pourquoi nous suivons celui-là ?

En quelques mots, le Breton exposa toute l'affaire. Corato hocha la tête, effleurant de la main les amulettes qu'il portait au cou comme chaque fois qu'il réfléchissait.

— Ce qu'il faudrait, c'est le capturer, mais ni toi ni moi n'y arriverons. Il y a une chance pour qu'il ne reparte pas tout de suite, nous avons besoin de renfort.

Et avant que le Breton ait pu protester, le capitaine avait disparu. Pique la Lune soupira et reporta son atten-

1. Voir *Les Guerriers fauves*, *La Nef des damnés* et *Les Dieux dévoreurs*, *op. cit.*

tion vers le palais. Le temps passa et plus d'une fois, il crut qu'il allait s'assoupir. Enfin ce fut la patrouille qui le réveilla, le pas des gens d'armes, les cris du sergent s'approchèrent. Il se renfonça dans l'ombre et vit passer les soldats. Bientôt le bruit s'éloigna et le silence revint. C'est le sentiment d'une présence qui le fit se retourner et se trouver nez à nez avec Corato. Le petit Byzantin s'écarta et lui montra ses compagnons, une dizaine de marins trapus, armés de haches et de crocs, la mine patibulaire. Un autre homme les rejoignit bientôt, tenant un cheval par la bride.

— Mes hommes. Avec eux, nous pourrons mettre la main sur ton colosse dès qu'il réapparaîtra. Il n'est pas ressorti ?

Pique la Lune secoua négativement la tête et fit signe au capitaine de se taire, une voiture approchait. Le fourgon de bois aux épais rideaux de cuir tirés par quatre chevaux s'arrêta devant la porte charretière du palais qui s'ouvrit aussitôt. Peu de temps après, la même voiture ressortit, une lourde malle arrimée sur le toit. Corato fit signe au cavalier de la suivre. L'homme sauta en selle et passa devant eux, se lançant derrière la voiture.

— Je n'aurais pas pensé à ça, murmura le Breton, admiratif.

— Tu oublies la supériorité des Grecs sur les Bretons ! se moqua Corato.

Et tous reprirent leur faction. Enfin, ils virent une dizaine de serviteurs sortir du palais avant de se séparer et de s'enfoncer dans les ruelles.

— Que font-ils ?

— Je crois que les rats quittent le navire, observa Corato. Mais où est ton homme ?

Pique la Lune haussa les épaules, les yeux lui piquaient tant il avait sommeil, mais la curiosité était la plus forte. Ils attendirent encore.

— Et s'il était dans la voiture ?

Pique la Lune ne répondit pas. Il était possible qu'ils guettent tous devant un palais vide, mais quelque chose lui disait le contraire. Enfin la porte s'ouvrit de nouveau et l'Esclavon, après un bref regard à droite et à gauche, referma et empocha la clef. Il portait une lourde sacoche de cuir à l'épaule et avait troqué son habit de soie contre un épais vêtement de drap à capuche, des braies et des bottes cavalières.

— Il va rejoindre son maître, jeta le Breton.

— Nous ne lui en laisserons pas le temps, rétorqua Corato en baisant la médaille de Neptune qu'il portait au cou. Tous ces palais antiochiens ont leurs écuries dans la ruelle attenante. C'est là que nous l'attendrons.

56

Il avait fallu toute l'autorité du patriarche d'Antioche pour que ce matin-là, avant l'aube, se réunissent ceux qu'il avait invités. La chose était si inhabituelle, le ton de la convocation si péremptoire qu'aucun n'avait osé refuser. Les traits tirés – ils avaient tous assisté au banquet et abondamment festoyé et bu –, ils entrèrent un à un dans la grande salle d'audience du palais d'Aymeri de Limoges, un lieu austère dont la plupart ignoraient même l'existence.

De hautes torches illuminaient la pièce tout en longueur où se faisaient face deux rangées de bancs. Au bout de l'allée ainsi formée se dressait un fauteuil cathèdre et un lutrin sur lequel était posée la sainte

Bible. Des parquets et des boiseries soigneusement cirés montait un parfum de miel.

Les Vénitiens, le fils du doge, Leonardo Michiel, accompagné de Jacopo et Romano Acontano, arrivèrent les premiers, puis ce furent le vicomte Embriaco et Guido Pisanus rentré la veille de Vahga. Avec ceux-là, les membres les plus éminents des trois Républiques maritimes étaient présents. Les officiers de la garde d'Aymeri, tout de noir vêtus, le sabre à la ceinture, les placèrent de part et d'autre de l'allée.

Dans cette ambiance que le prélat avait voulue sévère – on se serait cru dans la salle du chapitre d'une abbaye –, nul, même les mécontents, n'osa élever la voix. Vint ensuite, escorté par la haute silhouette du connétable Haguenier, le jeune prince Bohémond III, les yeux bouffis par le manque de sommeil et, sur son visage chiffonné, la trace de ses ébats.

Un étrange silence planait, juste troublé par le raclement des pieds sur le plancher et quelques toussotements gênés. Enfin, encadré de deux de ses chevaliers, entra le prince Thoros de Cilicie. Le silence retomba, les regards, d'une rangée de bancs à l'autre, se défiaient, s'épiaient, se détournaient.

Puis ce fut au tour du patriarche d'Antioche de faire son entrée. Revêtu d'une longue chasuble orfraisée et tenant dans sa main sa crosse émaillée, il remonta l'allée, s'inclinant de droite et de gauche, avant d'aller s'asseoir face à l'assemblée dans sa chaise haute. Il était suivi du vieux mire grec Nicétas.

Les lourdes portes de cèdre se refermèrent avec un bruit sinistre. Des hommes de la garde personnelle du patriarche se placèrent devant, les lances croisées.

— Merci à tous d'être venus si vite, fit le patriarche quand le silence fut revenu. Dieu vous bénisse, mes fils.

57

Dans une pièce attenante, Tancrède allait et venait d'un pas nerveux, sous le regard étonné de Bartolomeo Michelis.

— Cette nuit-là, vous avez bien vu Romano Acontano ? répéta le Normand.

— Oui, messire.

Le Génois semblait plus calme. L'amitié d'Aymeri de Limoges, le fait de savoir que le vicomte Embriaco avait parlé en sa faveur l'avaient touché et soudain, il entrevoyait à nouveau une vie parmi les siens. Peut-être, si tout cela se terminait bien, retournerait-il vers le petit village de son enfance ? Ussolo, quelques maisons accrochées à flanc de montagne au-dessus de Gênes. Il lui restait une sœur là-bas, elle devait avoir bien changé, elle avait six ans et lui neuf quand il était parti…

Le chevalier avait repris ses allées et venues. Il ne s'était pas couché, tournant et retournant toute cette singulière affaire dans sa tête, notant sur une tablette de cire les points qu'il voulait développer devant tous et inquiet de ne pas avoir vu réapparaître Pique la Lune. Il avait envoyé Ali et Godefroy à sa recherche, espérant que tous trois arriveraient à temps au palais d'Aymeri et que, surtout, il n'était rien arrivé au Breton. Il ne pouvait s'empêcher de comparer l'angoisse de ce moment à celui, déjà lointain, où, dans l'amphithéâtre de bois du palais de Palerme, il avait défendu son maître et ami, Hugues de Tarse[1].

1. Voir *Les Dieux dévoreurs*, *op. cit.*

Un garde frappa à la porte et le vantail s'ouvrit devant Pique la Lune, son bel habit passablement froissé, et le capitaine Corato. Un sourire illumina le visage du Normand.

— Pique la Lune ! s'écria-t-il en étreignant le pilote. J'ai bien cru qu'il t'était arrivé quelque… Et vous, Corato, je ne vous savais pas à Antioche.

— Depuis peu, messire, depuis peu, je suis arrivé hier au port Saint-Syméon.

— J'ai à vous conter, messire, déclara le Breton en se laissant tomber sur un banc. Avant de m'endormir.

— Tu dormiras plus tard. Je t'écoute.

Le Breton raconta sa cachette dans les lauriers roses, la conversation qu'il avait surprise, la poursuite et l'attente devant le palais inconnu avec Corato. Quand il eut fini, le chevalier demanda :

— Il a fui. Et l'homme que vous aviez envoyé derrière la voiture ?

— Il est revenu bredouille, messire. Les gardes n'ont pas voulu le laisser passer.

— Par quelle porte est sortie la voiture ?

— Celle qui mène à Séleucie de Piérie, messire, répondit Corato qui avait entendu la question.

— Où sont Ali et Godefroy ?

— Nous les avons croisés, ils sont retournés au palais inconnu, et venez voir, messire, demanda le petit homme en entraînant le Normand vers la porte qu'il ouvrit.

Dans le couloir qu'éclairait une torche se tenait un géant ligoté et bâillonné, le visage couvert de meurtrissures bleuâtres, les vêtements déchirés.

— Il nous a donné du mal, enfin pour être honnête, c'est surtout à eux qu'il en a donné, poursuivit Pique la Lune en désignant les solides gaillards qui surveillaient le prisonnier.

— Ne perdons pas davantage de temps ! Le patriarche m'attend dans la salle du chapitre. Pique la Lune, tu viens avec moi. Corato, rejoignez les autres.

58

Une fois le silence revenu, le patriarche se leva pour présenter celui qui venait de se placer à ses côtés.

— Pour ceux qui ne le connaissent pas encore, voici le seigneur Tancrède d'Anaor, déclara-t-il.

Le Normand s'inclina.

— C'est lui qui vous expliquera pourquoi je vous ai réunis ici, ce matin. Nous n'attendons plus que le conseiller Constantin Xiphilin. J'ai envoyé le capitaine de ma garde le chercher, mais puisqu'il n'est pas encore là, nous allons commencer sans lui. Qu'on fasse entrer le sire Michelis !

La porte derrière le siège cathèdre se rouvrit, livrant passage au Génois qui alla s'asseoir près de Pique la Lune en face des Vénitiens.

— Je vous demanderais le silence !

La voix du vieux religieux avait claqué comme un fouet.

— Laissons la parole au sire d'Anaor.

Tancrède s'éclaircit la voix.

— Vénéré patriarche, messire Bohémond, prince d'Antioche, prince Thoros, messires, merci à vous tous d'être venus ici ce matin. Je vais, sur la demande du connétable Haguenier et de votre patriarche, essayer d'élucider le mystère qui plane sur la cité d'Antioche.

Une fois qu'il eut rappelé brièvement les faits que la plupart des gens présents connaissaient, le Normand s'arrêta, laissant son regard courir sur l'assistance.

— Quand j'étais enfant, déclara-t-il, j'aimais partir à l'aube non pour chasser mais pour surprendre les animaux et comprendre leurs habitudes. Or un matin, dans les montagnes au-dessus d'Anaor, quelque chose se passa que je n'oubliai jamais. Un faucon planait, décrivant des cercles de plus en plus petits. Tout d'abord, je ne vis pas la proie qu'il avait repérée. Puis enfin, je discernai, dans une cavité dissimulée par de hautes herbes, un nid d'alouettes. Alors que le rapace allait plonger, la femelle jaillit du nid, traînant son aile sur le sol comme si elle était blessée. Du coup, le faucon se remit à planer, dérivant pour la suivre, s'éloignant du nid où étaient les petits et quand enfin le rapace fonça vers le sol, l'alouette grimpa droit vers le ciel.

Un murmure dans la salle.

— Je sais, vous vous demandez pourquoi je vous raconte cette histoire. Mais elle m'est revenue quand j'ai étudié la mort de ces trois Vénitiens. Nous sommes comme le faucon, messires, nous ne voyons que le leurre au lieu de nous attaquer au nid ! Bien sûr, la mort du sire Grimani ou celle du clerc Molino ont une signification ; bien sûr, elles ont joué un rôle dans tout ce qui vous oppose, mais elles avaient aussi celui de rendre insignifiante la mort d'un marin dont le cadavre a été jeté à la fosse commune une semaine auparavant.

Les Acontano échangèrent des regards interrogateurs. Leonardo Michiel restait impassible, attentif à la singulière plaidoirie du Normand.

— Or, Pietro, dit le « Borgne », n'était pas n'importe qui, continuait ce dernier. C'était un marin remarquable et, bien que Vénitien de souche tout comme son frère Angelo, ils louaient leurs services autant aux Siciliens qu'aux Génois ou même aux seigneurs de la mer, les Banu Maymun. Or donc, un jour de 1161, les deux frères accostèrent à Constantinople.

Tancrède sentit qu'il avait capté l'attention de son auditoire. Il fit signe au Breton de le rejoindre.

— Pique la Lune, veux-tu nous rappeler ce qui s'est passé cette année-là ?

Mal à l'aise devant cette assemblée de princes et de hauts marchands, le pilote raconta l'incendie du quartier génois et le saccage qui avait suivi, mené par les Pisans et les Vénitiens.

— Merci, fit le Normand. Nous reviendrons tout à l'heure sur Constantinople où vous viviez, à l'époque, messire Michelis ?

— Oui.

Le vicomte Embriaco encouragea ce dernier du geste.

— Cette année-là, vous avez perdu non seulement vos biens, mais tous les vôtres, votre père, votre femme et vos enfants.

Il y eut des mouvements divers dans l'assistance. Tancrède se tourna vers les Acontano.

— Vous étiez à Constantinople à cette époque, maître Acontano ?

Le vieux Jacopo fit un signe de dénégation.

— Non, messire, il y a longtemps que je ne voyage plus, même pour aller dans ma chère Venise entretenir mon palais. Et quant à ce qui s'est passé à Byzance, jamais je n'y aurais prêté la main, c'est indigne ! Je me souviens que les dommages sur les possessions génoises avaient été évalués à trente mille hyperpères.

Il y eut des murmures dans la salle. La somme était énorme et l'hyperpère, la monnaie « blanche » ainsi qu'on l'appelait, « celle qui brille plus que le feu », était utilisée par les Italiens comme monnaie de compte.

Le marchand pisan qui habitait à Tyr, Guido Pisanus, se leva à son tour pour prendre la parole.

— Il faut savoir, messire Tancrède, que ces destructions, que je réprouve tout comme maître Jacopo, ont coûté aux Pisans leurs possessions à Constantinople ! L'empereur Manuel Comnène nous a chassés hors la ville et nous avons dû nous établir dans le quartier de Galata, de l'autre côté de la Corne d'Or. Il nous a tous fallu payer pour la cupidité et la bassesse de quelques-uns d'entre nous.

— Nous sommes des lignées de marchands, non de ladres et de bandits ! reprit Jacopo avec une véhémence nouvelle.

On eût dit que la colère le remplissait par vagues successives dont la force ne faisait que croître.

— Tout nous oppose aux Génois, reprit-il en fixant le vicomte Embriaco dans les yeux, mais je ne les combats pas en vandalisant leurs possessions, mais plutôt en concluant des contrats avant eux ! Jamais je n'aurais toléré que quiconque de ma famille participe à ce genre de…

Il était si indigné qu'il ne trouvait plus ses mots.

— Vous non, maître Jacopo, reprit le Normand, mais cette année-là, où était votre fils aîné ?

Le Vénitien se tourna vers Romano.

— Tu n'étais pas à Antioche, de cela je suis sûr, j'ai eu ce problème sur une *colleganza*…

— J'étais à Venise.

Michelis se dressa sur son banc :

— Vous mentez, Romano ! hurla-t-il, la voix rauque. Je vous ai vu à Constantinople et je ne suis pas le seul !

Le jeune Vénitien se troubla. Il n'arrivait pas à soutenir le regard du Génois.

— Vous étiez avec une meute de gens comme vous, prêts à tout pour dépecer mes entrepôts. Ce que n'avaient pas volé les Pisans, c'est vous qui l'avez pris.

— D'ailleurs, n'avez-vous pas ramené, cette année-là, une grande quantité de poivre à Antioche ? demanda soudain Tancrède.

Le vieux Jacopo avait pâli. Il se souvenait parfaitement de la discussion qu'il avait eue avec son fils, cette fois-là. Seulement à l'époque, il avait eu les fièvres. Le poivre était reparti, les caisses s'étaient remplies et il n'avait pas eu la réponse à sa question. Réponse qu'il obtenait aujourd'hui dans ce tribunal improvisé et qu'il aurait préféré ne jamais avoir.

— Et comment avez-vous expliqué au sire Jacopo d'où il provenait ? insista le Normand. Comment, surtout, lui avez-vous expliqué que cette marchandise qui, d'habitude, part de chez vous pour aller vers les foires de Provins en France ou vers l'Angleterre, vienne de Constantinople jusqu'à vos entrepôts d'Antioche ? C'est rare, une marchandise à contresens, mais vous n'aviez pas le choix, n'est-ce pas ? Il fallait l'embarquer et le seul bateau disponible était le vôtre.

Comme Romano se taisait, Bartolomeo ajouta :

— Osez dire qu'ensuite vous n'avez pas suivi ceux qui ont mis le feu à ma maison ?

Le vieil homme s'était tourné vers son fils qui n'avait rien répondu.

— Parle ! ordonna-t-il d'une voix tonnante. Ou par Dieu qui nous voit, je te renierai et te chasserai devant tous !

Le silence s'était fait dans la salle, Romano s'était levé.

— J'y étais, avoua-t-il. J'arrivais de Venise et devais prendre livraison d'une commande d'orfèvrerie à Byzance. Le poivre provenait bien de vos entrepôts, mais pour votre maison, nous pensions, mes hommes et moi, que les vôtres avaient fui. Tout brûlait, nous avons pris des torches et…

59

La grande salle résonnait encore du brouhaha qui avait suivi la déclaration de Romano Acontano quand Tancrède reprit la parole :

— Nous reparlerons plus tard de Constantinople, fit-il avec autorité. Mais convenez avec moi que cela éclaire d'un jour nouveau ce qui s'est passé ici même entre les Michelis et les Acontano.

— Il semblerait, remarqua le patriarche, que la culpabilité du sire Michelis ne soit plus aussi évidente.

— Elle l'est moins encore que vous ne le croyez, révérend. Mais revenons à nos trois morts, le marin, Pietro le Borgne, Titos Grimani, grand ami de Leonardo Michiel avec lequel il est arrivé de Venise, et Giovanni Molino, qui travaillait chez les Acontano. Maître Romano, aviez-vous remarqué quelque chose d'étrange dans l'attitude de votre clerc ?

— Il fouinait partout, grommela Romano. Je voulais le renvoyer.

— Que fouillait-il ?

— Tout, messire. Nos comptes, cela encore, c'était son domaine, mais aussi nos contrats et nos correspondances avec la Sérénissime… J'ai attendu, je voulais le prendre la main dans le sac.

— Mais il est mort avant, paix à son âme, et dans d'atroces souffrances. Messire Michiel, pouvez-vous nous dire quel était le but de votre voyage à Antioche ou plus généralement en Terre sainte ?

Le fils du doge hésita.

— Je suis là pour renforcer nos liens avec tous nos comptoirs et rencontrer les Vénitiens d'Orient.

— Ici, je crois que votre position est moins bonne qu'en d'autres lieux de Terre sainte ?

— C'est exact.

— Vous avez donc pensé, tout comme le patriarche, que c'était pour nuire au développement de vos relations commerciales que Grimani a été assassiné.

— C'est exact.

— Et il vous est apparu que le coupable ne pouvait donc être que l'homme qui affichait partout sa haine et a essayé de mettre le feu au palais Acontano ?

— Oui.

— Or nous avons établi que Bartolomeo Michelis n'aurait pas fait un geste s'il n'avait été provoqué. Je veux maintenant une réponse. Qui, chez les Vénitiens ou les Pisans, a détruit la chaloupe, attaqué la maison, ravagé des dépendances et des vignes chez les Michelis ?

Jacopo protesta :

— Personne chez nous, messire, je m'en porte garant.

— Romano Acontano ?

— Non, messire. Je n'ai rien fait de tout cela.

— Et chez les Pisans ?

Guido Pisanus se leva à nouveau.

— Je suis le représentant des miens et je peux vous jurer que personne chez nous n'a fait ce que vous nous reprochez. Par contre, l'autre nuit, quand on a saccagé des maisons dans notre quartier, celui qui les menait était un géant du nom de Loup. C'est une vieille tisserande qui avait feint un évanouissement qui a entendu ses hommes l'appeler ainsi.

— Merci, maître Pisanus. Merci, à vous autres, mais alors, si vous n'êtes pas coupables, si Bartolomeo Michelis ne l'est pas, d'où viennent ces hommes commandés par un mystérieux « Loup » et surtout, posez-vous la question, qui a intérêt à vous dresser les uns contre les autres ? Qui ?

Sans laisser à l'assemblée le temps de reprendre son souffle, le Normand reprit :

— Nous avons trouvé, le chevalier Godefroy et moi-même, l'homme qui a fabriqué le poison qui a tué les Vénitiens. C'était le fils du mire Ambroise, Joseph, et il a laissé derrière lui des preuves accablantes, notamment une liste de noms que voici, en bas de laquelle figure celui d'un animal. Loup...

Le chevalier brandit au-dessus de lui le parchemin trouvé sous le carrelage de l'atelier du mire. Dans l'assistance plus personne ne disait mot, tout le monde attendait la suite.

— Joseph a aussi laissé suffisamment de poison pour tuer une centaine de personnes ! Il est mort, paix à son âme. Mais celui qui est derrière tout ça est toujours vivant. Et pour le trouver, nous devons retourner à Constantinople. Pique la Lune !

Le Breton, qui s'assoupissait sur son banc, bercé par le ronronnement des voix, sursauta et se leva d'un bond.

— Oui, messire.

— Si tu nous racontais ce que tu avais vu sur le quai à Constantinople ?

Le pilote obéit et Tancrède reprit la parole après lui :

— Un mystérieux personnage a donc donné ses ordres ce jour-là à Pietro le Borgne. Et pour cette besogne, le marin a été payé en *nomisma* d'or ! Quelle sorte de besogne pouvait accomplir un homme qui vaille autant d'argent ? N'oubliez pas que le marin connaissait du monde dans tous les ports. Qu'il pouvait recruter d'autres gens comme lui. Pendant deux jours, ni lui ni son frère ne regagnèrent le bord et pendant ce temps, le quartier génois flamba. Quand le marin revint à Antioche, voici quelques mois, il était si riche qu'il se fit construire une maison près du port, qu'il y vivait tel un sultan même s'il prenait la précaution de toujours s'habiller comme un marin. Quelle rencontre a-t-il faite sur le port ou dans la cité qui lui a coûté la vie ? Nous ne pouvons que le présumer, mais pour cela, revenons au témoignage de Pique la Lune qu'un homme grand et fort est venu questionner au port, avant-hier. Il cherchait après Angelo, le frère du Borgne. Angelo qu'on a retrouvé mort à l'aube, un poignard entre les omoplates !

Tancrède se tourna vers la porte du fond et appela les gardes :

— Amenez le prisonnier !

Le colosse, malgré ses liens et son bâillon, poussait des hurlements de rage, et donnait de telles ruades qu'il fallut l'aide de trois marins pour le traîner devant le patriarche.

— Reconnais-tu cet homme, Pique la Lune ?

— Pour ça, oui ! fit le marin en se reculant un peu. Faut dire qu'il est pas d'une stature qu'on peut oublier.

— Ôtez-lui son bâillon ! Je vous présente Loup, celui qui a détruit les maisons des Pisans, tué Angelo et fracassé la barque de Michelis.

Une fois le tissu enlevé, l'homme poussa un tel rugissement qu'un frémissement parcourut l'assemblée.

— Silence, l'homme ! ordonna Tancrède. Veux-tu parler pour sauver ta vie ?

— J'ai déchiqueté la gorge d'un homme avec mes dents ! jeta le prisonnier. Et je pourrais bien avant de mourir planter mes crocs dans la tienne.

Un des gardes donna un coup de gourdin dans les jambes du colosse mais celui-ci, qui avait à peine vacillé, garda la tête haute. Son regard était si terrible que le Normand comprit qu'il n'en tirerait rien de plus.

— Vous l'avez compris, tout ce qui se passe ici est l'écho du sac du quartier génois à Constantinople. Il ne nous manque plus qu'un nom. Celui de l'homme qui a organisé tout cela. Qui, en 1161, a payé pour monter Pisans, Vénitiens et Génois les uns contre les autres, qui ensuite, ici, a décidé de recommencer ce qui lui avait si bien réussi. Un homme que Pique la Lune a surpris hier à la fête donnée par le prince Bohémond.

Le chevalier Godefroy entra à ce moment et rejoignit le patriarche auquel il glissa quelques mots. Ali, qui le suivait, s'approcha de Tancrède et lui tendit le coffret qu'il tenait à la main.

— Ceci était sur une table en évidence avec ce parchemin à votre attention, messire.

— Merci, Ali, fit-il en se retournant vers les seigneurs. Il ne me reste plus qu'à vous raconter la fin de l'histoire, une histoire qui a failli coûter la vie au prince Thoros hier soir.

Thoros, qui n'avait pas quitté des yeux le chevalier depuis le début, hocha la tête.

— Hier soir, un homme, celui qui a acheté le poison qui a servi à tuer les Vénitiens, qui a lancé des brigands à l'assaut des différents quartiers pour fomenter une guerre entre Pisans, Vénitiens et Génois, a décidé de s'en prendre à un ennemi quasi héréditaire, les Arméniens de Cilicie. Il a donc coupé un fruit en deux et en a offert la moitié au prince des Montagnes.

Le prince Bohémond se raidit sur son siège.

— Mais, mais, bégaya-t-il, vous parlez de Xiphilin, mon conseiller. Mais non, c'est faux. Le chien avait mangé une viande avariée !

— Nicétas ! appela le Normand. J'ai fait examiner le lévrier par le mire. Dites au prince ce que vous m'avez confié.

— Le chien, Votre Altesse, a bien été empoisonné. Et je puis vous certifier que cela n'a rien à voir avec une quelconque viande. Le poison est le même qui a tué Ambroise.

— C'était un accident, s'obstina Bohémond. Il a mangé l'autre moitié devant tous.

— S'il n'est pas mort empoisonné, c'est que cette partie du fruit n'avait pas de poison !

— C'est impossible ! fit la voix du vicomte Embriaco. Pourquoi le poison ne s'est-il pas répandu dans tout le fruit ?

— Parce que, entre le poison et la partie qu'il a mangée, il y avait la lame. C'est la seule explication possible.

— Vous voulez dire… commença le patriarche.

— Que cette arme a été conçue exprès pour qu'une de ses faces empoisonne et pas l'autre !

Un lourd silence plana dans la salle, puis ce fut un brouhaha. Le prince s'était levé. Il venait de réaliser qu'on accusait de meurtres son conseiller.

— Où est Xiphilin ? Qu'il vienne se défendre, tout cela est ridicule !

— S'il était besoin d'une preuve de sa culpabilité, reprit le patriarche en réclamant le silence. Il faut que vous sachiez qu'on vient de me dire que la demeure du conseiller du prince est vide. À l'heure qu'il est, le Byzantin doit déjà être à bord d'un bateau qui le ramène vers Constantinople.

Loup, qui se tenait toujours devant le patriarche, poussa un soudain rugissement de rage et se jeta sur les marins qui le maintenaient, les entraînant vers la sortie, accrochés à lui. Il fallut que les gardes du patriarche se jettent sur lui et l'assomment à coups de gourdin pour qu'enfin le calme revienne.

— Emmenez-le, prévôt ! ordonna Haguenier qui s'était levé.

— Loup est le dernier nom qui figure sur le parchemin où Joseph, le fils du mire, a inscrit la liste de ses clients, une liste qui risque d'emmener certains au gibet.

Tout le monde s'était levé. Haguenier et le patriarche discutaient avec le prince et Thoros.

Tancrède s'éloigna, regardant tous ces gens qui maintenant discutaient entre eux avec animation. Les dissensions paraissaient envolées, les querelles effacées comme s'il n'y avait jamais eu de sang versé, de maisons brûlées, de bateaux envoyés par le fond, ni de haine.

Il se sentait soudain infiniment las. N'avait-il pas déjà connu ces jeux politiques où des gens comme un Maion de Bari ou un Xiphilin voulaient dominer la mer intérieure pour leur propre compte ou celui de leurs maîtres ? Où des puissants se partageaient le monde comme d'autres rompent le pain ?

Leonardo Michiel rejoignit le Normand qui regardait d'un air songeur le message et le coffret que lui avait remis Ali.

— Pourquoi ce Xiphilin en avait-il particulièrement après nous autres, Vénitiens, messire ?

— Je crois que vous le savez mieux que moi, répondit Tancrède. N'êtes-vous pas en train de construire pas à pas un empire qui rivalisera avec celui de Byzance ? Même si le conseiller a outrepassé son rôle, il n'a fait que servir son maître. Un maître qui voit bien que ses possessions lui échappent et qui est obligé d'employer la force ou la ruse comme à Constantinople pour maintenir un équilibre précaire. Pour ôter leurs privilèges à certains qui en ont déjà tant que bientôt Byzance ne sera plus byzantine mais vénitienne.

Une lueur s'alluma dans les yeux de Leonardo.

— Vous êtes le digne fils d'Hugues de Tarse, messire. Mais pourquoi n'avoir pas dit cela devant tous ?

Tancrède désigna le vicomte Embriaco qui discutait avec les Acontano et Michelis.

— Sans doute pour que cette paix toute relative dure encore un peu, sire Michiel.

Le Vénitien n'insista pas, le saluant avec respect avant de rejoindre les autres.

Tancrède alla s'asseoir sur l'un des bancs, déroulant le message que lui avait laissé le Byzantin.

À l'attention du sire Tancrède d'Anaor,

J'aurais dû vous tuer dès votre retour à Antioche, messire. Je ne l'ai pas fait, persuadé que cette affaire dont on vous chargeait serait trop lourde pour vos épaules, je me suis trompé.

Vous êtes un homme intelligent, j'aurais dû vous convaincre, vous rallier à la cause de Byzance, mais peut-être nos chemins se croiseront-ils de nouveau. Vous avez sauvé la vie du prince Thoros, c'était pourtant une vie que j'aurais aimé offrir à l'Autokratôr dont il a souvent bafoué la divine autorité. Mais dites au prince de ma part que si la sienne a été épargnée, il n'en sera pas de même pour celle de sa tendre nièce, la princesse Naïri...

Une plainte sourde échappa à Tancrède dont les doigts s'ouvrirent, laissant échapper le vélin et le coffret qui s'ouvrit en se fracassant sur le sol. Un poignard à la lame effilée heurta le dallage avec un bruit mat. L'un des faces de la lame était creusée d'une cavité où subsistaient encore des traces d'une pâte translucide et collante.

LA TRAQUE

60

Le prince Thoros s'était précipité au palais avec le Normand et Ali. Ils avaient fait irruption avec les gardes dans les appartements de la princesse, croyant la trouver morte. Mais les pièces étaient vides et silencieuses. Le soleil, qui s'était levé pendant les longues discussions dans la salle du chapitre, entrait à flots par les fenêtres habillées d'un vitrage au plomb. Il éclairait le dallage de marbre, les meubles cirés et les luxueux tapis des pièces réservées aux invités de Bohémond d'Antioche.

— Mes servantes, où sont mes servantes ? Allez me chercher la vieille Marale ! ordonna le prince d'une voix que la fureur rendait glacée à l'un de ses gardes.

Tancrède, de son côté, essayait de recouvrer son calme. Depuis qu'il avait lu la lettre du conseiller Xiphilin, il lui semblait que son cœur s'était arrêté de battre, que le monde avait perdu ses couleurs. Imaginer Naïri empoisonnée était tout simplement impossible, imaginer le feu de son regard éteint à jamais… Alors qu'il n'avait même pas eu le temps de se trouver en tête à tête avec elle, de lui avouer la passion qui le possédait tout entier, le jetant à sa merci. Tout en même temps, il se surprenait à penser qu'une fois de plus, la vie lui jouait un mauvais tour. Comment un bâtard de Sicile, fût-il de sang royal, pourrait-il déclarer sa flamme à une princesse arménienne ? Il avait du mal à respirer… Le Bédouin le vit pâlir et vaciller.

— Messire, demanda Ali qui l'observait. Vous allez bien ?

— Oui, oui, ça va aller, murmura Tancrède en faisant un terrible effort sur lui-même.

Dans la pièce flottait un parfum de musc et de jasmin. Naïri n'était pas morte, elle avait simplement disparu, on l'avait peut-être enlevée. Une nouvelle fois, la vie le ramenait à l'enseignement de son maître et ami Hugues de Tarse.

« Qu'avez-vous vu ? » lui disait ce dernier alors qu'il n'était encore qu'un enfant. C'était un jeu qu'ils avaient pratiqué pendant des années, mais en était-ce vraiment un ? Cette faculté d'observation était devenue une part de lui-même, comme un sixième sens. Hugues, aux instants et dans les endroits les plus inattendus – rue, cathédrale, auberge, quais, magasins… –, faisait appel à sa mémoire, le questionnant sur des sujets aussi divers que le nombre d'oies passées dans le ciel une heure auparavant, le motif d'une fibule sur l'étal d'un orfèvre, la couleur de la jupe d'une lavandière, le motif des dallages de l'abbaye qu'il venait de quitter…

Le chevalier regarda lentement autour de lui. Comment était habillée Naïri la veille au soir ? Il la revit aussitôt, mince et fière dans sa longue robe de soie verte, un jonc d'or orné de trois émeraudes autour du cou, ses cheveux noirs serrés par une fine résille d'or et de perles que maintenait un peigne… Tandis que le prince allait et venait d'un pas furieux dans la pièce, Tancrède fit le tour de la chambre, s'arrêtant près du grand lit, regardant les petits chaussons brodés, examinant le coffre sur lequel avait été jeté un mantel à capuche au col d'hermine, avant de revenir vers l'Arménien.

— Le lit est déjà fait, prince, ou bien il n'a pas été défait, ce qui voudrait dire que la princesse n'est pas rentrée hier après la fête. Il faut le savoir, car dans ce cas nous perdons notre temps ici. Quelle est la personne qui dort avec elle ?

— Sa sœur de lait, la petite Gulig. Mais comment savez-vous cela ?

— Il y a des chaussons de tailles différentes sur les tapis, l'une des jeunes filles doit avoir les pieds plus petits que l'autre.

Tandis qu'il disait ces mots, Tancrède revécut le moment où il avait rencontré Naïri et se souvint d'une toute jeune fille au visage enfantin qui jouait et riait avec elle. Il hocha la tête. Une vieille femme venait d'entrer et se jeta en pleurs aux pieds de son maître, s'arrachant les cheveux.

— Cesse et redresse-toi, Marale ! ordonna Thoros. Réponds-moi : où est ma nièce ?

— Elle est partie à la fête, mon prince, avec la petite Gulig, se lamenta la femme aux cheveux gris, la tête basse et triturant le vaste tablier qu'elle portait sur sa jupe de toile épaisse. Quand vous êtes rentré cette nuit, je suis allée à ses appartements et j'ai vu que la princesse et damoiselle Gulig n'y étaient pas encore. J'ai pensé qu'elles restaient plus longtemps que vous. Ce matin à l'aube, quand vous êtes reparti, je suis revenue voir, mais ne voyant toujours pas le lit défait, j'ai cru qu'elle ne s'était pas couchée et était repartie avec vous. Pardon, mon maître, si j'ai fauté ! Pardon !

Pendant un bref instant, le Normand crut que le prince allait la gifler, mais il se contint. Il s'était empourpré, ses mains tremblaient.

— Elles ne sont donc pas rentrées de la nuit. Si tu étais un homme, je te ferais fouetter jusqu'au sang, gronda-t-il.

La vieille leva les mains devant son visage, elle sanglotait.

— Disparais de ma vue ! ordonna le prince qui se tourna vers Tancrède. Que proposez-vous, chevalier ?

— Il faut fouiller le palais et les jardins.

Le prince rassembla ses officiers. Un chevalier arménien qui venait d'entrer alla à lui et s'inclina.

— Le connétable et le prévôt viennent d'arriver, ils sollicitent un entretien, mon prince.

— Qu'ils entrent !

Le connétable et le prévôt s'inclinèrent profondément, puis Haguenier prit la parole après un bref regard à l'appartement vide de toute présence féminine.

— Vous n'avez pas trouvé votre nièce, sire ?

— Non, mais elle n'est pas rentrée de la nuit.

— Cela corrobore ce que m'a dit un des officiers du palais, il l'a vue s'enfoncer dans le jardin après le banquet. J'ai fait rassembler tous mes hommes pour vous aider à fouiller les lieux.

— Ne perdons pas de temps, allons-y, ordonna Thoros.

Tancrède et Ali leur emboîtèrent le pas, le Normand s'efforçant de ne penser qu'au fait qu'il allait sauver celle qu'il aimait.

61

Les officiers du connétable et ceux de Thoros avaient décidé d'organiser une battue. Ils mirent leurs hommes en rang, formant un cordon qui faisait toute la largeur des jardins. Ali entraîna son maître devant les soldats.

— J'ai cherché des traces, messire, mais il y a eu tant de piétinements qu'il est impossible d'y voir clair. Pourtant, si nous pensons que la jeune femme a été attaquée ou enlevée, je crois qu'il faut aller vers le fond du jardin. Il y avait tant de monde ici, hier soir !

— Tu es un pisteur ?

Le Bédouin hocha la tête et Tancrède réfléchit un instant. Il avait visité les jardins du palais à son arrivée à Antioche et en avait même fait le tour complet avec le Vénitien Alvise, qui lui en avait expliqué le dessin et les étapes de la construction.

— Tu as raison, elles ont dû aller hors de vue des autres.

Il désigna l'une des allées sinuant entre les bosquets et disparaissant dans la verdure.

— Cette allée est la seule qui le traverse entièrement et s'achève par une clairière près de l'enceinte extérieure. Les autres ne sont que des leurres, elles ont des tracés de labyrinthe faits pour égarer les visiteurs.

Il réfléchit un instant.

— Et puis des femmes en tenues d'apparat, avec des chaussons de daim brodés, ne couperaient pas à travers les palmeraies, elles resteraient sur l'un des chemins.

Laissant derrière eux les soldats qui se mettaient en branle, s'interpellant de loin en loin, les deux hommes se glissèrent entre les buissons, suivant les méandres du chemin de sable.

Ils marchaient lentement, le chevalier derrière le Bédouin. Quand celui-ci ralentit davantage encore et finit par s'arrêter, s'agenouillant pour observer d'infimes traces.

— Deux personnes légères sont passées par ici, messire. Ce pourrait être nos femmes.

Il continua, se courbant avant de s'immobiliser à nouveau.

— Que vois-tu ?

— Ceci, fit Ali en désignant le sol.

Tancrède chercha en vain ce que son compagnon lui montrait. Autant il était habitué à pister des animaux et des gens sur la terre et même dans la neige, autant il avait du mal avec le sable. Là où le Bédouin était dans son élément, il se sentait, lui, complètement aveugle.

— Il y avait un homme, affirma Ali. Grand et lourd.

Le Normand sentit son cœur battre plus fort. Il allait repartir. L'autre l'arrêta.

— À partir de là, les femmes, si ce sont elles, se sont mises à courir.

— Elles étaient poursuivies !

— Non, elles couraient derrière lui.

Le Bédouin s'écarta un peu et, soulevant la feuille qui le cachait à demi, ramassa un objet qu'il tendit au chevalier.

— Son peigne ! s'exclama Tancrède en reconnaissant les perles et les pierres de lune incrustées dans l'écaille.

Il tremblait presque en étreignant le peigne de corne.

— Nous sommes sur la bonne piste. Allons ! Allons !

— Doucement, messire, restez derrière moi.

Le Bédouin reprit sa lente progression, exaspérant malgré lui le Normand. Enfin, d'un coup, l'homme du désert s'arrêta et disparut dans les buissons sur le bas-côté, Tancrède resta indécis. Quand Ali revint, son visage s'était assombri.

— Continuons ! murmura-t-il sans donner d'explications.

Ils reprirent leur marche et le Normand aperçut la cime du mur d'enceinte, ils débouchaient dans une sorte de clairière, cernée par des palmiers et des lauriers roses. Ali montra le sol sableux. Même pour le chevalier s'y entremêlaient plusieurs traces, y compris certaines venant des buissons environnants.

— Il y a eu bataille. Les deux femmes ont été enlevées, messire, déclara le Bédouin, mais il n'y a pas trace de sang. Elles ne sont pas blessées. On les a fait passer par-dessus la muraille…

— Fais-moi la courte échelle !

Quelques instants plus tard, ils avaient passé l'enceinte. Il y avait des traces de sabots.

— Ils étaient nombreux, messire, une vingtaine de cavaliers au moins. Des chevaux…

— Nous allons les retrouver.

— Cela va être dur, messire. Ce sont des Bédouins !

62

Le prince Thoros avait écouté sans mot dire le récit de Tancrède d'Anaor, manquant briser le peigne de corne de sa nièce entre ses doigts puissants.

— Vous partiriez donc en éclaireurs, messire ?

— Oui, prince. Ils ont beaucoup d'avance sur nous et, d'après Ali, nous avons une chance de les rattraper si nous partons sans attendre.

— J'ai le vieil Achod avec moi, mon meilleur pisteur. Je vais rassembler mes hommes, nous vous suivrons avec une centaine de cavaliers. Mais avant, messire…

Il fit ouvrir la porte des écuries.

— Choisissez deux montures supplémentaires parmi les miennes pour vous et votre guide. Vous en aurez besoin. Il y a là des pur-sang mais aussi des chevaux de l'Amanus.

— Va les choisir, Ali, demanda Tancrède.

Le prince regarda le Normand.

— Pourquoi faites-vous tout cela ? Rien ne vous lie à nous, chevalier. C'est moi qui suis votre obligé et non l'inverse.

Le Normand chercha ses mots. Il repensa soudain aux femmes qu'il avait aimées, la toute première, Sigrid, la guerrière qui faisait l'amour avec tant de fureur et avait fini enchâssée dans son armure de glace. Gaia, la jolie Grecque, celle qui aimait l'amour, qui avait tout donné sans rien exiger. Et puis la terrible et fascinante fille du prince de Capoue, Sykelgaite… Rien que d'évoquer son nom lui faisait mal. Elle avait été sa dame noire, celle avec laquelle il avait failli perdre son âme… Il les avait toutes aimées, mais aucune d'entre elles n'avait éveillé en lui la passion qu'il ressentait pour Naïri. Comment expliquer cela au prince Thoros ?

— Ne voyez aucune offense dans mes paroles, seigneur prince. Vous me demandez la vérité, je vous la donne et n'en connais nulle autre. Quand j'étais sous la *khaima* dans le désert, j'ai rêvé d'une femme qui m'aimait et que j'aimais. Et puis, j'ai croisé votre nièce dans les jardins du palais… J'ai vu son regard.

Il s'arrêta, si ému qu'il était incapable de poursuivre. Thoros secoua la tête.

— Il n'y a pas offense, messire. « Nul ne connaît ce qui arrivera demain… » Savez-vous que ma nièce est promise à l'héritier des Saône ?

Tancrède pâlit et secoua la tête.

— « Nul ne connaît ce qui arrivera demain », il a fallu que je fasse ce voyage vers Antioche, pour me rendre compte à quel point je tenais à elle. Elle ressemble tant à mon défunt frère, Stéphane. Elle est tout ce qui me reste de lui. Vous me plaisez, messire. Vous avez dans vos veines le sang des nôtres, vous m'avez sauvé et vous allez risquer votre vie parce qu'une femme vous est apparue en rêve et qu'elle ressemble à Naïri.

Thoros se tut. Tancrède ne bougeait pas, le cœur battant à tout rompre.

— Si vous retrouvez Naïri, messire d'Anaor, si vous me la ramenez saine et sauve, elle sera à vous !

L'émotion empêcha le jeune homme de répondre. Il crut avoir mal entendu, mais l'Arménien reprit :

— Je m'expliquerai avec les Saône, ajouta-t-il. Par la faute du messager du patriarche Aymeri de Limoges, les fiançailles n'ont pas encore eu lieu, il n'y aura pas injure. Et par Dieu qui nous voit, messire, et par mon droit, moi, Thoros II, prince de Cilicie, je vous marierai à Vahga !

Ali revint, tenant deux solides petits chevaux de montagne, aux membres puissants, à l'encolure large.

— Le Bédouin a fait le bon choix, approuva Thoros. Ceux-là sont plus endurants que des chameaux ! Partez, maintenant.

L'Arménien tourna les talons, donnant des ordres à ses officiers. Une trompe résonna aussitôt, sonnant le rassemblement. Les pensées du Normand revinrent vers sa longue errance. La promesse de l'Arménien lui faisait entrevoir ce qui serait peut-être la fin de sa quête. Un havre où il trouverait sa place. Peut-être sa patrie serait-elle cette petite princesse aux yeux verts pailletés d'or ? Étrange retour des choses puisque, comme son père, le duc de Pouilles, il était tombé en amour d'une Arménienne. Quand il l'avait vue se dresser devant l'ours, son cœur avait tremblé et tout en même temps, il l'avait aimée davantage…

Il sauta en selle, entraînant derrière lui un des chevaux de l'Amanus et rattrapa le Bédouin. Les deux cavaliers retournèrent derrière les jardins du palais d'Antioche. Ali réexamina le sol puis ils repartirent. Tancrède menant son cheval au même rythme que celui du Bédouin malgré l'envie qu'il avait, le cœur gonflé par les mots de Thoros, de le cravacher pour rattraper le temps perdu. Ils franchirent l'Oronte et là, Ali s'immobilisa de nouveau.

— Que fais-tu ? s'impatienta le chevalier.

Sans répondre, le Bédouin s'était accroupi, ramassant des branches mortes et des herbes desséchées, avant de sortir une bourse de cuir de sous sa djellaba. Quelques minutes plus tard, une mince colonne de fumée s'éleva, montant tout droit dans l'air. Il jeta encore quelques brindilles sur les flammes puis des feuilles sorties de sa bourse qui grésillèrent, répandant une odeur âcre et dégageant de la fumée. Enfin, il sauta en selle et prit le galop.

Tancrède se lança à sa suite, hors de lui-même, se sentant plus près que jamais de l'aboutissement de la quête qu'avait été sa vie jusqu'à ce jour.

63

Les Bédouins s'étaient arrêtés dans un immense cirque rocheux fermé par de hautes falaises, permettant aux deux jeunes filles de faire quelques pas. Ils leur avaient ôté leurs liens et leurs bâillons et Naïri y avait vu un présage sinistre. S'ils faisaient ainsi, c'est qu'ils ne craignaient déjà plus qu'on les entende crier ni qu'elles se sauvent.

Leur chef, un homme trapu aux traits épais, la tête recouverte de trois tours de turban, aboyait ses ordres, pressant ses hommes de la voix et du geste. Les chevaux de remonte avaient été sellés en un tournemain, les outres portées près de l'eau. En d'autres circonstances, Naïri et sa compagne auraient trouvé l'endroit magique. Enchâssé comme une perle dans sa coquille, un petit lac aux eaux turquoise transpercé de la flèche d'une cascade se nichait contre les parois rocheuses. Des arbustes aux troncs noueux, aux feuillages gris poussaient là, dans un sol fait de cailloux et de sable ocre rouge.

Main dans la main, les jeunes filles étaient allées s'asseoir sur un rocher près d'une plage de sable blanc, laissant la fraîcheur de la cataracte et ses milliers de fines gouttelettes scintillantes mouiller leurs visages et leurs vêtements. La robe déchirée, les cheveux en bataille, souillées par la poussière, les traits tirés, elles avaient piètre allure.

— Que vont-ils nous faire, Naïri ? demanda Gulig dont les lèvres tremblaient. Pourquoi nous ont-ils enlevées ? Que nous veulent-ils ?

— Sans doute demander une rançon à mon oncle.

— Et si c'était pour nous vendre au marché aux esclaves ? Et puis, si ton oncle te rachète, il ne me rachètera pas, moi ! Qu'est-ce que je vaux ? Rien. Je ne suis que de basse caste et pour moi, personne ne payera…

— Vas-tu te taire, Gulig ! s'énerva Naïri. Tu dis n'importe quoi. Mon oncle nous rachètera toutes les deux, il sait bien combien je tiens à toi.

Gulig ferma la bouche, elle avait les larmes aux yeux. Quant à la princesse, elle observait les hommes du désert qui faisaient boire leurs montures puis remplissaient leurs réserves d'eau. Ils étaient une vingtaine ou davantage, tous armés de sabres courbes, d'arcs et de lances.

— Ils ont prévu de nous emmener loin, observa-t-elle tout en déchirant de petits morceaux de sa robe de soie verte qu'elle glissait ensuite dans la bourse à sa ceinture.

— Que fais-tu ? Arrête, ta pauvre robe !

— Silence ! fit Naïri en glissant l'un des morceaux sous un caillou. Aide-moi plutôt, déchire des lanières sur la tienne aussi. Mon oncle ne part jamais sans emmener son pisteur favori, le vieil Achod. Je vais juste l'aider un peu, au cas où ceux-là effaceraient nos traces.

Gulig se mit à déchiqueter sa robe et à donner les bouts de tissu à la princesse. Tout cela l'angoissait et elle n'avait pas l'assurance de son amie.

— J'ai peur, Naïri, avoua-t-elle dans un murmure. Et s'ils allaient nous tuer ou nous violer ou nous vendre ?

La princesse secoua la tête.

— Ne t'en fais pas, on va s'en sortir, ma toute petite, répondit-elle distraitement.

Elle regardait les chevaux, se demandant s'il n'y aurait pas moyen d'en voler un, quand l'un des Bédouins se dirigea vers elles. Elle referma prestement sa bourse et se redressa, faisant mine d'arranger ses cheveux en désordre.

L'homme leur donna l'ordre de se lever. Il parlait un arabe complexe dont elles ne comprenaient pas toutes les inflexions, mais ses gestes étaient clairs. Naïri aida Gulig qui tremblait de tous ses membres.

— Cesse, je t'en prie ! Ne leur montre pas ta peur ! Mon oncle sera bientôt à nos trousses.

— Mais quand ? Quand ? gémit la jeune fille qu'un Bédouin souleva de terre pour l'asseoir en selle devant lui.

Gênée par sa longue robe, la princesse se laissa aider à son tour et s'installa en amazone devant un autre cavalier. Le chef donna le signal du départ. Elle serrait sa petite bourse brodée entre ses doigts, espérant avoir découpé assez de tissu pour les lieues à venir.

64

Le Normand n'avait toujours pas compris comment sur ces terres arides et sèches les Bédouins arrivaient à suivre une quelconque piste. Certes, Ali descendait souvent de cheval, s'agenouillait, faisait quelques pas, mais ils finissaient par repartir, suivant des traces qui restaient invisibles à ses yeux. Le Bédouin s'arrêta, un instant, flattant l'encolure souillée d'écume de sa bête, attendant qu'il le rejoigne.

— Nous entrons sur le territoire de Noureddin, messire, fit-il en désignant un cairn où était plantée une bannière aux couleurs du sultan.

— Peu importe, Ali. Continuons. As-tu une idée de la direction qu'ils prennent ?

— Vers le désert, sans doute, messire.

La voix était grave. Ils savaient tous deux que s'ils y pénétraient, ils n'auraient pas assez d'eau et rien à manger. Depuis un moment, Tancrède trouvait son compagnon plus nerveux, il semblait avoir perdu son impassibilité et regardait fréquemment derrière lui. Plusieurs fois aussi, à l'attention du pisteur de l'Arménien, disait-il, il avait fait de petits cairns de pierres… Signal de leur passage.

Ali resta un moment à regarder l'empilement de roches et le drapeau marquant la frontière entre les territoires francs et turcs, il semblait indécis. Tancrède enroula autour de sa tête le châle indigo qui ne l'avait pas quitté. Il était en sueur.

— Allons ! fit-il en poussant son cheval vers la borne.

Ils repartirent, traversant une longue plaine menant à de hautes falaises. Tancrède, en voyant cette barrière rocheuse en travers de leur route, crut un instant qu'ils s'étaient égarés, mais Ali lui désigna une faille.

— Ils sont passés par là, messire.

Mettant leurs chevaux au pas, ils entrèrent dans un étroit défilé que cernaient des murs abrupts. Tout y résonnait d'une étrange façon, du bruit le plus infime jusqu'aux pas de leurs chevaux qu'étouffait pourtant le sable sur lequel ils marchaient. Le ciel paraissait loin entre ces parois verticales. Mais au moins, dans les profondeurs de cette crevasse, subsistaient une vague fraîcheur et de l'ombre. Les petits chevaux de l'Arménien attachés par leur longue bride avançaient vaillamment derrière eux et le Normand se dit qu'ils feraient bien de changer de monture. Ils débouchèrent enfin dans un cirque rocheux où scintillaient les eaux turquoise d'un lac. Une cascade jaillissait à mi-hauteur de la paroi et transperçait la surface calme, où sur un fond de sable clair dansaient des myriades de petits poissons.

— Ils se sont arrêtés ici, observa Ali en mettant pied à terre.

Il se pencha pour examiner les empreintes dans la boue au bord de l'eau, Tancrède, qui l'avait rejoint, alla chercher les outres qu'il remplit puis fixa sur les selles.

— Ils ont pris les chevaux de remonte.

Le Normand hocha la tête tout en suivant la rive. Il marchait lentement en essayant de se remémorer la discussion qu'il venait d'avoir avec Thoros. Sauver Naïri, la ramener à son oncle et l'épouser ! Tout cela ressemblait à un rêve trop beau pour être vrai…

Dans cet univers minéral où les plus vives couleurs étaient celles de l'eau, un éclat vert sous un galet attira son attention. Il s'approcha et contempla un moment le morceau de soie. Un frisson le secoua, c'était le premier véritable indice montrant que la princesse Naïri était vivante.

— Ali ! appela-t-il.

Le Bédouin s'approcha puis, suivant son regard, souleva la pierre pour saisir délicatement l'étoffe.

— C'est la princesse qui l'a mis là à l'insu de ses gardes, messire.

Il fit un petit cairn et plaça le morceau de soie à son sommet maintenu par un caillou.

— Ils sont bien une trentaine de cavaliers avec des chevaux de remonte et une grosse provision d'eau, messire. Ils se dirigent droit vers le désert, j'en suis sûr maintenant… Qu'allons-nous pouvoir faire, seuls, vous et moi ?

Tancrède allait répondre quand il entendit un hennissement derrière lui.

Il se retourna, mais il était trop tard : des cavaliers bédouins armés de lances et de sabres les encerclaient. Le chevalier dégaina son épée et recula d'un bond, escaladant les rochers.

— Ali ! hurla-t-il. Viens !

Mais le Bédouin ne bougea pas.

Tancrède s'adossa à la roche, évaluant ses chances. Il était acculé à la falaise, ils étaient bien une cinquantaine et il en arrivait d'autres par le défilé. Il brandit son épée devant lui, la tenant à deux mains, prêt à vendre chèrement sa vie… Il lui sembla que le temps ralentissait, puis les cavaliers s'écartèrent pour laisser passer celui qui était leur chef.

Monté sur un cheval de bataille, une bête superbe à la robe de satin blanc harnachée d'or et d'argent, le chef bédouin était habillé d'un burnous de drap fin, dont seules dépassaient ses bottes de cuir souple glissées dans des étriers damasquinés. Le destrier s'avançait au pas, faisant tinter les grelots fixés à son poitrail. Les yeux du Normand s'agrandirent, cette haute et fière silhouette… Le chef bédouin ôta sa capuche, révélant un visage maigre aux pommettes hautes où brillaient des yeux d'un noir de jais.

— *Allahou aalam*, Dieu seul sait ! déclara Rafik en le saluant.

LES CHACALS PLEURENT LA NUIT

65

Le paysage accidenté au début, gorges, défilés, montagnes, s'était aplani, devenant une étendue lisse qui reflétait le soleil. À la nuit tombée, les ravisseurs des deux jeunes femmes avaient enfin fait halte. Autour d'eux s'étendait une plaine caillouteuse que survolaient des faucons. Gulig descendit de cheval et s'affala sur le sol plus qu'elle ne s'assit. Ils avaient tant galopé qu'elle avait l'impression que tous ses os étaient rompus, que ses muscles étaient noués. Les hommes du désert leur avaient donné des burnous et des couvertures dans lesquels elles s'enroulèrent. La chaleur était devenue si intense que les captives, en nage, frissonnaient maintenant.

Naïri se frotta le visage, la sueur avait collé la poussière sur son front, autour de son nez et de ses yeux. Un court instant, elle revit son image dans le miroir à Vahga. Elle tordit ses cheveux pour les relever, ils étaient gris et pleins de sable. Un Bédouin s'approcha et leur donna une gourde à laquelle Gulig faillit boire avant son amie.

— Pardon ! s'excusa-t-elle en la lui tendant.

Naïri la repoussa.

— Bois ! ordonna-t-elle.

La petite but avidement, puis tendit l'outre de peau à la princesse qui laissa le liquide tiède couler dans sa gorge avant de la reposer à regret à côté d'elle. Elle soupira et regarda alentour. Elle avait souvent voyagé avec son père mais n'avait jamais vu de paysage semblable.

— Où nous emmènent-ils ? demanda-t-elle. Gulig ? Gu…

Elle se retourna et s'aperçut que son amie s'était enfoncée dans ses couvertures et dormait profondément. Elle la recouvrit, lui caressant les cheveux avec douceur, puis regarda à nouveau les cavaliers qui s'affairaient autour d'elles. Elle avait sommeil, elle aussi, mais l'envie de s'évader la taraudait. Seulement, comment fuir avec Gulig ? Voler un cheval ? La petite montait mal et serait incapable de se tenir seule en selle… Dérober une arme, mais comment ? Les Bédouins avaient mis leurs lances en faisceau et installé les chevaux tel un rempart autour d'eux. Leurs sabres courts et leurs poignards pendaient à leurs ceintures et ils devaient dormir avec.

L'un des hommes du désert faisait le guet pendant que les autres allumaient un feu ou sortaient des fontes de leurs selles des lanières de viande séchée et des dattes.

La faim la saisit par surprise, la sensation d'avoir une bête dans les entrailles. Depuis quand n'avait-elle pas mangé ? En repensant au banquet où elle avait picoré, la salive lui monta à la bouche. Elle voyait défiler le paon habillé d'or, les soringues d'anguilles… Si elle avait su… La danseuse tourbillonnait devant elle, l'ours s'approchait, le vent soulevait les vélums près des bassins illuminés et ce beau chevalier normand aux yeux verts qui la regardait…

Il lui sembla que tout cela n'était plus qu'un rêve qui se dissolvait, s'évaporait…

La réalité, c'étaient ces ennemis, ces guerriers qui les emmenaient elle et sa sœur de lait. Elle n'était plus si sûre qu'ils allaient exiger une rançon. Elle joignit les mains en une courte prière à la Madone et à son oncle, le suppliant de venir les chercher, puis se remit à déchiqueter sa robe, glissant les petits morceaux de soie dans la bourse brodée qu'elle avait vidée pendant leur longue course. C'est dans cette position que le sommeil la prit. Le garde qui venait leur porter à manger haussa les épaules et laissa la gamelle près d'elles.

66

Le museau levé vers la lune, le chacal lança son appel, bientôt repris de loin en loin par d'autres. Pleurs lointains, étranges, qui vous mettaient au cœur une singulière mélancolie.

Le guetteur soupira, ses yeux le piquaient à force de fixer cette étendue vide, parsemée de roches et de monticules sableux. Dans peu de temps on viendrait le relayer. Il baissa un instant le regard et se gratta le bras. Quand il releva la tête, il lui sembla qu'il avait vu quelque chose bouger devant lui, là-bas. Une gerboise sans doute. Ces petits animaux sortaient la nuit, sautillant avant de se terrer dans leur cachette quand le soleil revenait. Il soupira de nouveau et tomba mort, la gorge tranchée.

En quelques instants, les hommes de Rafik jaillirent du sable et des rochers alentour, cernant le camp. L'un des Bédouins se dressa sur sa couche les voyant sauter par-dessus les chevaux. Il lança un cri d'alarme et retomba en arrière, une flèche entre les deux yeux.

Les chevaux hennirent, effrayés par l'attaque, ils essayaient de fuir malgré leurs attaches. Puis ce fut une mêlée terrible.

Tancrède avait bondi dans le camp avec Ali, donnant de l'épée pour se frayer un chemin vers ceux qui encadraient Naïri et Gulig. Cette dernière, réveillée en sursaut, avait poussé un hurlement strident. La nièce de Thoros s'était dressée droite et fière.

— Couchez-vous ! hurla Tancrède qui voyait les flèches siffler autour d'elles.

La jeune princesse plongea à terre, entraînant sa compagne. Un court instant, Tancrède en était sûr, leurs regards s'étaient croisés et elle l'avait reconnu.

Ensuite il n'y avait plus eu que le sang. Leurs adversaires se défendaient pied à pied avec une rage silencieuse. Les deux tribus paraissaient se connaître, elles s'interpellaient parfois, se lançant des injures, puis la bataille reprenait, les sabres fauchaient, taillaient et enfin ce fut le silence. Les Bédouins de Rafik poussèrent des cris farouches. L'ennemi était mort. Déjà, certains dépouillaient les cadavres. Tancrède se précipita vers les deux femmes à demi ensevelies sous les corps.

— Princesse Naïri, damoiselle Gulig, appela-t-il en les dégageant avec la soudaine angoisse de les trouver blessées ou mortes.

La jeune Arménienne saisit sa main et se redressa, repoussant le bras inerte d'un cadavre.

— Où est Gulig, mon Dieu, elle est pleine de sang ! fit-elle en soulevant la tête de son amie.

— Laissez-moi faire, princesse ! Vous aussi, vous êtes couverte de sang.

Il posa sa main sur la gorge de la petite.

— Je crois qu'elle a eu peur, princesse, elle n'est qu'évanouie.

Il examina les membres de Gulig.

— Elle n'a rien de cassé.

Il la souleva et alla la poser à l'écart, sur du sable propre, l'enveloppant de son burnous.

— Vous êtes mire ? demanda Naïri qui l'observait.

— Non, mais mon maître Hugues de Tarse m'a enseigné quelques notions. Comment vous sentez-vous, damoiselle ?

La princesse redressa fièrement le menton. Une sensation d'irréalité l'envahissait lentement, qu'elle essayait de combattre. Elle avait l'impression que la voix du chevalier devenait lointaine, lointaine...

— Très bien, messire...

Et elle s'affaissa sur elle-même, inconsciente.

67

Quand la princesse revint à elle, tout d'abord, elle crut rêver. Elle était allongée sur une couche moelleuse, entourée de selles aux étriers damasquinés, de tapis précieux et de coussins de soie et au-dessus d'elle flottait une toile de tente soutenue par de hauts piquets. Elle entendait des murmures derrière la cloison de toile, des rires étouffés... Le jour devait s'être levé, mais elle n'avait plus aucune notion du temps.

— Comment vous sentez-vous ? murmura une voix douce.

Elle sursauta et aperçut le chevalier, son regard inquiet posé sur elle.

— Je… Je vais bien, merci, chevalier.

Elle regarda ses mains blanches aux ongles roses posées sur le drap qui la recouvrait, les boucles brunes de ses cheveux… Se rappela la poussière et le sang sur son corps et s'empourpra.

— Qui m'a… ?

— Ne vous inquiétez pas, damoiselle. Une vieille femme vous a lavée et vous a revêtue d'une gandoura de soie. Votre robe verte était en haillons.

La rougeur sur les joues de la princesse ne s'estompa pas. Elle imaginait ces mains étrangères sur elle. Elle ne se rappelait rien.

— Elle s'est occupée aussi de votre compagne, reprit Tancrède.

Il devait faire un effort surhumain pour ne pas la prendre dans ses bras tant sa fragilité la rendait désirable.

— Gulig ?

— Elle dort dans la tente voisine avec les femmes. Elle va bien, damoiselle. Mais elle est moins résistante que vous.

— Je… Je ne sais même pas votre nom.

Elle avait oublié celui que lui avait donné Gulig. Elle se souvenait vaguement qu'il avait été question de la Sicile, du fils bâtard d'un roi… Elle se sentait si fatiguée encore. Jamais elle n'avait éprouvé un tel épuisement. Elle essaya de se redresser, mais il la prit fermement aux épaules, la forçant à rester allongée.

— Restez tranquille, princesse. Mon nom, je n'ai jamais eu le temps de vous le dire, je suis Tancrède d'Anaor. Je viens de Sicile.

Elle avait la gorge sèche. Sa langue lui collait au palais.

— J'ai soif, chevalier.

— Ne bougez pas, ordonna-t-il en traversant la tente pour aller à une table basse où étaient disposées une aiguière et des coupes.

Elle le suivit du regard, détaillant sa haute stature, sa taille mince, ses épaules larges. Quand il revint avec l'une des coupes, elle fut frappée une nouvelle fois par le vert de ses yeux que faisaient ressortir le blond presque blanc de ses cheveux et le hâle de sa peau. Gulig avait raison, il était beau et, s'il n'y avait eu Roger de Saône, sans doute aurait-elle pu l'aimer.

— Merci, dit-elle.

Il l'aida en la soulevant et la réinstalla ensuite dans ses coussins.

Un moment passa. Il la regardait sans mot dire et ce regard appuyé devant lequel elle se trouvait nue et sans défense la gênait, l'inquiétait. Elle était partagée entre l'envie de le remercier – ne lui avait-il pas sauvé la vie ? – et l'angoisse de ne rien connaître de lui. Pourquoi était-il venu à son secours et non Roger de Saône ou son oncle ? Qui était-il vraiment ? Qui étaient les féroces Bédouins qui l'accompagnaient ?

— Si vous m'expliquiez, balbutia-t-elle, cherchant ses mots.

Elle avait encore soif mais n'osait réclamer de peur de sentir à nouveau sa main dans ses cheveux.

— Qui êtes-vous ?

— Je vous l'ai dit, répondit le chevalier qui, tout à sa fascination, n'avait pas songé qu'elle puisse rester si réservée.

Elle semblait effrayée comme s'il y avait encore quelque danger.

— Ce n'est pas votre nom que je veux, s'énerva-t-elle soudain. Où est mon oncle ? Pourquoi êtes-vous venu à mon aide ? Qui sont ces guerriers ? Où suis-je ? Quel est cet endroit ?

Il s'agenouilla, posant la main sur son front, inquiet soudain qu'elle ait contracté quelque fièvre.

— Calmez-vous, damoiselle. Tout va bien, vous êtes en sécurité. Le prince Thoros arrive, j'ai envoyé

Ali le chercher. Les Bédouins qui vous ont sauvée sont la tribu du cheikh Rafik, un homme avec lequel je me suis échappé des geôles de Noureddin.

— Vous n'avez pas répondu à mon autre question, murmura-t-elle, épuisée par l'effort qu'elle venait de faire. Pourquoi vous ?

Elle restait si distante, si fragile que le Normand ne sut que répondre. Il avait imaginé tout autrement ses retrouvailles avec elle. Il aurait voulu lui déclarer son amour, les mots restèrent coincés dans sa gorge.

— Quand on s'est aperçu de votre disparition…

À ce moment, un Bédouin grand et maigre entra dans la tente, il s'inclina devant la petite Arménienne.

— Je vous salue, princesse, je suis le cheikh Rafik. J'espère que vous allez mieux et que mon hospitalité vous convient. Si vous désirez quelque chose…

Naïri resta un moment muette, figée, puis se reprit :

— Merci, cheikh Rafik. Je vais très bien.

Le regard perçant du Bédouin passa de la jeune fille au Normand.

— Je vous laisse, fit-il en s'inclinant de nouveau.

Et il sortit. La princesse sentit ses paupières s'alourdir et elle se rendormit.

68

Droite comme un gisant, Naïri dormait, son souffle léger soulevant sa poitrine, ses mains aux ongles roses croisées sur les draps. Tancrède détailla son visage tout à loisir, partant de la racine de ses cheveux où frisaient de petites boucles folles à l'arc parfait de ses sourcils, au dessin de son nez, de ses lèvres pleines délicatement ourlées. Ses cheveux épars sur les coussins faisaient une couronne à son fin visage aux yeux clos.

Il s'était assis tout près d'elle. Elle était si belle, si proche et lointaine à la fois. Il aurait voulu s'allonger près d'elle, la prendre dans ses bras… Il avança lentement les doigts et effleura sa joue. Un frisson le parcourut tout entier tant sa peau était douce et il retira sa main comme s'il s'était brûlé.

Naïri avait ouvert les yeux et le regardait fixement. Il se redressa, voulut dire quelque chose, s'excuser d'avoir porté la main sur elle mais resta muet.

— Depuis notre rencontre près du bassin, commença-t-elle…

Elle chercha ensuite ses mots, ne les trouva pas, se douta au regard fiévreux du Normand qu'ils étaient inutiles.

— Pourquoi, chevalier ?

L'homme s'agenouilla comme en prière, il ne pouvait plus ne pas parler, il devait trouver les mots.

— Parce que je vous ai aimée dès le premier regard, damoiselle, souffla-t-il. Parce que depuis plus rien n'existe que vous. Vous êtes celle que j'attendais, que je cherchais sans même le savoir. Vous êtes l'aboutissement du voyage qu'est ma vie. Ici même, sous la *khaima*, j'ai rêvé de vous après mon évasion d'Alep, j'ai vu vos yeux verts pailletés d'or, ici même je vous ai vue sur cette couche…

Naïri leva la main.

— Non, chevalier, vous vous méprenez, le coupa-t-elle plus sèchement qu'elle ne l'aurait voulu. Vous vous trompez de femme. Je ne pourrai jamais être celle-là.

Son cœur battait fort, entre la surprise, la colère et la peur, cette dernière peut-être plus forte que ses autres émotions.

— J'aime quelqu'un d'autre, ajouta-t-elle avec précipitation. J'aime mon promis, Roger, l'héritier des Saône.

Elle saisit le jonc aux émeraudes qu'elle portait toujours à son cou et se rendit compte que ses mains tremblaient.

— Je lui ai donné mes couleurs, je dois et veux l'épouser…

Elle se sentit soudain fragile.

— Comprenez-vous ?…

Le visage du chevalier était devenu livide. La princesse avait l'impression de l'avoir poignardé mortellement. Il était si pâle qu'elle crut qu'il allait tomber. Il se releva en vacillant et se précipita dehors.

— Chevalier ! cria-t-elle. Chevalier ! Revenez ! Je ne voulais pas…

Elle se leva, essaya de traverser la tente, mais ses jambes flageolaient sous elle.

— Mon Dieu, pardonnez-moi… Je ne voulais pas le faire souffrir.

C'était comme si, d'un coup, elle avait la révélation de la force de l'amour que lui vouait le Normand, de la puissance des mots qu'il venait de lui dire. La révélation même que l'amour puisse être aussi vibrant. Serait-elle jamais l'aboutissement de la vie de Roger, son promis ? Elle chassa aussi cette pensée trop brûlante, trop dangereuse et revint à celle du visage blême de ce Tancrède d'Anaor. Il l'avait sauvée par amour, il avait risqué sa vie et elle, l'ingrate, sans prêter attention à ce qu'il lui confiait, à la portée de sa déclaration, elle l'avait tué avec ses mots ordinaires, fades mais cruels, par l'amour qu'elle portait à un autre.

— Gulig ! cria-t-elle. Gulig !

Elle se mit à sangloter et tomba à genoux au moment où sa sœur de lait entrait en courant sous la tente et se précipitait vers elle.

69

Ce fut Rafik qui trouva Tancrède quelques heures plus tard. Le Normand s'était installé sur un promontoire d'où il voyait le camp et, là-bas au loin, l'immensité du désert. Le cheikh descendit de son cheval de guerre et lui lâcha la bride.

Il vint s'asseoir à côté de lui et, sans mot dire, regarda dans la même direction. Le temps passa, le soleil était au zénith quand, enfin, la voix du chevalier s'éleva :

— Je ne sais pas qui je suis, cheikh Rafik, murmura Tancrède. Pendant longtemps, je me suis senti prisonnier d'une prophétie qui a mené ma vie, la prophétie d'un moine rencontré sur une lande de Normandie… Enfant, je vivais en Sicile puis, craignant pour ma vie, mon père m'a confié au sire de Tarse, j'ai connu le lointain pays de France, l'Aquitaine et la Normandie avant de revenir à Palerme. J'ai retrouvé le château de mon enfance, mais je n'y avais plus ma place, pas davantage qu'à la cour de Guillaume Ier ou à celle d'Antioche… pas davantage que dans le cœur de ma dame.

Le chevalier s'était tu.

— Voulez-vous me la confier, messire ? lui proposa le Bédouin.

— Quoi ?

— La prophétie.

— Si vous voulez. Je la connais par cœur. « Vous irez loin, fort loin, messire Tancrède, par terre et par mer, vers des pays où l'on parle d'autres langues que la nôtre, où l'or et l'argent tapissent les murs, où les femmes sont si belles qu'on les enferme, vous serez prince parmi les princes, et mendiant aussi… »

Le chevalier se tut, laissant l'écho de ces mots retomber. Il ferma les yeux, revit la lande normande, le moine qui avait prononcé la prophétie. Cela semblait si loin du désert qui lui faisait face aujourd'hui et qu'il sentait pénétrer en lui, prendre possession de lui. Cela semblait une autre vie.

— J'ai connu tout cela, il ne me reste plus qu'à devenir mendiant, ajouta-t-il d'une voix plus grave que de coutume.

Il rouvrit les yeux, regarda de nouveau la mer de sable devant lui. La voix de Rafik lui parvint alors, presque un murmure :

— « Reste devant la porte si tu veux qu'on te l'ouvre. Ne quitte pas la voie si tu veux qu'on te guide. Rien n'est fermé jamais, sinon à tes propres yeux[1]. »

Tancrède fronça les sourcils.

— Tendez-moi la main, messire, dit l'Arabe.

Le Normand le regarda, désarçonné.

— Tendez-moi la main, répéta le Bédouin avec autorité.

Tancrède obéit et Rafik plaça un dinar d'or dans sa paume.

— La prophétie est accomplie, messire, déclara le cheikh en refermant lui-même les doigts du Franc sur la pièce de monnaie. Vous avez mendié et ce dinar sera vraiment à vous quand vous le donnerez à votre tour.

Tancrède ne sut que répondre. Il fixa le désert au loin, une chaleur nouvelle naissant en lui.

— Vous souvenez-vous de ce que je vous avais dit, messire, au sujet d'Imru' al-Qays, le poète, le chevalier du désert ?

1. Farid al-Din Attar, XIIe siècle. Poète et mystique persan, auteur de *La Conférence des oiseaux*.

Il s'en souvenait, et à l'évocation de ses mots qu'il répéta la poitrine gonflée, il eut soudain la prémonition d'être arrivé au bout du chemin.

— On le surnommait *al malik al dilik*, le « roi errant »…

— Tous les cent ans, le roi errant revient parmi les siens, messire.

70

Tancrède posa pied à terre devant la *khaima* où il avait laissé Naïri et repoussa le pan de tissu qui en masquait l'entrée. En le voyant, la princesse, qui discutait avec son amie, s'interrompit et rougit. Il s'approcha, s'inclinant devant elle comme s'il ne s'était rien passé auparavant.

— Pardonnez-moi, princesse, et vous aussi, damoiselle, si je vous dérange, les guetteurs du cheikh Rafik annoncent les troupes de votre oncle Thoros. Je vais aller à leur rencontre, mais je voulais auparavant vous faire mes adieux.

— Mon Dieu, messire, n'ajoutez pas à ma confusion, je suis si désolée… bredouilla la princesse.

Gulig sortit. Le chevalier posa un genou à terre devant la nièce du prince des Montagnes.

— C'est moi, princesse, pardonnez-moi si mes paroles vous ont offensée. En vous voyant, j'ai perdu le sens, j'étais hors de moi. Je n'avais pas compris que votre cœur était pris.

Naïri secoua la tête, les larmes lui montaient aux yeux.

— Messire, ne dites rien de plus. Je ne voulais pas vous blesser. Je suis bien coupable moi-même et n'ai su vous remercier de nous avoir sauvé la vie.

— Ce que j'ai fait, je le referai, ma dame. Si un jour un danger vous menace, faites-moi appeler et je viendrai, je vous en fais promesse. Jamais, sachez-le, je ne songerai à en aimer une autre.

Plus troublée qu'elle ne l'aurait voulu par ces paroles et par la passion qui faisait trembler la voix du Normand, Naïri se sentait incapable d'articuler un mot.

— Devenez mon suzerain, ma dame, pour vous, je serais preux et loyal et fidèle jusqu'à mon dernier souffle.

L'Arménienne regarda le chevalier à ses pieds. Enfin, elle se dirigea vers le fond de la tente, déchira une longue bande de sa robe de soie verte et la donna à Tancrède qui la baisa avant de la glisser à l'intérieur de son pourpoint, sur son cœur. Elle voulut ajouter quelque chose, mais il était déjà sorti. Gulig rentra sous la tente et l'enlaça.

— Prions Dieu, ma mie, que je ne me sois pas trompée… Que je ne regrette jamais celui-là.

La petite Gulig serra son amie dans ses bras, elle savait bien, elle, qui elle aurait choisi.

71

Tancrède s'était porté à la rencontre des troupes du prince Thoros. Le prince des Montagnes, le visage recouvert d'un heaume surmonté d'un lion rouge, était précédé de ses lévriers. Ils entourèrent le chevalier en poussant leurs aboiements d'oiseaux de nuit. Les deux hommes se saluèrent, le prince ôtant son heaume.

— J'ai eu votre message, messire, fit le prince. Vous avez sauvé ma nièce. Soyez-en remercié. Je tiendrai ma promesse.

— Je vous en délie, prince Thoros. Je n'irai pas à Vahga.

L'Arménien s'empourpra comme si on l'avait souffleté. Il allait répliquer violemment, mais quelque chose dans le fier regard de son vis-à-vis le retint.

— Votre nièce vous attend sous la *khaima* de mon ami, le cheikh Rafik. Elle est impatiente de retrouver son promis, Roger de Saône, et que la noce soit célébrée.

Thoros sut percevoir la douleur derrière le visage impassible du Normand. Il avait le pouvoir de lui donner sa nièce contre l'avis de tous s'il le désirait mais savait que ce Tancrède d'Anaor, qui lui plaisait de plus en plus, ne prendrait jamais Naïri contre sa volonté.

— Je vous entends, chevalier, fit le prince des Montagnes. Je vous entends…

Et il pensa que ce Normand était un bien drôle d'homme qu'il préférait de loin au prétendant qu'allait épouser sa nièce.

— Je vous regretterai, dit-il en se sentant plus sincère que jamais. Vous revenez avec nous à Antioche ?

— Non, messire prince. Mon pays est là, désormais.

Seul le désert les entourait.

ÉPILOGUE

À Antioche, ainsi que l'avait pressenti Tancrède, tout était redevenu comme avant. Génois, Pisans et Vénitiens s'affrontaient de nouveau, le fils du doge était reparti conclure d'autres accords à Jérusalem et au Caire, Bohémond III avait repris sa vie parmi les courtisanes et les putains, le prévôt était retourné à sa lourde tâche aidé par Haguenier. Quant au patriarche Aymeri de Limoges, après une dernière querelle avec le jeune prince, il était rentré à son château de Cursat. Xiphilin était revenu auprès de l'empereur qui songeait à l'envoyer vers Noureddin.

Loup avait été écartelé vivant sur la grande place devant le palais. Un spectacle qui avait attiré une foule nombreuse, nobles, bourgeois et menu peuple, d'autant que l'homme était si fort qu'il avait, disait-on, réussi à retenir les deux chevaux qu'on avait attachés à ses membres et qu'il en avait fallu quatre pour qu'enfin son corps et son âme cèdent dans un craquement sinistre.

Pique la Lune était reparti rejoindre son amante, la mer, espérant trouver ce Paradis sur les vagues qu'un voyageur, un jour, lui avait décrit.

La princesse Naïri s'était mariée au château de Saône et Gulig avait épousé un des chevaliers de la suite du jeune Roger. Certains soirs, sur les remparts, l'Arménienne songeait à celui qui s'était agenouillé devant elle, là-bas sous la *khaima*, et elle se répétait ses paroles. « Devenez mon suzerain, ma dame, pour vous, je serais preux et loyal et fidèle jusqu'à mon dernier souffle. » Alors elle se détournait et seule Gulig savait vers qui étaient allées ses pensées.

Le bruit courait que le cheikh Rafik avait adopté un nouveau fils pour remplacer celui qu'il avait perdu bien des années auparavant. Ainsi que le voulait la coutume, les deux hommes, torses nus, s'étaient glissés dans la même chemise, chair contre chair.

On disait aussi que dans le djebel, passant du territoire des Francs à celui de Noureddin, *al malik al dilik*, le roi errant, galopait de nouveau. Cent ans s'étaient écoulés et il était revenu, ainsi que le prédisait la légende. Revenu pour combattre, pour aimer, pour chanter, pour mourir.

Quand il livrait bataille, c'était comme la foudre sur terre et nul ne lui résistait. Sous la *khaima,* quand il chantait son aimée, les femmes pleuraient et les hommes répétaient ses poèmes.

Nul n'a jamais vu son visage, mais on dit que ses yeux ont la couleur du destin et qu'il porte à son bras une étole verte dont le tissu s'effiloche, mais qu'il ne quitte jamais…

ANNEXES

À L'USAGE DU LECTEUR

Al malik al dilik **:** le roi errant.

Assassin : viendrait de l'arabe *hachchâchîn*, « fumeurs de haschisch » ou serait dérivé de l'arabe *'asâs*, « fondement » (de la foi). Meurtrier avec préméditation.

Azerolier : variété d'aubépine aux fruits comestibles, dite « épine d'Espagne ».

Bab : vient de l'arabe, porte.

Bliaud : tunique longue de laine ou de soie, aux manches courtes dans le Sud et longues dans le Nord, serrée à la taille par une ceinture. Habit de la noblesse ou des riches bourgeois.

Bourdeau ou **bordelo :** vient du germanique *borda*, « cabane ». Lieu de débauche, maison publique.

Braies : caleçon plutôt long et collant au XIIe siècle, retenu à la taille par une courroie.

Broigne : justaucorps de grosse toile ou de cuir, ancêtre de la cotte de mailles, recouvert de pièces de métal.

Calife : vient de l'arabe *khalifa*, « successeur » (du Prophète). Souverain musulman, chef suprême de la communauté musulmane, tant spirituel que temporel.

Chainse : équivalent de la chemise. Tunique en toile ou en lin à manches fermées.

Chausses : chaussettes en drap, en tricot ou en laine, parfois munies de semelles de cuir et maintenues par des lanières s'attachant au-dessous du genou. Le haut-de-chausses était l'équivalent de nos bas.

Colleganza, pl. ***colleganze* :** vient de l'italien. Opération commerciale permettant de trouver du crédit en sollicitant plusieurs partenaires. Un homme fournit les 2/3 du capital et reste à Venise, un marchand fournit le 1/3 restant ainsi que son travail.

***Compagnia* :** vient de l'italien. Forme d'association commerciale vénitienne existant dès le XIIe siècle. Elle regroupe plusieurs personnes et pour plusieurs années. Chaque associé apporte à la fois travail et capitaux, les bénéfices et les pertes étant partagés selon les apports de capitaux. Les navires étaient la plupart du temps divisés en 24 parts, cela permettant aux marchands de répartir leurs biens sur plusieurs navires plutôt que sur un seul.

Courtepointe : couverture de lit piquée et rembourrée.

Dar al-Islam : territoire, domaine de l'islam (la paix). Il comprend les pays où la loi de l'islam est en vigueur en matière de culte et de protection des fidèles. Les autres territoires (où ne régnait pas l'islam) étaient considérés comme territoires de la guerre.

Dar al-Sulh : la demeure du traité.

Destrier : dérivé de l'ancien français *destre* « main droite », ce mot désigne le cheval de bataille. L'écuyer, tout en tenant de la main gauche son cheval ou une bête de somme, devait mener de la droite le destrier du chevalier quand ce dernier ne le montait pas pour combattre.

Djebel ou **jebel :** vient de l'arabe, montagne.

***Embolos* :** concession faite par les Byzantins d'un quartier portuaire.

Émir : vient de l'arabe *amir*. Gouverneur, prince, dignitaire de haut rang.

Eschets : ancien nom du jeu d'échecs. Les pièces n'étaient pas toutes les mêmes que dans le jeu contemporain. Un éléphant remplaçant, par exemple, le fou, plus tardif.

Esnèque : navire de guerre (ou long bateau, *langskip*, inspiré des premiers navires vikings). L'esnèque a une vingtaine de bancs de nage, elle utilise 40 rameurs et peut embarquer 60 à 90 hommes.

Esclavons : Slaves. Vendus par les chrétiens au Xe siècle comme esclaves aux musulmans. La plupart se convertissent à la foi de leurs nouveaux maîtres et joueront un grand rôle dans le développement de la marine arabe. Un quartier de Palerme, non loin du port de la Cala, leur était réservé.

***Ezan* :** appel à la prière du muezzin.

Fondouk ou **funduk :** vient de l'arabe. Tout d'abord, lieu d'hébergement pour les marchands puis quartier bâti autour leur étant réservé.

Galée : galère, petit bâteau de guerre.

***Ghazzu* :** vient de l'arabe, razzia.

Guiterne : c'est l'ancêtre de la guitare. Venue d'Orient, la guiterne est représentée dans les enluminures dès le XIIe siècle. Généralement monté de cinq cordes (ou de cinq doubles cordes), son manche est court et muni de frettes. Elle peut être jouée avec un plectre (lamelle de bois, d'ivoire, d'écaille, etc.) qui sert à toucher les cordes de certains instruments de musique.

Gulam : vient de l'arabe, esclave.

Hadith : vient de l'arabe *hadîth*, « conversations ». Actes et paroles attribués au Prophète par accumulation de mémoires successives et qui s'ajoutent au Coran à partir du VIIIe siècle.

Halboun **:** vient de l'araméen, blanc laiteux.

Hammam : vient de l'arabe. Établissement ou partie d'un palais consacré aux bains de vapeur.

Haquenée : viendrait du vieux français afin de désigner une jument qui va à l'amble. Petit cheval ou jument que montaient les dames.

Harem : vient de l'arabe *haram*, « chose interdite et sacrée ». Désigne dans la civilisation musulmane l'appartement des femmes, interdit aux hommes. Par extension, le mot peut désigner l'ensemble des femmes d'un harem.

Hyperpère : monnaie d'or byzantine.

Hypocras : vin mêlé d'épices.

Ichkhan **:** vient de l'arménien, prince.

Imam : dignitaire religieux expert en droit coranique et directeur de la prière ou chef mystique caché ou « révélé » en qui s'incarne la pensée du Prophète.

Jihâd ou **djihad :** « Effort suprême », désigne l'effort de la propagation de la foi, par la force au besoin. Obligation rituelle de la « guerre sainte » pour le croyant.

Khaima, pl. ***khiyan*** **:** tente des Bédouins. Leur surnom est *bait ash shaar*, maisons en poils de chèvre, maisons de poils.

Khan : vient de l'arabe. Lieu servant à la fois d'entrepôt à marchandises et d'auberge pour les marchands.

Kandjar : poignard oriental à lame recourbée.

Knörr : bateau viking capable d'affronter la haute mer, servant dans ce texte de navire de charge.

Malemort : mort violente et cruelle.

Mantel : manteau semi-circulaire comme une cape, attaché à l'épaule par une agrafe nommée tasseau.

Maristan : vient de l'arabe. Hôpital et centre de formation des médecins.

Minbar : vient de l'arabe. Chaire à côté du mirhab, sur laquelle se tient le prédicateur.

Mire : dérivé du latin *medicus*, « médecin ». Nom du médecin au Moyen Âge et à la Renaissance.

Mirhab : vient de l'arabe. Niche dans une mosquée indiquant la direction de La Mecque.

Misbaha **:** vient de l'arabe. Chapelet de 99 grains (en ambre, bois, ivoire…) séparés en groupes de 33, servant à énumérer les noms de Dieu inscrits dans le Coran.

More danico **:** à la « mode danoise », déclaration qui légitime la femme non épousée chrétiennement et ses enfants.

Moucharabieh : vient de l'arabe. Grillages de bois posé devant les fenêtres et permettant de voir sans être vu. On y déposait une cruche d'eau pour se rafraîchir.

Mu'allaqât **:** vient de l'arabe. Pendentifs, poèmes bédouins antéislamiques du VIe siècle.

Muezzin : fonctionnaire religieux musulman, chargé d'annoncer du haut du minaret de la mosquée les cinq prières quotidiennes.

Nomisma **:** monnaie d'or presque pur, byzantine. Son poids était de 4,51 g. Cette monnaie faisait prime dans les échanges internationaux. Elle est parfois appelée besant.

Orpiment : minéral contenant de l'arsenic.

Oud : de l'arabe *al oud*, le « bois ». Sorte de luth arabe connu depuis le VIIe siècle, l'oud demeure en Orient l'instrument emblématique de toute une culture savante et raffinée puisant son inspiration dans l'islam. Une caisse de résonance équipée d'un manche (touche) reçoit généralement onze cordes (cinq chœurs et une simple). Au Moyen

Âge, il devient, *via* l'Espagne, un instrument très pratiqué en Europe.

Pain tranchoir ou **pain tranchant :** pain qu'on coupait en tranches épaisses et qui servait d'assiette.

Poulain : surnom donné aux Francs nés en Orient.

***Qanats* :** inventés sous l'empire achéménide de Cyrus et de Xerxès, ces canaux souterrains étaient dotés, à Palerme, de fonctions à la fois de drainage hydrique et de collecteur. Ils servaient à l'irrigation des cultures de la Conca de Oro mais aussi à l'approvisionnement en eau de la ville.

***Qsar* :** vient du latin *castrum*, « ville forte ».

***Rahj al ghar* :** vient de l'arabe. La « poudre des cavernes » désigne le réalgar, minéral contenant de l'arsenic.

Seldjoukides ou **Seldjûqides** : lignée issue de tribus de Turcs Oghuz convertis à l'islam et ayant quitté l'est de la Caspienne pour conquérir l'Anatolie. Leurs chefs étaient Alp Arslan et Malik Shah. Adversaires des Grecs et des Francs, ils fondèrent le sultanat de Roum et celui des Danichmendides. Ils furent vaincus par les Mongols en 1243.

***Skalai* :** vient du grec, désigne les échelles servant à l'accostage des navires.

Soringue : apprêt de l'anguille dans la cuisine médiévale. Les morceaux de poisson, écorchés et étuvés, mijotaient dans une sauce épaisse, à base de chapelure rôtie, délayée avec du verjus ; on y ajoutait des rouelles d'oignon frites et du persil ciselé ; enfin, le tout était « assavouré de vin, de *verjus* et de vinaigre ».

Souk : vient de l'arabe, marché de ville ou de village organisé par type de produits à vendre.

Tiraz : d'un mot persan signifiant « broderie ». Atelier d'État hérité des émirs fatimides comme on en connaissait à Cordoue ou à Bagdad, où les femmes s'affairaient aux tissages d'étoffes de soie et à la confection de vêtements princiers. Les mêmes femmes se retrouvaient au harem royal.

Turcoplier : commandait les turcopoles (les troupes indigènes).

Viellator : joueur de vièle d'archet, l'ancêtre le plus direct du violon. L'art du « viellator » était si raffiné que les musulmans ont créé le rabab arabo-andalou pour introduire l'usage de l'archet dans leurs palais, tandis que les chrétiens, redécouvrant les possibilités musicales des cordes pincées, adoptaient le luth et la guiterne. Nées au XIe siècle, les vièles deviennent les instruments artistiques par excellence. Les pièces de bois qui les constituent sont assemblées et collées ou creusées. Équipées de quatre ou cinq cordes accordées en quinte. Le musicien joue un bourdon sur une corde en même temps que la mélodie sur une autre corde.

Zamù : mot sicilien emprunté à l'arabe de Tunisie. Alcool d'anis qu'on rajoute à de l'eau en été et qui rappelle le raki grec.

Les mesures médiévales

Aune : 1,188 mètre.

Coudée : distance séparant le coude de l'extrémité du médius, environ 50 centimètres.

Lieue : mesure de distance, environ 4 kilomètres.

Pied : mesure de longueur, 32,4 centimètres.

Pouce : ancienne mesure de longueur, 2,7 centimètres.

Toise : équivaut à 6 pieds, soit près de 2 mètres.

Les heures

Matines ou **vigiles :** office dit vers 2 heures du matin au Moyen Âge.
Laudes : office dit avant l'aube.
Prime : office dit vers 7 heures du matin.
Tierce : office dit vers 9 heures du matin.
Sexte : sixième heure du jour, vers midi.
None : office dit vers 2 heures de l'après-midi.
Vêpres : du latin *vespera*, « soir ». Office dit autrefois vers 5 heures de l'après-midi.
Complies : office dit après les vêpres, vers 8 heures du soir, c'est le dernier office.

Ils ont vécu au XIIe siècle, ou bien avant...

Al-Idrisi, Abou Abdullah ibn Mohammed (né à Ceuta vers 1099, mort vers 1165) : Descendant du Prophète, il fit ses études à Cordoue puis voyagea en Espagne, en Afrique du Nord, en Asie Mineure, avant de s'établir à la cour du roi normand Roger II de Sicile. Ce dernier le chargea de rédiger une description du monde d'après les observations d'un groupe d'explorateurs placés sous ses ordres. Son livre, *Délice de celui qui souhaite visiter les régions du monde* ou *Livre de Roger*, est un des plus importants travaux de la géographie médiévale.

Aliénor d'Aquitaine (née en 1122, morte en 1204) : Divorcée en 1152, elle se remarie la même année avec Henri Plantagenêt dont elle eut huit enfants (dont Richard Cœur de Lion et Jean sans Terre...). Elle finit ses jours à l'abbaye de Fontevrault, où elle est enterrée.

Al-Mu'min, Abd (né en 1130, mort en 1184) : Puissant calife almohade, il fit ériger de nombreuses fortifications notamment à Séville et « fonda » celle du Djebel Tarik (Gibraltar) en 1160. En mai 1159, après avoir repris à Alphonse VII de

Castille tous les territoires de l'al-Andalus, il se présente dans le golfe de Tunis et réduit la plupart des places normandes, anéantissant les restes de l'empire africain que s'était construit Roger II de Sicile.

Amaury Ier (né vers 1137, mort en 1174) : Fils préféré de la reine Mélisende, frère de Baudouin III, auquel il succéda en tant que roi de Jérusalem de 1162 à 1174. Il combattit Noureddin et monta quatre expéditions militaires pour s'emparer de l'Égypte.

Averroès Ibn Rochd (1128-1198) : Philosophe, médecin, astronome, Averroès fut cadi à Cordoue. Son approche d'Aristote contribua grandement à une meilleure connaissance des œuvres de ce dernier.

Aymeri de Limoges (mort vers 1193-1196) : patriarche d'Antioche pendant environ cinquante-trois ans. À la fois riche et influent mais aussi très attentif à la défense de la principauté, il tiendra tête à Zengi après la mort de Raymond de Poitiers, organisant la défense de la cité. Il possédait entre autres, le château de Cursat surnommé le *Castrum Patriarchae*.

Banu Maymun : dynastie originaire de Denia, ils furent « souverains sur mer » sous les Almoravides puis sous les Almohades. L'un d'eux, Muhammad b. Maymun, fut le maître de l'eau sous le règne d'Abd al-Mu'min.

Baudouin III de Jérusalem (1129-1162) : Roi de Jérusalem de 1143 à 1162, a gouverné jusqu'en 1152 sous la tutelle de sa mère, la reine Mélisende. Il meurt à trente-trois ans et l'on dit que c'est le poison qui l'a tué.

Bohémond III d'Antioche (né vers 1142/1149-1201) : Prince d'Antioche, fils de Raymond de Poitiers et de Constance d'Antioche. Sous la tutelle de sa mère et du patriarche Aymeri de Limoges jusqu'en 1162, il est fait prisonnier par les Turcs en 1164 et libéré par l'empereur de Byzance.

Constance d'Antioche (1127-1163) : Fille de Bohémond II, princesse d'Antioche, femme de Raymond de Poitiers puis de Renaud de Châtillon. Sa fille cadette, Marie, épousera l'empereur de Byzance.

Constantin Coloman ou Konstantinos Kalamanos (né vers 1137/1145, mort après 1173) : Gouverneur byzantin de Cilicie.

Gilbert d'Assailly : Maître de l'ordre de l'Hôpital de 1163 à 1170, il encouragea la politique du roi Amaury Ier et ses expéditions égyptiennes en 1168.

Gilbert de Lasey : Procurateur de l'ordre des Templiers, il dirigea la charge de ses hommes sur le camp de Noureddin à la Bocquée en 1163.

Guillaume Ier, dit le « Mauvais » **(vers 1120-1166) :** Il succède en 1154 à son père Roger II sur le trône de Sicile jusqu'à sa mort. Il perdra les conquêtes de son père sur les actuelles Tunisie, Libye et Algérie.

Guillaume de Tyr (né vers 1130 à Jérusalem, mort en 1186 à Tyr) : Parlant le grec, l'arabe, l'hébreu, le persan, le plus fameux chroniqueur franc de Syrie devient archidiacre puis évêque de Tyr. Il fut le tuteur du futur Baudouin IV, le roi lépreux, et écrivit une *Historia rerum in partibus transmarinis gestarum,* contant l'histoire de Jérusalem jusqu'en 1184.

Guy de Lusignan (1129-1194) : Issu de la lignée poitevine, frère cadet de Hugues de la Marche, il épousera Sibylle, sœur du roi lépreux Bsaudouin IV et sera roi de Jérusalem et premier roi de Chypre.

Ibelin : Vieille famille d'origine chartraine, installée avant 1150 à Ramlah. Jean Ier dit « le vieux sire de Beyrouth », mort en 1197, allié aux Lusignan.

Imru' al-Qays (VIe siècle) : Fils de Hujr, roi de Kinda. Poète.

Maïmonide (né vers 1135 à Cordoue, mort au Caire en 1204) : D'origine andalouse, Moshe ben Maymon, le plus célèbre théologien et penseur juif du Moyen Âge, pratiqua la médecine à Cordoue avant de fuir vers le Maghreb puis Le Caire où il exerça son art au côté de Salah al-Din.

Manuel Ier Comnène (1118-1180) : Empereur byzantin, il succède à son père Jean II Comnène en 1143 et dominera la politique de l'empire d'Orient. Il épouse en 1146 Berthe de Salzbach, belle-sœur de l'empereur germanique Conrad III. Après maints démêlés avec les Normands de Sicile, il finit par signer un traité de paix de trente ans avec Guillaume Ier de Sicile et son chancelier Maion de Bari. Il meurt après trente-sept ans de règne, le 24 septembre 1180.

Mélisende de Réthel (née vers 1105, morte vers 1161) : Fille du roi de Jérusalem, Baudouin II, elle épouse Foulques d'Anjou, dont elle aura deux fils qui seront rois de Jérusalem Baudouin III et Amaury Ier. Elle sera régente de Jérusalem de 1143 à 1152.

Mleh de Cilicie (mort en 1175) : Prince des Montagnes de 1169 à 1175. Frère de Thoros II de Cilicie. Ancien Templier. Il usurpe les droits de son neveu et se fait reconnaître comme l'héritier de Thoros. Il fait alliance avec Noureddin et sera assassiné par des barons arméniens en 1175.

Nersès Chnorhali dit le Gracieux (vers 1100-1173) : Il fait ses études au couvent Rouge, le centre culturel le plus prestigieux de son époque. Patriarche catholicos de l'Église arménienne, il vit à Hromgla. Théologien, musicien, miniaturiste et poète, il sera aussi un grand administrateur. Il traduit, entre autres, Jacob le Syriaque et saint Jean Chrysostome.

Noureddin ou **Nûr al-Dîn (1118-1174), « Lumière de la foi » :** Fils de Zengi, il enleva Damas aux Francs en 1154, réalisant l'unité de la Syrie du Nord. Émir de Mossoul, d'Alep puis d'Édesse en 1144. Ses relations avec le vizir égyptien Shâwar puis l'installation au Caire du général kurde Chirkouh ou Shirkûh, déboucha en 1169 sur l'installation au pouvoir de Salah al-Din, le neveu de Chirkûh, dont il redouta vite l'ambition.

Ochine de Lampron (1125-1170) : Chef de la dynastie arménienne rivale des Roupénides, les Héthoumides. Traditionnellement alliée à Byzance.

Raymond de Poitiers (1115-1149) : Épouse Constance d'Antioche en 1136. Prince d'Antioche et oncle d'Aliénor d'Aquitaine, chevalier d'une grande bravoure, il affronte à la fois Zengi et Jean II Comnène avant la mort de celui-ci. Vaincu par Noureddin en 1149, sa tête tranchée lui sera remise.

Renaud de Châtillon (né vers 1120 dans le Gâtinais, mort le 4 juillet 1187 en Terre sainte) : Simple chevalier, il épouse la princesse Constance d'Antioche, veuve de Raymond de Poitiers, dont il aura deux enfants Agnès et Renaud. Effectue un raid sur Chypre en 1156, est prisonnier à Alep de 1161 à 1176. Se remarie en 1177 avec Étiennette de Milly. Effectue un raid en mer Rouge en 1183, finira décapité par Salah al-Din après la défaite des Cornes de Hattin en juillet 1187.

Roger, duc de Pouilles (1126-1148) : Fils aîné de Roger II, il meurt le 2 mai 1148, à trente ans. Marié en 1140 à Élisabeth de Champagne, il n'aura pas d'autres héritiers que deux enfants issus d'une union *more danico* avec Bianca de Lecce. L'un d'eux, Tancrède sera comte de Lecce et, pendant quatre ans, roi de Sicile.

Saladin ou **Salâh al-Din (1138-1193), « Soutien de la foi » :** Chef musulman d'origine kurde (lignée des Ayyubides), il lutta aux côtés de Nur al-Dîn et de son oncle Chirkouh ou Shirkûh contre les Francs et les Fatimides chiites avant de devenir le plus farouche adversaire des croisés et le maître de Jérusalem en 1187.

Thoros II de Cilicie (mort en 1169) : Fils de Léon Ier, prince des Montagnes de Cilicie, de la dynastie roupénide de 1145 à 1168. Il aura pour femme une dame de Raban qui lui donnera un fils, Roupen II. Ses frères sont Stéphane (assassiné en 1162 par un cousin de Manuel Comnène, Andronic Euphorbenos) et Mleh (voir ci-dessus).

Usama ibn Munqidh (1095-1188) : Prince de Chayzar sur l'Oronte. Il écrivit à la fin de sa vie l'*Itibar*, l'expérience, témoignage sur sa vie d'homme, ses expéditions militaires, ses missions.

Vitale Michiel II : Doge de Venise en février-mars 1156, il mourra assassiné en mai 1171. Après avoir rompu avec l'empereur Frédéric Barberousse et s'être opposé à l'empereur Manuel Comnène qui fera emprisonner tous les Vénitiens vivant dans l'empire en mars 1171.

Zengi (1087-1146) : Officier turc, Zanki ben Ak-Sunkur devint gouverneur de Mossoul en 1127 avant de prendre possession d'Alep en 1128. Il détruisit Édesse en 1144 et mourut assassiné.

POUR LES PLUS CURIEUX...

— *Les Latins en Orient (XIe-XVe siècle).* Michel Balard, PUF, coll. « Nouvelle Clio », 2006.

— *Armées et combats en Syrie (491/1098-569/1174). Analyses comparées des chroniques médiévales latines et arabes.* Abbès Zouache, IFPO, 2008.

— *Dar al-Islam.* Attilio Petruccioli, Mardaga, 1995.

— *L'Islam et la mer. La mosquée et le matelot (VIIe-XXe siècle).* Xavier de Planhol, Perrin, 2000.

— *Le Royaume arménien de Cilicie (XIIe-XIVe siècle).* Claude Mutafian, CNRS Éditions, 2002.

— *Les Arabes et l'amour. Anthologie poétique.* André Miquel et Hamdane Hadjadaji, Actes Sud, coll. « Sindbad », 1999.

— *Les Mu'allaqat. Les sept poèmes préislamiques.* Traduits de l'arabe par Pierre Larcher, préface d'André Miquel, Fata Morgana, coll. « Les immémoriaux », 2000.

— *Monuments de Syrie. Guide historique.* Ross Burns, Édition Dummar, 1998.

— *Histoire de Byzance.* John Julius Norwich, Perrin, coll. « Tempus », 2002.

— *Byzance.* Michel Kaplan, « Guide Belles Lettres des Civilisations », Les Belles Lettres, 2006.

— *De l'or et des épices. Naissance de l'homme d'affaires au Moyen Âge*. Jean Favier, Hachette, coll. « Pluriel », 2004.
— *Venise au Moyen Âge*. Jean-Claude Hocquet, « Guide Belles Lettres des Civilisations », Les Belles Lettres, 2004.
— *La Méditerranée. L'espace et l'histoire*. Fernand Braudel, Flammarion, coll. « Champs », 1999.
— *La Méditerranée. Les hommes et l'héritage*. Fernand Braudel et Georges Duby, Flammarion, coll. « Champs », 2009.
— *Le Désert intérieur*. Marie-Madeleine Davy, Albin Michel, coll. « Spiritualités vivantes », 1985.
— *Les Croisades*. Zoé Oldenbourg, Gallimard, coll. « Folio histoire », 2009.
— *Les Empires normands d'Orient, XIe-XIIIe siècle*. Pierre Aubé, Perrin, 1999.
— *Un croisé contre Saladin. Renaud de Châtillon*. Pierre Aubé, Fayard, 2007.
— *Les Latins en Orient, XIe-XVe siècle*. Michel Balard, PUF, coll. « Nouvelle Clio », 2006.
— *Chevaliers du Christ. Les ordres religieux-militaires au Moyen Âge. XIe-XIVe siècle*. Alain Demurger, Seuil, 2002.
— *Les Chevaliers Teutoniques*. Henry Bogdan, Perrin, coll. « Tempus », 2002.
— *Arabesques. L'aventure de la langue arabe en Occident*. Henriette Walter et Bassam Baraké, Robert Laffont/Éditions du temps, 2006.
— *Voyager au Moyen Âge*. Jean Verdon, Perrin, 1998.
— *La Première Géographie de l'Occident*. Muhammad Idrîsî, présentation par Henri Bresc et Annliese Nef, Flammarion, coll. « GF », 1999.
— *Histoire du Moyen Âge (XIIe-XIIIe siècles)*. Robert Fossier et André Vauchez, Éditions Complexe, t. III, 2005.

— *Les Relations des pays d'Islam avec le monde latin, du milieu du* X^{e} *siècle au milieu du* XIIIe *siècle.* Robert Fossier, Éditions Jacques Marseille, Vuibert, coll. « Questions sur… », 2000.

— *L'Épopée de la science arabe.* Danielle Jacquart, Gallimard, coll. « Découvertes : sciences et techniques », 2005.

— *Les Explorateurs au Moyen Âge.* Jean-Paul Roux, Hachette, coll. « Pluriel », 1995.

Composé par Nord Compo Multimédia
7, rue de Fives, 59650 Villeneuve-d'Ascq

Impression réalisée par

CPI
BRODARD & TAUPIN

La Flèche (Sarthe), 63199
N° d'édition : 4314
Dépôt légal : novembre 2010

X05141/02

Imprimé en France